RUDI KOST
Hohenloher
Doppelpack

TOD IM EINKORNWALD Sie sind ein ungleiches Duo: die temperamentvolle Annalena Bock, die Großstadtpflanze, frisch (und nicht freiwillig) aus Köln versetzt, und der behäbige Karlheinz Dobler, der nach der Arbeit mit Leidenschaft auf dem Bauernhof der Familie arbeitet. Gemeinsam löst das neue Ermittlerteam vom Kommissariat Schwäbisch Hall die kniffligsten Fälle. Doch bei diesem Mord stehen sie vor einem Rätsel: Wer ist die Frau, die erschlagen im Einkornwald gefunden wurde? Ihren Namen bringen sie zwar schnell in Erfahrung, dennoch bleibt die Tote eigenartig profillos. Offenbar war sie sorgsam darum bemüht, ihre wahre Identität zu verschleiern und eine Fassade aufzubauen, hinter der sie sich verstecken konnte. Als gefragte Expertin im IT-Sicherheitsbereich hatte sie sich einen guten Ruf erarbeitet. Als Bock und Dobler auf Fälle von Cyberkriminalität stoßen, nehmen die Ermittlungen Fahrt auf. Allmählich schält sich heraus, was die Tote tatsächlich im Schilde führte. Doch der beste Plan stößt an seine Grenzen, wenn Gefühle übermächtig werden.

© privat

Rudi Kost, in Stuttgart geboren, ist gelernter Journalist, war viele Jahre Redakteur bei Tageszeitungen, unter anderem als Ressortleiter Feuilleton, und arbeitet seit langem als freier Autor und Herausgeber. Er hat Hörfunkfeatures, Schulfunkserien, Hörspiele, PC-Fachbücher und vieles mehr veröffentlicht. Zudem leitete er den von ihm mitbegründeten Koval Verlag für Reiseliteratur und schrieb selbst etliche Reiseführer. Seine Krimiserie um den Versicherungsvertreter Dillinger spielt in Schwäbisch Hall und Umgebung. Mit dem Ermittlerduo Annalena Bock und Karlheinz Dobler wird ein neues Kapitel in der literarischen Krimi-Landschaft Hohenlohe aufgeschlagen. Der Autor lebt in einem kleinen Dorf bei Schwäbisch Hall.

RUDI KOST

Hohenloher Doppelpack

KRIMINALROMAN

Immer informiert

Spannung pur – mit unserem Newsletter informieren wir Sie
regelmäßig über Wissenswertes aus unserer Bücherwelt.

Gefällt mir!

Facebook: @Gmeiner.Verlag
Instagram: @gmeinerverlag
Twitter: @GmeinerVerlag

Besuchen Sie uns im Internet:
www.gmeiner-verlag.de

© 2022 – Gmeiner-Verlag GmbH
Im Ehnried 5, 88605 Meßkirch
Telefon 07575 / 2095-0
info@gmeiner-verlag.de
Alle Rechte vorbehalten
1. Auflage 2022

Lektorat: Claudia Senghaas, Kirchardt
Herstellung: Mirjam Hecht
Umschlaggestaltung: U.O.R.G. Lutz Eberle, Stuttgart
unter Verwendung eines Fotos von: © Jenzig71 / photocase.de
Druck: CPI books GmbH, Leck
Printed in Germany
ISBN 978-3-8392-0268-5

Personen und Handlung sind frei erfunden.
Ähnlichkeiten mit lebenden oder toten Personen
sind rein zufällig und nicht beabsichtigt.

KAPITEL 1

Gefunden wurde die Leiche von einem Wagen des Polizeipostens Obersontheim, der gerade auf Streife war. Und das kam so.

Polizeimeister Richard Reinhold und Polizeihauptmeister Reinhold Pichler hatten ihren letzten Einsatz hinter sich und saßen nun erschöpft in ihrem Streifenwagen auf dem Parkplatz eines Supermarktes in Obersontheim.

Es war an einem Dienstag um 11.30 Uhr, ein akzeptabler Frühherbsttag im September. Tags zuvor hatte es geregnet, jetzt zeigte sich wieder die Sonne zwischen den Wolkenfetzen, die über den Himmel jagten, pfeilgerade aus Westen.

»Mann, Mann, Mann!«, sagte Reinhold. »Diese Hektik macht mich total fertig.«

»Du kannst dich gar nicht mehr sammeln«, pflichtete ihm Pichler bei. »Es geht Schlag auf Schlag. Ein verdammtes Ding nach dem anderen. Du weißt nicht mehr, wo dir der Kopf steht.«

»Was machen wir jetzt?«, fragte Reinhold apathisch.

»Jetzt machen wir erst einmal Mittagspause.«

»Ist das nicht noch etwas bald?«

»Die haben wir uns verdient. War ein anstrengender Vormittag.«

»Kann man sagen. Vier Strafzettel wegen Falschparkens!«

»Davon einmal im strikten Halteverbot, das kommt erschwerend hinzu.«

»Zwei Blechschäden auf dem Supermarkt-Parkplatz.«

»Auf zwei verschiedenen Supermarkt-Parkplätzen, wohlgemerkt.«

»Mann, Mann, Mann, war heute wieder was los!«

»Was uns Streifenbeamten zugemutet wird, darüber machen sich die Herrschaften auf ihren Schreibtischstühlen keine Vorstellung.«

»Diese hohe Konzentration auf Streife.«

»Auge in Auge mit dem Verbrechen.«

»Dem potenziellen.«

»Poten- was?« Reinhold schaute seinen Kollegen verständnislos an.

»Ein mögliches Verbrechen. Du siehst das denen ja nicht an. Das heißt, dass du immer auf alles gefasst sein musst. Eine Sekunde nicht voll konzentriert, und schon haben sie dich.«

»Was du für Wörter kennst!«

»Deswegen bin ich auch Polizeihauptmeister und du nicht. Holen wir uns was zum Essen.«

Aufgrund seiner Körpermasse hatte Pichler üblicherweise Mühe, sich aus dem Streifenwagen zu winden, was sich nur unter viel Gestöhne bewerkstelligen ließ. Wenn es ums Essen ging, zeigte er allerdings eine erstaunliche Behändigkeit.

Sie gingen auf die Vespertheke des Bäckers zu, Pichler vorneweg. Gravitätisch und hoch erhobenen Kopfes schritt er aus, sich seiner Stellung wohl bewusst. Schließlich war er die Staatsgewalt.

Er orderte vier Leberkäsweckle, ohne Senf, der kleckerte immer so. Reinhold begnügte sich mit einem Schnitzelburger.

Pichler sah ihn misstrauisch an. »Von diesem Appetithäppchen willst du satt werden?«

»Ich muss auf meine Linie achten«, verteidigte sich Reinhold. »Den ganzen Tag im Streifenwagen hocken oder am Schreibtisch, das ist nicht gut.«

Pichler schüttelte den Kopf. Diese jungen Leute von heute! Reinhold brachte, grob geschätzt, etwa 80 Kilo auf die Waage. In Pichlers Augen war das hart an der Grenze zur Magersucht.

»Fehlt noch, dass du ins Sportstudio gehst«, sagte er.

»Ich habe schon ernsthaft darüber nachgedacht.«

»Nutzlose Plackerei! Und es stinkt. Wenigstens gibt's heiße Weiber dort.«

Reinhold musterte seinen adipösen Kollegen. »Das weißt du aber nicht aus eigener Erfahrung, oder?«

»Man kriegt so einiges mit, wenn man schon so lange Streife fährt wie ich.«

Bepackt mit ihrem kleinen Snack, wie Pichler das nannte, gingen sie zu ihrem Wagen und stiegen ein.

»Wo stellen wir uns hin?«, fragte Reinhold.

»Wie immer. Fahr in den Einkornwald hoch. Irgendein Seitenweg.«

»Das ist aber noch weit.«

»Wir haben Zeit. Nur keine Hetze, sage ich immer, das macht krank, Herzinfarkt und so.«

»Ich habe aber keine Lust, dort hochzufahren.«

»Herr Polizeimeister, das ist eine dienstliche Anordnung!«

»Jawohl, Herr Polizeihauptmeister.«

»Du weißt, dass ich meine Pause gern in Ruhe mache. Und unbeobachtet.«

Reinhold wusste das, und er wusste auch warum. Nach dem Essen pflegte PHM Pichler seinen Kopf nach hinten zu legen und war im Nu weggeratzt, sein Schnarchen war kilometerweit zu hören. Er konnte das nicht, und das ärgerte ihn jedes Mal.

Gemächlich zockelten sie hinter einem SUV her, der sich ätzend genau an alle Geschwindigkeitsbeschränkungen hielt, als er gewahr wurde, dass hinter ihm ein Streifenwagen fuhr.

Der erste Kreisverkehr, der zweite, und dann die Ortsdurchfahrt.

»Hast du das gesehen?«, fragte Reinhold. »Der ist rechts abgebogen, ohne zu blinken.«

»Wird wohl sein Blinker nicht tun.«

»Ha! Das gibt ein nettes Knöllchen.«

»Nein. Wir haben Mittagspause. Wir sind sozusagen gar nicht im Dienst.«

Reinhold grummelte. Er verteilte für sein Leben gern Strafzettel. »Ein Polizist ist immer im Dienst.«

»Du hast jetzt die einmalige Gelegenheit, von den Erfahrungen eines älteren Kollegen zu profitieren, der schon fast 30 Dienstjahre hinter sich hat«, erwiderte Pichler und gähnte. »Manchmal muss man auch großzügig sein. Ein Auge zudrücken. Du musst auch an das Image unseres Berufsstandes denken. Dein Freund und Helfer.«

Der SUV vor ihnen achtete peinlich darauf, immer zehn Stundenkilometer unter der erlaubten Höchstgeschwindigkeit zu bleiben.

»Das macht der doch mit Absicht«, sagte Reinhold.

»Natürlich macht der das mit Absicht. Der will uns ärgern.«

»Soll ich ihn nicht doch anhalten? Fahrzeugkontrolle?«

»So viel Aufwand nur wegen einem solchen Lahmarsch? Schalt die Beleuchtung ein und gib Gummi, wir haben einen Einsatz.«

»Welcher Einsatz?«

»Unser Pausenbrot wartet.«

Pichler grinste, und Reinhold grinste zurück. Dann schaltete er Blaulicht und Sirene ein und zog an dem SUV vorbei.

Hinter Herlebach ging es hoch in den Wald, der erste Seitenweg kam.

»Hier?«, fragte Reinhold.

»Gefällt mir nicht. Weiter!«

Im zweiten Pfad stand schon ein Auto, aber irgendwann hatten sie eine Stelle gefunden, die Pichler genehm war.

»Dir ist schon klar, dass wir die Obersontheimer Gemarkung schon lange hinter uns gelassen haben?«, sagte Reinhold. »Wir wildern sozusagen in einem fremden Revier.«

»Na und? Wir wollen hier ja keine Mörder fangen, sondern nur in Ruhe Mittagspause machen.«

Sie packten ihr Mittagessen aus der Alufolie und mampften schweigend. Pichler war als Erster fertig. Er wuchtete sich aus dem Streifenwagen und sagte: »Jetzt muss ich erst mal pinkeln.«

Er schlug sich in den Wald. Er war wählerisch und nahm nicht jeden Baum. Eine alte Eiche fand schließlich Gnade vor seinen Augen. Der Eiche war das egal. Im

Laufe ihres langen Lebens hatte sich schon manche Sau an ihr gerieben, jetzt kam es auch nicht mehr darauf an.

Gab es Schöneres, als sich in der freien Natur zu erleichtern und dabei dem Vogelgezwitscher zu lauschen?

Pichler strullerte genüsslich, pfiff laut und falsch vor sich hin und ließ seinen Blick schweifen, nach oben in die Baumwipfel, nach links in den Wald, nach rechts in den Wald. Und dann sah er sie.

»Heilige Scheiße!«, rief er.

Sein Strahl versiegte abrupt. Er griff nach seiner Pistolentasche und bekam sie nach dem dritten Versuch auch sofort auf. Er entsicherte die Waffe, denn was nützte eine Pistole, die nicht entsichert war, allerdings war er so nervös, dass sie ihm aus der Hand glitt. Ein Schuss löste sich und hallte dumpf durch den friedlichen Wald. Für einen Moment verstummte das Vogelgezwitscher und setzte dann umso stärker wieder ein. Die alte Eiche war kurz irritiert und schüttelte sich dann. Auch das würde sie überleben.

Reinhold kam angerannt. »Hast du geschossen? Was ist los?«

Das war jetzt peinlich. Über jeden Schuss, der aus einer Dienstwaffe abgefeuert wurde, musste Rechenschaft abgelegt werden. Pichler brauchte ganz schnell eine Geschichte, bei der er auch bleiben konnte.

»Da war ein Schatten«, stotterte er schließlich.

»Was für ein Schatten?«, fragte Reinhold verständnislos.

»Der Mörder.«

»Welcher Mörder?«

Stumm wies Pichler zwischen die Bäume.

»Oh nein!«, stöhnte Reinhold. Dann drehte er sich um und erbrach sich.

Dabei war der Anblick gar nicht so arg schlimm. Es handelte sich um eine junge Frau, die da auf dem Bauch lag und eigentlich ganz hübsch war, soweit sie das beurteilen konnten. Abgesehen natürlich von der blutverkrusteten Stelle an ihrem Hinterkopf.

Nun ja, es war die erste Leiche, mit der Polizeimeister Reinhold konfrontiert war, insofern musste man Nachsicht mit ihm haben.

Er wischte sich den Mund ab. »Und was machen wir jetzt?«, fragte er nervös, wobei er darauf achtete, mit dem Rücken zu ihrem Fundstück zu stehen.

»Nichts.«

»Wieso nichts?«

»Wir sind eindeutig nicht mehr auf der Obersontheimer Gemarkung, hast du selbst gesagt. Die Leiche fällt nicht in unsere Zuständigkeit.«

»Aber das müssen wir doch …«

Pichler pumpte sich zu seinen 112 Kilo polizeihauptmeisterlicher Autorität auf, womit er noch fast jeden Randalierer beeindruckt hatte.

»Hast du eine Ahnung, was los ist, wenn wir das melden? Wir müssen jede Menge dumme Fragen beantworten, wir müssen haufenweise bescheuerte Formulare ausfüllen und Berichte schreiben. Und wir müssen hier warten, bis die Herrschaften von der Kripo auftauchen, und das kann dauern.«

Was im Klartext hieß, dass er sich sein Mittagsschläfchen abschminken konnte.

»Aber …«, fing Reinhold an. Dann wurde er still und lauschte.

»Hörst du das auch?«, fragte er leise.

»Ich höre nichts«, erwiderte Pichler und bemühte sich krampfhaft, nichts zu hören. Aber es war nicht zu überhören. Hundegebell. Das immer näher kam.

»Er kommt«, flüsterte Pichler.

»Wer kommt?«, fragte Reinhold.

»Der Mörder natürlich.«

»Welcher Mörder?«

»Der Mörder kommt immer an den Ort seines Verbrechens zurück, merk dir das.«

»Und was machen wir jetzt?«

»Wir verstecken uns hinter den Bäumen. Du machst gar nichts, ich mache.«

Der Hund brach durch das Unterholz, hielt kurz inne und betrachtete die zwei Männer hinter den Bäumen, fand sie allerdings nicht besonders spannend und beschnüffelte die Leiche.

Hinter einem der Bäume würgte es.

Aber PHM Pichler war ganz ruhig geworden. Eiskalt überlegte er. Wo ein Hund war, war sein Herrchen nicht weit, und dann hatte er ihn, den Mörder.

Und da war er auch schon, schwer atmend kam er seinem Hund hinterhergerannt.

Pichler trat hinter seinem Baum hervor, die Waffe beidhändig von sich gestreckt, wie er das mal gelernt hatte.

»Halt! Polizei! Keine Bewegung oder ich schieße! Hände hoch!«

»Was denn nun?«, fragte der Mann. »Keine Bewegung oder Hände hoch?«

Als Karlheinz Dobler und Annalena Bock am Tatort eintrafen, präzise: am Fundort der Leiche, denn noch war nicht klar, was eigentlich Sache war, herrschte dort das übliche Treiben. Der Fundort war mit weiß-rotem Band abgesperrt, überall wuselten Menschen herum und waren beschäftigt.

»Was haben wir?«, fragte Dobler einen der Uniformierten.

»Weibliche Leiche, etwa 35, keine Papiere, kein Handy, nur ein Autoschlüssel.«

»Habt ihr das Auto schon gefunden?«

»Wir suchen noch.«

Dobler ging neben der Leiche in die Hocke und studierte sie aufmerksam. Schlank, sportliche Figur. Sie trug Jogging-Kleidung.

Der großflächige Wald um den Einkorn, den Haller Hausberg, war ein beliebtes Naherholungsgebiet, so hatte es Dobler auf der Fahrt hierher Annalena erklärt, und Schauplatz vielfältiger sportlicher Aktivitäten. Jogger sah man häufig ihre Runden ziehen, eine Frau in Jogging-Kleidung war insofern kein ungewohnter Anblick. Die nicht so Sportlichen begnügten sich mit einem Aufstieg auf den Aussichtsturm auf dem Einkorn selbst. Das war anstrengend genug, aber zum Glück gab es am Kiosk ein Bier.

»Fantastischer Rundblick«, sagte er. »Bei gutem Wetter bis zur Schwäbischen Alb.«

»Soso«, war Annalenas Kommentar dazu.

»Der übliche stumpfe Gegenstand«, stellte Dobler nun fest. »Kann es ein Ast gewesen sein? Liegen ja genügend Äste herum.«

Das könnte durchaus möglich sein, erklärte einer der Kriminaltechniker, das musste eine nähere Untersuchung zeigen. Ein Ast, der als Tatwaffe in Betracht kam, war jedenfalls noch nicht gefunden worden. Aber sie suchten weiter, klar.

»Wann?«, fragte Dobler.

Gestern am späten Nachmittag, auf alle Fälle, nachdem der Regen aufgehört hatte, sonst wären die Kleider nass. Irgendwann zwischen 17 und 20 Uhr nach einer ersten groben Schätzung, die Obduktion würde, wie üblich, Genaueres ergeben.

»Habt ihr schon irgendwelche brauchbaren Spuren?«, schaltete sich Annalena Bock ein.

»Spuren jede Menge«, antwortete der Mann von der Spusi, »aber keine brauchbaren bisher. Hier sieht's aus, als sei eine ganze Wildschweinherde herumgetrampelt.«

Er bekam einen träumerischen Blick. »Dabei habe ich mich richtig darauf gefreut. Ideale Bedingungen. Der leichte Regen gestern Nachmittag, aber nicht zu heftig, so schöne Fußspuren findest du selten. Aber nein, alles zertrampelt.«

»Ein Kampf?«

»Sieht nicht so aus. Nur Idiotie.«

»Kollegen haben die Leiche gefunden, wurde uns gesagt.«

»Dort drüben.«

Die beiden unfreiwilligen Entdecker der Leiche hatte man hinter das Absperrband verbannt, wo sie ungeduldig und sichtlich nervös warteten, bis sich jemand um sie kümmerte.

»Ach nee!«, sagte Dobler. »Ausgerechnet die zwei!«

Annalena Bock sah ihn fragend an. »Du kennst sie?«

»In Kollegenkreisen als ›Reinhold & Reinhold‹ oder

›Plisch & Plum‹ bekannt. Oder besser, berüchtigt. Das wird ein Spaß! Knöpfen wir uns die beiden Helden mal vor.«

Doch bevor sie dazu kamen, wurden sie von einem Kriminaltechniker gerufen. »Schaut euch das mal an.«

Er kniete vor der alten Eiche. »Ein Einschuss. Ganz frisch. Und das hier«, er deutete darauf, »ich möchte wetten, da hat einer gepinkelt.«

»Gendergerecht bitte!«, sagte Dobler. »Neben dir steht eine emanzipierte Frau.«

»Zeig mir die Frau, die an einen Baum pinkelt«, sagte Annalena Bock.

Dobler kniete sich nieder. »Merkwürdiger Einschusswinkel. Hat da einer Mäuse gejagt?«

Er erhob sich wieder, stellte sich vor den Baum und schaute prüfend um sich. »Ich habe eine ungefähre Ahnung, was da gelaufen ist.«

Der Techniker grinste. »Plisch & Plum?«

»Das Leben kann manchmal grausam sein.«

Dann endlich waren Richard Reinhold und Reinhold Pichler an der Reihe. Reinhold & Reinhold, Plisch & Plum.

Angriff ist die beste Verteidigung, sagte sich Pichler und polterte los, als die beiden Kommissare zu ihnen traten. »Wie lange wollen Sie uns eigentlich hier noch festhalten? Wir müssten schon längst wieder auf Streife sein.«

»Tach, die Herren«, sagte Dobler unbeeindruckt. Er wies auf Annalena. »Ihr kennt sie noch nicht, Kriminalhauptkommissarin Annalena Bock. Schön brav sein, sie beißt manchmal.«

Annalena wollte schon aufbrausen, hielt sich aber zurück. Erst mal sehen, worauf das hinauslief.

Pichler grinste sie an. »Neu hier, was?«
»Neu hier, ja«, sagte Dobler, »aber ein alter Hase.«
»Häsin«, sagte Annalena.
»Ich bin Kriminalhauptkommissar Karlheinz Dobler. Aber wir kennen uns ja, nicht wahr?«
Reinhold & Reinhold nickten. Ihren Mienen nach war das ein Wiedersehen, auf das sie gern verzichtet hätten.
»Na, dann erzählt mal«, sagte Dobler gemütlich.
»Was gibt es da viel zu erzählen?«, brauste Pichler auf. »Wir waren auf Streife und haben die Leiche halt gefunden.«
»Wir sind sozusagen über sie gestolpert«, ergänzte Reinhold. »Also er, sozusagen.« Er wies auf Pichler.
»Auf Streife, soso. Mitten im Wald.«
»Man muss sich ja auch mal die Füße vertreten«, verteidigte sich Pichler.
»Nicht mehr ganz euer Revier hier, oder?«
Pichler stellte sich dumm. »Tatsächlich? Darauf haben wir gar nicht geachtet. Immerhin haben wir die Leiche gefunden, wer weiß, wie lange sie sonst noch dort gelegen hätte.«
»Sehr löblich, Herr Pichler«, nickte Dobler. »Habt ihr irgendwas beobachtet?«
»Nein«, sagten beide wie aus einem Munde.
»Irgendwelche besonderen Vorkommnisse?«
»Nein«, sagte Pichler.
Reinhold trat von einem Bein aufs andere, als müsste er mal dringend. »Er musste einen Schuss abgeben«, platzte er heraus.
»Oijoijoi, einen Schuss! Warum das denn, Herr Pichler?«

Pichler war anzusehen, dass er seinen Kollegen am liebsten ungespitzt in den Boden gerammt hätte.

»Ich habe etwas gesehen«, antwortete er mit verbissener Miene. »Einen Schatten.«

»Aha, einen Schatten. Können Sie den näher beschreiben?«

»Nein.«

»Aber Sie haben auf ihn geschossen.«

»Eine blitzschnelle Reaktion. Wie wir das gelernt haben.«

»Brav, brav, Herr Pichler. Und Sie haben sogar einen Verdächtigen verhaftet, wie ich gehört habe.«

»›Verhaftet‹ ist nicht ganz richtig«, sagte Reinhold. »Festgehalten.«

»Mit Handschellen.«

»Nicht dass er uns noch stiften geht.«

»War das der Schatten, den Sie gesehen haben, Herr Pichler?«

»Könnte sein«, sagte Pichler. Und dann ritt ihn der Teufel. »Aber das herauszufinden, ist ja wohl Aufgabe der Kripo.«

»Und die wird es herausfinden, keine Bange«, sagte Dobler, immer noch in aller Gemütsruhe. »Wer ist denn der Verdächtige, den ihr – festgesetzt habt?«

»Der Waldschrat dort.« Pichler deutete auf einen kleinen, dicken Mann, der mit dem Rücken zu ihnen mit einem Uniformierten sprach. Zu seinen Füßen saß brav ein Hund.

»Aha«, sagte Dobler. »Sonst noch etwas, was ihr mir sagen müsst?«

Reinhold & Reinhold schüttelten den Kopf.

Dobler war mit seinen knapp zwei Metern an sich schon eine imposante Erscheinung, doch wenn er sich aufplusterte, war er geradezu einschüchternd, wenn er auch gewichtsmäßig mit Pichler nicht ganz mithalten konnte.

»Polizeimeister Reinhold, Polizeihauptmeister Pichler«, donnerte er. »Morgen früh, 10 Uhr, mein Büro im Kommissariat. Wir werden eure Aussagen zu Protokoll nehmen. Und dann will ich die wirkliche Geschichte hören, verstanden?«

Reinhold & Reinhold schauten betreten.

»Übrigens, Pichler«, fuhr Dobler fort, »Sie können Ihren Hosenstall wieder zumachen. Wir haben eine Dame unter uns. Nicht, dass die das als Belästigung auffasst.«

Pichler wurde feuerrot. Annalena drehte sich grinsend um und folgte Dobler.

»Scheiße«, sagte Reinhold.

»Du Arschloch«, sagte Pichler.

»Wie meinst du das jetzt?«, fragte Reinhold erstaunt.

Annalena Bock hatte mittlerweile zu Dobler aufgeschlossen.

»Musstest du den armen Mann so erschrecken? Der hätte sich ja fast in die Hosen gemacht.«

»Fast. Wenn er nicht zuvor schon an den Baum gepinkelt hätte.«

»Es hätte ja auch der andere sein können.«

»Der ist selbst zum Pinkeln zu blöd, wenn ihm nicht jemand hilft.«

Die beiden Kommissare waren auf dem Weg zu dem Waldschrat, wie er bezeichnet worden war, und das nicht zu Unrecht. Klein und dick, grüne Kniebundhose und grüne Kniestrümpfe, grüner Janker, grüner Hut mit Gamsbart.

Als er sich umdrehte und ihrer ansichtig wurde, ging ein Strahlen über sein Gesicht, und er kam auf sie zugelaufen. Den Uniformierten, mit dem er eben noch gesprochen hatte, ließ er einfach stehen.

Der Hund allerdings war schneller. Er raste auf die beiden Kommissare zu, und auch ein lautes »Prinz!« konnte ihn nicht stoppen.

»Prinz von Hohenlohe!«, rief der Waldschrat noch lauter. Als sei er gegen eine Wand gelaufen, blieb der Hund abrupt stehen und legte sich flach auf den Boden.

»Auch das noch!«, sagte Dobler.

Annalena sah ihn an. »Was ist? Hast du Angst vor Hunden?«

Dobler seufzte. »Das ist mein Onkel. Etwas verschroben, aber ein lieber Kerl, nur entsetzlich neugierig. Außerdem schaut er zu viel Fernsehkrimis und weiß alles besser.«

»Und der Hund heißt tatsächlich Prinz von Hohenlohe?«

»Der ultimative Stopp-Ruf. Wenn er auf sonst nichts hört, darauf schon.«

Der Waldschrat war jetzt bei ihnen und schüttelte Dobler begeistert die Hand.

»Karli!«, rief er aus. »Ich habe doch gewusst, dass ich dich hier treffe. Und das ist wohl die neue Kollegin?«

Er streckte Annalena die Hand hin.

Dobler räusperte sich. »Darf ich vorstellen, Kriminalhauptkommissarin Annalena Bock, Professor Doktor Nikolaus Dobler, mein Onkel.«

»Professor emeritus«, sagte der Onkel. »Wir wollen

doch korrekt sein, nicht wahr? Ich bin Pensionär. Küss die Hand, gnädige Frau. Aber ihr habt ja Prinz noch gar nicht begrüßt! Komm her, Prinz.«

Er klopfte leicht auf sein Bein, der Hund kam auf sie zugeschossen. Dobler wich zurück, aber Annalena kniete sich nieder und streckte ihm die Hand entgegen. Der Hund schnüffelte daran und ließ sich dann von Annalena genüsslich streicheln.

»Prüfung bestanden. Er mag Sie«, stellte Dobler senior fest.

»Und ich mag Hunde«, sagte Annalena. »Besonders Border Collies. Die sind so lebhaft, so lebendig.«

»Wenn man sie richtig erzieht, sind sie lammfromm und gehorchen aufs Wort.«

»Ich hätte selbst gern so einen«, sagte Annalena sehnsüchtig. »Aber bei meinem Beruf …«

»Sie brauchen viel Auslauf. Als Pensionär habe ich ja genügend Zeit.«

Kommissar Dobler schaltete sich ein. »Wenn ich die Fachsimpelei der Herrschaften mal unterbrechen darf …«

»Karli, Karli, du bist manchmal so ungemütlich.«

»Immerhin haben wir hier eine Leiche liegen. Erzähl mal, Nick, in Kurzfassung bitte.«

»In Kurzfassung! Nun, wie Sie wünschen, Herr Kommissar! Ich bin also mit Prinz durch den Wald gestapft, wissen Sie, Frau Bock, ich mache das jeden Tag, der Hund braucht ja seinen Auslauf, wie gesagt, und ich auch, meint meine Frau. Ich verstehe nicht, wie sie auf diese Idee kommt.« Dabei strich er sich über seinen beträchtlichen Bauch. »Wir waren Pilze sammeln. Wo ist eigentlich mein Korb?«

Suchend schaute er sich um, entdeckte ihn und rannte los. Annalena prustete los. »Karli!«

Dobler schaute sie säuerlich an. »Ja … Leni. Merk dir eines: Ungestraft darf mich so nur die Familie nennen.«

Nick kam zurück und hielt den halbvollen Korb strahlend Annalena hin.

»Sehen Sie, Frau Bock? Steinpilze, einige Pfifferlinge. Edelreizker, ein junger Parasol. Die Natur beschenkt uns überreich und so köstlich, man muss nur wissen, wo man suchen muss. Ich zum Beispiel …«

»Nick!«, sagte Dobler genervt. »Die Kurzfassung!«

»Kurzfassung, ja. Plötzlich ein Schuss, peng! Prinz rennt los, ich hinterher, dann richtet ein Polizist seine Pistole auf mich, der andere legt mir Handschellen an. Die Kurzfassung. Zufrieden, Herr Kommissar?«

»Einstweilen ja«, antwortete Dobler. »Du musst dich ja ganz schön erschrocken haben.«

»Ach wo! Spannend war das! Durfte ich mal am eigenen Leib erleben, was ich nur aus dem Fernsehen kenne.«

»Kennst du auch die Tote?«

Nick kniete sich neben die Leiche und betrachtete sie eingehend.

»Ich glaube nicht. Ihrer Kleidung nach war sie joggen. Dabei ist das doch gar keine Joggingstrecke.«

»Querfeldein. Waldlauf«, sagte Annalena. »Steigert die Ausdauer, der Waldboden schont die Gelenke, du siehst viel Natur. Manche mögen das.«

»Karli, sag das ja nicht Tante Gretel! Sonst kommt die auf ganz dumme Gedanken für mich! Das Loch im Kopf sieht nach einem stumpfen Gegenstand aus. Bestimmt ein abgebrochener Ast. Nach dem müsst ihr suchen, Karli!«

»Danke, Nick«, sagte Dobler sarkastisch. »Du hast uns auf die Sprünge geholfen.«

»Karlheinz!«, rief jemand. »Wir haben das Auto gefunden!«

Annalena merkte, wie es in ihr zu brodeln begann und dass es nicht mehr weit war bis zu einem Ausbruch, der alles niederwalzen würde, was ihr in die Quere kam.

Typisch für diese Hohenloher Provinzmachos, schimpfte sie in sich hinein, schon wieder wurde ihr männlicher Kollege angesprochen und nicht sie. Sie war ja nur eine Frau, ein Anhängsel. Ein typischer Fall von Diskriminierung durch Ignoranz. Und das beim ersten Fall hier in Schwäbisch Hall, der interessant zu werden versprach.

»Tonto!«, zischte sie ganz leise, eines der wenigen spanischen Wörter, die sie von einem Malle-Urlaub mitgebracht und behalten hatte. Eigentlich bedeutete es schlicht »Dummkopf«. Allerdings sollte man es besser nicht gegenüber einem gestandenen Mannsbild anwenden, der hörte womöglich noch ganz anderes heraus, und das konnte dann ungemütlich werden, auch wenn man die Sprache nicht verstand.

»Wir müssen«, sagte Dobler zu Nick.

»Freilich, freilich. Ich sehe euch ja heute Abend, bin schon gespannt, was ihr zu erzählen habt. Sie kommen doch mit, Frau Bock? Das müssen Sie, keine Widerrede. Bitte, mir zuliebe!«

So leise es Annalena auch gemurmelt hatte, Dobler war es nicht entgangen.

»Beruhige dich!«, sagte er. »Du bist die Neue, die man noch nicht so recht einordnen kann, ich hingegen kenne die meisten.«

»Wahrscheinlich hast du mit ihnen schon im Sandkasten gespielt«, giftete Annalena.

»So ist es«, bekräftigte Dobler gelassen.

Annalena atmete einige Male tief durch und ruderte in Gedanken zurück. Nur natürlich, dass sie sich erst an ihn wandten. Sie musste sich die Anerkennung der Kollegen erst verdienen, nichts mit Frauenbonus.

Als die beiden Kommissare die kurze Strecke zum Parkplatz fuhren, wo das Auto des Opfers gefunden worden war, fragte Annalena: »Was ist denn das für eine Feier, von der dein Onkel geredet hat?«

»Nichts Besonderes«, antwortete Dobler. »Die Familie trifft sich halt wieder mal zu einem gemütlichen Abend.«

»Eine Familienfeier? Und dazu hat mich dein Onkel eingeladen? Da würde ich nur stören.«

»Überhaupt nicht. Das ist keine exklusive Veranstaltung. Wer kann, der kommt. Wer will, bringt jemanden mit.«

»Klingt aber nicht so, als wolltest du mich mit Engelszungen überreden, im Gegensatz zu deinem Onkel.«

Er zögerte. »Die Doblers sind etwas eigenwillig.«

Annalena lachte. »Jetzt hast du mich neugierig gemacht. Vielleicht kann ich meinen eigenwilligen Kollegen Dobler besser einschätzen, wenn ich auch den Rest der Mischpoke kennenlerne.«

Dobler grinste. »Vielleicht will ich gerade das vermeiden. Ein Mann muss seine Geheimnisse haben.«

»Sagt man das nicht von Frauen?«

»Längst überholt. Das war früher mal. Es gibt allerdings ein ernsthaftes Problem.«

»Wusste ich's doch!«

»Ich habe keine Ahnung, was es zu essen gibt, aber vegetarisch wird's bestimmt nicht. Die Doblers sind eine Bauernfamilie mit Viehzucht.«

»Ich bin keine dogmatische Vegetarierin.« Spontan sagte sie: »Also abgemacht, ich komme mit. Wenn's dich nicht stört.«

»Nein«, sagte Dobler.

Im selben Moment bereute sie es schon wieder. Ihre impulsive Art hatte sie oft genug in Situationen gebracht, die sie hinterher bitter bereut hatte. Sie unter lauter Fremden. Sie als ebenso Fremde in einer Familie. Sie unter Hohenloher Bauern. Ob das gutging?

Dann sah sie im Gesicht ihres Kollegen mehr zufriedene Freude, als seine zögerliche Zurückhaltung zuvor vermuten ließ, und sie wollte ihn nicht enttäuschen. Dann sollte es eben so sein. Sie würde das schon überstehen.

Auf dem Parkplatz stand nur ein einzelnes Auto, von einem Absperrband umgeben und bewacht von einem Streifenwagen. Die Kollegen stiegen aus, als Dobler und Annalena heranfuhren. Einer der beiden drückte auf den Autoschlüssel, und das Auto, ein dunkelblaues BMW-Cabriolet, fiepte und ließ seine Blinklichter aufleuchten.

»Gut gemacht, Kollegen«, sagte Dobler.

Einer der Beamten zuckte mit den Schultern. »Kein großes Ding, wenn man den Schlüssel hat.«

»Da muss die Spusi ran«, sagte Annalena.

»Schon verständigt. Dauert aber noch, die brauchen erst Verstärkung. Zwei Örtlichkeiten, die sie unter die Lupe nehmen müssen.«

»So lange müsst ihr hier eben Wache schieben.«

»Sind wir gewohnt. Kein Problem, solange uns Plisch & Plum nicht dazwischenfunken.«

Dobler grinste. »Die sind für heute wohl bedient.«

»Da wäre ich mir nicht so sicher«, sagte einer der Streifenbeamten.

»Habt ihr euch das Auto schon angeschaut?«, fragte Dobler.

»Das überlassen wir der höheren Gehaltsstufe. Aber wir haben schon mal eine Halterabfrage gemacht. Zugelassen ist der Wagen auf eine Alisa Sandrock, wohnhaft in Schwäbisch Hall.«

»Ist doch schon was. Na, dann wollen wir mal.«

Annalena fiel nicht zum ersten Mal auf, wie locker im allgemeinen der Umgangston untereinander war. Vielleicht lag es daran, dass sich die meisten schon lange kannten. Vielleicht war diese Gelassenheit auch eine Besonderheit dieses Menschenschlags, der ihr ein Rätsel war. Sie würde es herausfinden.

Die beiden Kommissare streiften sich Einweghandschuhe über, öffneten die Türen und schauten in das Auto.

»Aufgeräumt und sauber«, sagte Dobler. »Keine gebrauchten Taschentücher, keine Pizzaschachtel, kein Kaugummipapier. Mein Auto sieht anders aus.«

Er nahm sich das Handschuhfach vor. »Hier ist der Fahrzeugschein. Alisa Sandrock. Sonst nichts, außer dem Handbuch.«

Annalena hatte derweil den Kofferraum geöffnet und hielt eine Handtasche in die Höhe.

»Weibliche Intuition«, sagte Dobler.

»Keine Frau lässt ihre Handtasche offen im Auto liegen«, antwortete Annalena. »Das ist ja wie eine Einladung.«

Dobler trat zu ihr.

Annalena fischte einen Geldbeutel aus der Handtasche. »Ein paar 100 Euro in Scheinen, Kreditkarte, Bankkarte, Führerschein, Handy, abgeschaltet, das muss die Technik knacken, und, da haben wir's, der Personalausweis. Alisa Sandrock, wie es der Kollege gesagt hat. Hübsche Frau, selbst auf diesem Ausweisfoto, auf dem man nur dumm schauen darf. Das ist sie. Adresse: Hagenbacher Ring. Sagt dir das etwas?«

Dobler nickte. »Damit wäre wenigstens die Identität unserer Toten klar. Sonst noch etwas in der Handtasche?«

Annalena reichte ihm einen ziemlich umfangreichen Schlüsselbund. »Ansonsten der übliche Krimskrams. Auf den ersten Blick nichts, was uns im Moment weiterhelfen könnte. Ich nehme die Handtasche mit und gehe sie später noch einmal gründlich durch.«

»Dann schauen wir uns mal die Wohnung unserer Leiche an«, sagte Dobler.

»Brauchen wir dazu nicht einen richterlichen Beschluss?«

Dobler grinste. »Wir haben etwas viel Besseres. Wir haben die Schlüssel.«

Langsam rollte der Streifenwagen mit Reinhold & Reinhold in Richtung ihres Polizeipostens in Obersontheim. Sie hatten es nicht eilig, auf sie warteten nur unangenehme Fragen und knifflige Berichte. Wie immer saß Reinhold am Steuer, diese Kurbelei bei den vielen Kurven auf dem Land war Pichler zu anstrengend.

Pichler war sauer, auf sich, seinen Kollegen und überhaupt auf die ganze Welt.

»Diesen Dobler habe ich gefressen«, moserte er. »Arroganter Fatzke!«

»Kanzelt uns ab wie Schuljungen«, bestätigte Reinhold.

»Und diese Frau, die Neue, ist auch nicht besser. Und dann so eine Halbverhungerte. Frau Kommissarin! Wenn ich das schon höre! Die soll sich besser um den Haushalt und die Kinder kümmern.«

»Das darfst du heutzutage aber nicht mehr laut sagen. Das ist dis… dis… disqualifizierend.«

»Deswegen sage ich es ja dir.«

Eine Zeit lang herrschte Schweigen. Pichler brütete vor sich hin, dann polterte er los: »Warum musstest du Idiot auch von dem Schatten erzählen, auf den ich geschossen habe!«

»Die Herrschaften sollen ruhig mal sehen, wie gefährlich wir Streifenbeamten leben. Da war doch ein Schatten, oder?«

»Natürlich war da ein Schatten! Aus den Augenwinkeln habe ich ihn gesehen. Kann natürlich auch ein Vogel gewesen sein. Oder ein Blatt, das vom Baum gefallen ist.«

»Oder der Mörder.«

»Hätte alles sein können.«

»In solchen Situationen kann man nicht lange überlegen. Man muss impulsiv handeln«, sagte Reinhold. Eine überaus logische Feststellung.

»Und jetzt müssen wir deswegen vortanzen und uns einen Haufen blöder Fragen gefallen lassen. Wir müssen uns gut überlegen, was wir sagen, sonst haben die uns am Arsch.«

»Was sagen wir denn?«

»Klappe halten. Ich muss nachdenken.«

Das mit dem Nachdenken war aber so eine Sache. Das menschliche Gehirn arbeitet sehr effizient und hat sich deshalb einige raffinierte Strategien zurechtgelegt. Vor allem spart es Energie, wo es nur kann. Fähigkeiten, die man lange nicht benutzt hat, werden sozusagen ins Hinterstübchen verschoben und müssen erst mühsam wieder hervorgekramt und gewissermaßen neu gelernt werden. Wozu, sagt sich das Gehirn, soll ich Energie verschwenden auf Dinge, die nur selten gebraucht werden?

Das war das Problem bei Pichler.

Sie hatten Oberfischach hinter sich gelassen und fuhren den Berg hinab, am Mühlhof vorbei. Vor sich sahen sie die Straße, die sich nach Mittelfischach schlängelte, und sie sahen ein Auto, das nicht gerade langsam die Kurven schnitt.

»Hast du den gesehen?«, fragte Reinhold.

»Was?« Pichler schreckte hoch.

»Fährt wie eine gesengte Sau.«

Da war das Auto auch schon vorbei an ihnen.

»Ha!«, sagte Pichler. »Aalener Kennzeichen. Einer von der Ostalb! Den kaufen wir uns.« Irgendwie musste Pichler seinen Frust ja loswerden.

»Wie jetzt?«, fragte Reinhold.

»Umdrehen. Das volle Programm. Blaulicht. Sirene. Überholen. Stoppen«, befahl Pichler. »Nun mach schon, du lahme Ente!«

Und Reinhold tat, wie ihm geheißen. Kurz vor Herlebach hatten sie den Aalener eingeholt.

Pichler ging gewichtigen Schrittes auf ihn zu. Ein einzelner Mann am Steuer, das er deutlich sichtbar mit beiden Händen festhielt, wie man das aus amerikanischen Filmen kannte.

»Fahrzeugkontrolle«, sagte Pichler. »Papiere, aber ein bisschen plötzlich!«

Der Mann, kurz geschnittene dunkle Haare mit grauen Strähnen, modische Brille mit schwarzem Rand, markantes kantiges Gesicht, nicht unsympathisch eigentlich, kramte die Fahrzeugpapiere aus dem Handschuhfach und reichte sie durch das Fenster.

Pichler kam der Mann bekannt vor. Wo hatte er dieses Gesicht schon mal gesehen? Auf einem Fahndungsplakat vielleicht?

»Bitte schön, Herr Wachtmeister«, sagte er freundlich.

Pichler straffte sich. »Polizeihauptmeister, bitte schön! Und wo bleibt der Führerschein?«

Der Fahrer griff in sein Sakko, den Führerschein hatte er wohl in der Brieftasche, und sah plötzlich eine Pistole vor seiner Nase.

»Ganz langsam die Hand aus der Jacke nehmen! Aussteigen!«, befahl Pichler. »Aber keine Fisimatenten!«

Reinhold nickte bekräftigend und mit finsterem Gesicht, obwohl er keine Ahnung hatte, was diese Fisidingsbums waren.

»Hände auf das Autodach! Beine breit!«, kommandierte Pichler weiter. Dann tastete er den Mann ab.

»Sauber«, sagte er.

»Hätte ich Ihnen sagen können«, erwiderte ihr Opfer.

Pichler schaute ihn streng an. »Man kann nicht vorsichtig genug sein.«

»Das Böse lauert überall«, ergänzte Reinhold.

Pichler beugte sich in das Wageninnere und entdeckte nichts, was ihm verdächtig schien.

Er ging prüfend um das Auto herum und sagte: »Licht!«

»Dann muss ich wohl wieder einsteigen«, meinte der Fahrer.

Unwirsch wedelte Pichler mit der Hand. »Blinker links! Blinker rechts.«

Brav führte der Fahrer alles aus.

Noch einmal ging Pichler um das Auto herum. Er ärgerte sich. Da war nichts, was man dem Fahrer ankreiden konnte, nicht einmal die Reifen waren abgefahren. Und es fuchste ihn gewaltig, dass dieser Herr alles gelassen über sich ergehen ließ und auch noch freundlich lächelte. Sehr verdächtig! Ein schlechtes Gewissen hatte schließlich jeder, der von der Polizei kontrolliert wurde.

»Für heute haben Sie noch einmal Glück gehabt«, sagte Pichler mürrisch. »Gnade vor Recht.«

Der Fahrer lächelte noch breiter. »Es ist erfreulich, wie diensteifrig unsere Streifenbeamten sind. Aber am richtigen Umgangston müssen wir noch arbeiten.«

Er reichte Pichler eine Visitenkarte. Der wurde aschfahl, als er sie las.

»Heute bin ich privat unterwegs«, sagte der Mann mit der markanten Brille. »Morgen um 10 Uhr will ich Sie beide in meinem Büro in Aalen sehen. Pünktlich!« Er klang jetzt nicht mehr ganz so freundlich.

»Das geht nicht«, sagte Reinhold. »Da sind wir mit Kommissar Dobler verabredet, wir sind nämlich wichtige Zeugen in einem Mordfall. Wir …«

»Klappe, du Affe!«, presste Pichler hervor.

Der Mann winkte ihnen durch das offene Fenster zu und brauste davon.

Wortlos reichte Pichler seinem Kollegen die Visitenkarte. Auch der wurde bleich. »Haben wir jetzt tatsächlich unseren Polizeipräsidenten in die Mangel genommen?«

Die Hagenbachsiedlung auf einer Anhöhe im Westen von Schwäbisch Hall hatte auch ihre kuscheligen Ecken mit Einfamilienhäusern und Bungalows. Dominiert indes wurde sie von den bis zu zehngeschossigen Hochhäusern, die in den 1970er-Jahren entstanden waren. In einem davon hatte Alisa Sandrock gewohnt.

Dobler klingelte.

»Sie wird dir wohl nicht mehr aufmachen können«, sagte Annalena.

»Sie nicht, aber vielleicht ein Ehemann oder Lebensgefährte oder Mitbewohner.«

»Ehering hatte sie keinen.«

»Das hat nichts zu sagen.«

Nichts geschah.

Beim vierten Versuch hatte Dobler den Schlüssel gefunden, der die Haustür öffnete. Sie stapften hoch in den dritten Stock, wo sich die Wohnung befinden musste.

Wieder probierte Dobler die Schlüssel durch, und als er gerade den richtigen ausfindig gemacht hatte, ging gegenüber die Wohnungstür auf. Die neugierige Nachbarin, der Schrecken aller Ermittler.

»Kann ich helfen?«, fragte sie, eine ältere Frau im geblümten Kittelschurz, den die traditionsbewusste Hausfrau nur auf dem Haller Jakobimarkt erstand und nirgendwo sonst.

»Wir wollten zu Frau Sandrock«, sagte Annalena.

»Aha«, sagte die Frau im Kittelschurz. »Wieso haben Sie einen Schlüssel zu Ihrer Wohnung?«

Ein kurzer Blickwechsel zwischen Annalena und Dobler, dann wiesen sie sich aus.

»Oh Gott!« Die Frau schlug die Hand vor den Mund. »Ist Frau Sandrock verdächtig?«

»Können wir das vielleicht drinnen bei Ihnen besprechen?«, fragte Annalena.

»Natürlich.« Die Frau trat auf die Seite und ließ die beiden Kommissare eintreten. »Entschuldigen Sie meinen Aufzug, ich war gerade am Putzen.«

Sie zog den Kittelschurz aus, und darunter kam ein elegantes anthrazitfarbenes Kostüm zum Vorschein, zu dem sie eine weiße Bluse trug.

»Frau Bollinger, nicht wahr?«, fragte Dobler. Er hatte das Namensschild unter der Klingel registriert.

Die Dame nickte.

»Wie kommen Sie darauf, dass Frau Sandrock verdächtig sein könnte?«, fragte er weiter.

»Wenn die Kripo sie sprechen will.«

»Es gibt einen anderen Grund, weshalb wir hier sind«, sagte Annalena. »Alisa Sandrock wurde ermordet aufgefunden.«

»Ermordet? Puh, das muss ich erst einmal verdauen. Nehmen Sie doch bitte Platz.«

Sie wies auf eine Couchgarnitur, die genauso gediegenwuchtig war wie der Rest der Einrichtung.

»Auf den Schreck brauche ich erst einmal einen Kaffee«, sagte Frau Bollinger. »Sie auch?«

Die beiden Kommissare nickten.

Annalena folgte Frau Bollinger in die Küche, wo diese mit Filter und Kaffeepulver hantierte.

»Was können Sie uns über Alisa Sandrock sagen?«, fragte Annalena.

»Nicht viel. Wir sind uns ab und zu im Treppenhaus begegnet und haben dann ein wenig miteinander geredet, belangloses Zeug. Eigentlich habe ich sie gar nicht gekannt. Sie war sehr zurückhaltend.«

»Seit wann hat sie hier gewohnt?«

»Seit gut vier Jahren. Das weiß ich deshalb so genau, weil sie kurz nach dem Tod meines Mannes eingezogen ist.«

Mittlerweile war der Kaffee durchgelaufen. Sie stellte die Kanne auf ein Tablett, zusammen mit Tassen, einem Kännchen Milch und einer silbernen Schale mit Würfel- und Kandiszucker. Es ging elegant zu bei Frau Bollinger.

Sie stellte das Tablett auf den Couchtisch, und endlich setzte sich auch Dobler, der sich bis dahin in der Wohnung umgeschaut hatte. Ohne dass sie das abgesprochen hätten, überließ er das Gespräch weiterhin Annalena.

»Wissen Sie, was Alisa Sandrock gearbeitet hat? Und wo?«, fragte diese.

Frau Bollinger schüttelte den Kopf. »Nein. Sie hatte offenbar keine geregelten Arbeitszeiten. Sie ist zu völlig unterschiedlichen Zeiten gekommen und gegangen, manchmal war sie tagelang zu Hause, manchmal tagelang weg. Anfangs habe ich versucht, sie etwas auszuhorchen, man will ja wissen, mit wem man Tür an Tür lebt, aber sie hat mich abblitzen lassen. Ziemlich brüsk. Seitdem habe ich sie nie mehr etwas Persönliches gefragt.«

»Trotzdem bekommt man im Lauf der Zeit so einiges mit über seine Nachbarn.«

»Wissen Sie, ich gehöre nicht zu den alten Frauen, die nichts anderes zu tun haben und deshalb ihren Nachbarn hinterherspionieren. Sie wollte keinen Kontakt, also gab es keinen Kontakt, punktum. Wie schon gesagt, sie war sehr zurückhaltend. Man könnte es auch abweisend nennen.«

»Geheimnisvoll?«

»So könnte man es auch interpretieren. Aber ich hatte kein Interesse daran, dieses Geheimnis zu lüften, wenn es denn eines gab. Soll jeder so leben, wie er mag, wenn er niemanden stört. Und das hat sie nicht. Sie war nicht laut, sie hat sich mit niemandem angelegt, sie hat sich nie über etwas beschwert, manchmal hätte man fast vergessen können, dass nebenan noch jemand wohnt.«

»Lebte sie allein?«

»Wieder. Vor drei oder vier Wochen, ich weiß es nicht mehr genau, ist ihr Freund ausgezogen. Mit dem hat sie ungefähr ein Jahr zusammengelebt. Aber wissen Sie, was komisch ist? Man hat zuvor keinen Streit gehört, und die Wohnungen hier sind wirklich hellhörig. Normalerweise geht so eine Trennung doch nicht geräuschlos über die Bühne.«

»Hat der Freund auch einen Namen?«

»›Kevin Klotz‹ stand auf dem Klingelschild. Ein durchaus sympathischer Mensch, aber genauso verschlossen und undurchsichtig wie sie. Wie ist denn Frau Sandrock zu Tode gekommen, wenn ich fragen darf?«

»Sie wurde im Einkornwald erschlagen. Wohl beim Joggen.«

»Ja, gelaufen ist sie häufig. Ich habe sie hin und wieder gesehen in ihren tollen Klamotten.«

Annalena erhob sich aus ihrem Sessel.

»Nun, das war's fürs Erste. Vielen Dank, Frau Bollinger, für den ausgezeichneten Kaffee, kein Vergleich mit dem Gesöff in unserer Amtsstube.«

Frau Bollinger war sichtlich geschmeichelt. »Immer wieder gern.«

»Darauf kommen wir mit Vergnügen zurück, wenn sich noch Fragen ergeben. Wundern Sie sich übrigens nicht, später wird noch die Spurensicherung kommen und die Wohnung von Alisa Sandrock genauer unter die Lupe nehmen. Haben Sie übrigens einen Schlüssel?«

»Wozu denn!«

»Blumen gießen im Urlaub?«

»Frau Sandrock hat nie etwas Derartiges gesagt. Wahrscheinlich hatte sie keine Blumen.«

Hatte sie in der Tat nicht. Die Wohnung von Alisa Sandrock war wie ihr Auto: sauber und aufgeräumt. Die beiden Kommissare gingen durch die drei Zimmer, um sich einen ersten Eindruck zu verschaffen. Alles war karg möbliert. Nirgendwo ein Bild an der Wand, keine Fotos, kein Nippes.

»Unpersönlich, steril, ungemütlich«, fasste Dobler zusammen. »Eine Wohnung ohne Emotionen. Hier möchte ich nicht meine Abende verbringen müssen.«

»Bei mir sieht es auch ungemütlich aus«, sagte Annalena. »Na ja, nicht so aufgeräumt.«

»Du bist ja auch erst seit vier Wochen hier.«

»Schon viel zu lange«, sagte Annalena.

Dobler ging darauf nicht ein. »Alisa Sandrock lebte seit vier Jahren hier. Da richtet man sich doch ein, da macht man es sich gemütlich, da sammelt sich so einiges an.«

»Es sei denn, man ist schon länger hier, als ursprünglich geplant war. Oder rechnet damit, dass man jederzeit wieder verschwinden muss.«

»Oder man mag es so karg«, ergänzte Dobler. »Man nennt das minimalistisch, ist schwer im Trend.«

Im Schlafzimmer waren nur ein breites Bett, ein Nachttischchen, eine Truhe für die Schmutzwäsche und ein Kleiderschrank. Das Bett war gemacht, abgelegte Kleider gab es keine. Alisa Sandrock musste sich umgezogen haben, bevor sie joggen gegangen war, und hatte die Alltagskleidung wohl sofort in den Kleiderschrank gehängt.

»Eine ordentliche Frau«, sagte Annalena.

»Ich würde sie pedantisch nennen«, antwortete Dobler.

Er öffnete den Kleiderschrank und fragte Annalena: »Was sagt frau zu diesen Kleidern?«

Annalena betrachtete sie kritisch und zog einzelne Teile heraus.

»Erstaunlich bescheidene Garderobe. Auch minimalistisch. Dafür ist das, was da hängt, edel und teuer. Könnte ich mir von meinem Gehalt nicht leisten.«

Sie öffnete die Schubladen des Kleiderschrankes und schaute sie durch. »Edel und teuer, das trifft auch auf die Unterwäsche zu.«

»Reizwäsche?«

»Kommt darauf an, was du darunter verstehst.«

Dobler besah sich die Kleidungsstücke und schüttelte den Kopf. »Das nicht.«

»Männerfantasien!«

»Keineswegs, Frau Kollegin! Hätte ja einen Hinweis

auf das geheime Leben der sonst so sterilen Alisa Sandrock geben können.«

Auf dem Nachttisch lag ein Buch, das, dem Lesezeichen nach, zur Hälfte gelesen war.

»Da schau an!«, sagte Annalena. »Ein Liebesroman. Das hätte ich in dieser Wohnung nicht erwartet. Vielleicht hast du doch recht mit dem geheimen Leben.«

»Wir sollten das im Auge behalten. Vorerst lasse ich mich nur zu der Mutmaßung hinreißen, dass auch die Bewohnerin dieser Wohnung so etwas wie Gefühle hatte. Sehnsüchte vielleicht.«

»Immer vorsichtig, dieser Dobler«, stichelte Annalena.

Dobler grinste. »Wenn ich meine Fantasien nicht ausleben darf.«

Das Zimmer nebenan hätte man als Arbeitszimmer bezeichnen können, allerdings war es genauso spärlich möbliert. Ein kleines Regal an der Wand mit wenigen Büchern, ein billiger Tisch mit einem Notebook und einem Drucker darauf. Und erstaunlicherweise ein Sofa, das dem Raum fast so etwas wie eine gemütliche Note gab.

Annalena klappte das Notebook auf und wartete, bis es hochgefahren war.

»Das war ja zu erwarten«, sagte sie. »Passwortgeschützt.«

»Versuch's doch mal mit 1–2–3–4.«

Annalena schüttelte den Kopf und probierte es trotzdem. »Nein.«

Dobler zuckte mit den Schultern. »Manchmal hat man auch Glück. Die Menschen sind bekanntermaßen nicht sehr einfallsreich bei ihren Passwörtern. Wie wäre es mit 1–2–3–4–5–6?«

Annalena zeigte ihm den Vogel und betrachtete die paar Bücher im Regal. »Vielleicht liegst du richtig mit deiner vorläufigen Mutmaßung. Lauter Liebesromane.«

»Kennst du welche davon?«

»Keinen einzigen.«

»Nun, dann sehe ich eine verantwortungsvolle Aufgabe auf dich zukommen.«

»Erbarmen! Nur, wenn es ermittlungsrelevant sein sollte. Und dann werden wir uns die Lektüre schön aufteilen, du Macho!«

»Ich hatte mir mehr Begeisterung erhofft. Dann hätte ich eine Ahnung von deinen geheimen Sehnsüchten bekommen.«

»Diese Schmonzetten gehören ganz bestimmt nicht dazu. Und meine wahren Sehnsüchte gehen dich nichts an. Außer der einen.«

Dobler nickte. »Dass du so schnell als möglich wieder zurück willst nach Köln.«

Annalena zeigte den gereckten Daumen und grinste ihn an. »Ich sehe, dass du mich wenigstens in dieser Beziehung verstehst.«

Mittlerweile waren sie ins Wohnzimmer gegangen. Ein Tisch mit zwei Stühlen, eine weitere Couch und gegenüber ein moderner Fernseher, mehr nicht. Auch die Küche daneben offenbarte keine Geheimnisse.

»So sauber!«, staunte Annalena.

»Unbenutzt«, sagte Dobler. »Bis auf die Kaffeemaschine.«

»Immerhin ein teurer Vollautomat. Muss man sich auch leisten können. Jetzt kennst du eine meiner weiteren geheimen Sehnsüchte.«

»Irgend etwas muss sie ja auch gegessen haben.« Dobler öffnete den Kühlschrank. Eine angebrochene Tüte Milch, ein Joghurt mit Erdbeergeschmack, Butter, sonst nichts. »Davon wird niemand satt.«

»Ich kenne das«, sagte Annalena. »Für sich allein zu kochen ist ätzend, vor allem, wenn man nicht aus Leidenschaft kocht. Also gehst du in ein Restaurant, was als Frau alleine auch nicht lustig ist. Oder du holst dir was an einem Imbiss, du lässt dir was vom Chinesen liefern oder du schiebst ein Fertiggericht aus dem Supermarkt in die Mikrowelle.«

Sie fand den Mülleimer unter der Spüle. »Na also. Zuletzt gab es eine bunte Gemüsepfanne. Davor«, sie wühlte in dem Müllereimer und hatte glücklicherweise ihre Einweghandschuhe an, »hatte sie ein Brokkoli-Curry und Pasta mit Frühlingsgemüse. Interessant. Sonst war Alisa Sandrock so penibel, aber den Mülleimer hat sie nicht täglich geleert.«

»Lass mich auch mal sehen.« Jetzt wühlte auch Dobler. »Ein Burger aus Sojaproteinen. Spargelsuppe. Die Dame war wohl auch Vegetarierin.«

»Und was sagt dir das?«

»Keine Ahnung. War nur eine Feststellung.«

Annalena schaute ihn spöttisch an. »Die wahrscheinlich im höchsten Maße ermittlungsrelevant ist.«

Dann wurde sie wieder ernst. »Weißt du, was mir in dieser ganzen Wohnung auffällt? Es gibt keinerlei Dokumente. Keinen Arbeitsvertrag, keine Kontoauszüge, keine Post, gar nichts.«

»Der digitale Mensch von heute lädt sich die Kontoauszüge herunter, seine Post lässt er einscannen und per

E-Mail schicken, dann muss er schon keine neugierige Nachbarin bemühen, wenn er mal nicht da ist, und wichtige Dokumente hat er zur Sicherheit in einem Schließfach.«

»Wozu man aber einen Schlüssel braucht. Ich habe keinen gesehen.«

»Vielleicht wird die Spusi fündig, warten wir's ab.«

»Ganz bestimmt hilft uns ihr Notebook weiter«, sagte Annalena. »Ich nehme es gleich mit und gebe es der Technik direkt.«

»Wozu der Umstand? Die werden bald hier sein und können es mitnehmen. In der Zwischenzeit versiegeln wir die Tür.«

»Super! Und jeder, der sich ernsthaft für dieses Gerät interessiert, erstarrt vor Ehrfurcht, wenn er das Siegel sieht, und zieht unverrichteter Dinge von dannen.«

»Die Kollegin aus der Großstadt ist misstrauisch.«

»Die Kollegin aus der Großstadt stand schon oft genug vor einem aufgebrochenen Siegel.«

Dobler grinste auf eine ganz besondere Art. Was gab es da zu grinsen? Dann dämmerte es ihr. Mit säuerlicher Miene fragte sie: »Und? Prüfung bestanden?«

»Mit Bravour. Um mal das abzuwandeln, was Frau Bollinger gesagt hat: Man möchte ja wissen, was das für eine ist, mit der man Tisch an Tisch zusammenarbeitet. Ich mag es, wenn jemand mitdenkt. Mehr noch, wenn er weiterdenkt.«

Sie bohrte ihm den Zeigefinger in die Brust. »Schon verstanden. Aber mach das nie wieder, ja? Ich mag es nicht, wenn man mich für dumm verkaufen will.«

Ihr Zeigefinger pochte jetzt rhythmisch auf Doblers

Brust, was der stoisch über sich ergehen ließ, ohne einen Schritt zurückzuweichen. Ihre Stimme wurde lauter und schriller.

»Warum nimmt mich hier niemand ernst? Weil ich eine Frau bin? Weil ich die Neue bin? Weil ich der Fremdkörper bin in eurem Provinzklüngel? Warum werde ich systematisch ignoriert? Immer nur Karlheinz hier, Karlheinz da, nie Annalena. Traut ihr mir nichts zu? Ich kann meinen Job, und ich muss das nicht jedem Bauerntrottel beweisen, verstanden?«

Jetzt packte Dobler ihren pochenden Zeigefinger und hielt ihn fest, ohne seine Ruhe zu verlieren. Annalena versuchte, sich zu befreien, doch er hielt sie eisern im Griff.

»Jeder weiß, dass du nicht freiwillig in Schwäbisch Hall bist«, sagte er, »und keiner weiß, warum. Das ist auch egal, das ist deine Sache. Nicht egal ist es, wenn du jedem zeigen musst, wie entsetzlich es ist, dass du hier gelandet bist. Wie sehr du diese Bauerntrottel verachtest, die deine Kollegen sind. Du bist ja was Besseres, du kommst aus der Großstadt, strafversetzt in die Hohenlohische Provinz. Vielleicht kannst du eines Tages zurückgehen in dein geliebtes Köln, mag ja sein, aber bis es so weit ist, lebst du hier und arbeitest du hier. Du musst dich damit abfinden. Zeig etwas mehr Interesse für deine neue Heimat, auch wenn sie nur vorübergehend ist. Zeig, dass du mehr bist als jemand, der seiner Vergangenheit hinterherjammert. Zeig, was du kannst. Zeig, wer du wirklich bist, Annalena Bock, verdammt noch mal!«

Er hatte nicht so grob werden wollen und schon gar nicht so laut, es war mit ihm durchgegangen. Jetzt riss sie sich los, und er ließ sie gewähren. Sie sank auf den

Stuhl vor Alisa Sandrocks Schreibtisch und schlug die Hände vors Gesicht.

»Manchmal möchte ich nur noch heulen«, sagte sie.

»Dann tu's. Sieht ja keiner.«

»Du.«

»Ich zähle nicht. Ich bin nur der Kollege vom Tisch gegenüber.«

Aber die Tränen blieben aus, sie hatte sich wieder gefangen.

»Geht schon wieder, danke«, sagte sie.

Dobler wusste, dass dies nicht ganz der Wahrheit entsprach. Sie riss sich nur zusammen. Gern hätte er sie jetzt tröstend in den Arm genommen, doch er unterließ es. Es hätte zu Missverständnissen führen können.

Sie holte tief Luft. »Das mit dem Bauerntrottel nehme ich zurück. Entschuldige bitte.«

»Ich fürchte, ich muss mich auch für einiges entschuldigen.«

»Einverstanden. Wir entschuldigen uns jetzt wechselseitig, bis wir in Pension gehen.«

Dobler grinste. »Glaub bloß nicht, dass ich nach Köln komme, um das zu erleben.«

Annalena lächelte zurück. »Vielleicht erleben wir das ja auch gemeinsam in Schwäbisch Hall.«

Sie gingen erneut durch die Wohnung und ließen die kargen, seelenlosen Räume auf sich wirken.

»Deine Einschätzung?«, fragte Dobler.

»Alisa Sandrock war eine Frau, die absolut nichts Persönliches von sich preisgeben wollte. Das kann ich noch nachvollziehen. Hast du schon mal in einem solchen Wohnsilo gelebt?«

Dobler schüttelte den Kopf.

»Ich schon«, sagte Annalena. »Häufige Mieterwechsel, deshalb entwickelt sich so was wie ein Nachbarschaftsgefühl erst gar nicht, zumindest nicht in nennenswertem Umfang. Und trotzdem wird schlimmer getratscht als in einem kleinen Dorf. Also gibst du keinerlei Anhaltspunkte. Nicht der Nachbarin, die ganz selbstlos deine Blumen gießen will, in Wahrheit aber nur schauen möchte, wie es bei dir aussieht. Nicht dem Vermieter, der bei dir herumstöbert, was er zwar nicht darf, aber ein Notfall lässt sich immer erfinden.«

»Das kann ich verstehen. Allerdings hat die Sandrock schon vier Jahre hier gelebt.«

»Das ist der Knackpunkt. Es sieht so aus, als ob die Frau hier noch nicht angekommen ist. Mehr noch, dass sie überhaupt nicht ankommen wollte. Ja, ich weiß, du brauchst gar nicht so zu schauen, das erinnert mich an meine eigene Situation, deshalb bin ich wohl vorhin so ausgerastet. Und noch ein Geständnis: Der Anblick einer Leiche macht mir nichts mehr aus, daran habe ich mich gewöhnt. Aber in einer fremden Wohnung herumzuwühlen, das macht mich fertig. Das ist doch etwas sehr Privates, und ich stelle mir immer vor, das sei meine Wohnung. Was denkt der über mich? Welche Rückschlüsse werden gezogen? Bin ich das? Macht sich da nicht jemand ein Bild von mir, ohne mich überhaupt zu kennen?«

»Kennst du dich selber?«

»Auf diese Diskussion lasse ich mich nicht ein. Blödmann!« Aber sie meinte es nicht böse, das war ihrem Tonfall zu entnehmen.

»Lass mich mal zusammenfassen«, sagte Dobler. »Wir haben es hier mit einer Frau zu tun, die die Aura des Geheimnisvollen pflegt, und das mit Bedacht. Dann lass uns mal daran gehen, dieses Geheimnis offenzulegen. Aber vergiss nicht, das Notebook mitzunehmen.«

»Karli Dobler, hüte deine Zunge, wenn dir deine Gesundheit lieb ist. Sonst singst du im Knabenchor.«

Auch das Büro, in dem sich Dobler und Annalena gegenübersaßen, war nicht gemütlich zu nennen, und daran konnte auch der obligatorische Ficus nichts ändern, der auf der Fensterbank seinem unausweichlichen Exitus entgegensiechte. Die Kommissare telefonierten und wühlten sich durch die Datenbanken, zu denen sie Zugang hatten.

Dobler betrachtete seine Kollegin, die auf die Tastatur ihres Computers einhämmerte. Auch nach den vier Wochen, die sie jetzt hier war, konnte er sie nicht so richtig einschätzen.

Hochgewachsen und schlank, so schlank, dass man sie fast dürr nennen konnte. Spindeldürr. Zaunlattendürr. Stricknadeldürr. Wenn das so weiterging mit den freundlichen Beurteilungen, war von ihr bald nichts mehr zu sehen.

Trotzdem eine sportliche Figur, bestimmt ging sie ins Fitnessstudio, Dobler wusste es nicht, er war keiner, der andere ausfragte, es sei denn, es musste beruflich sein.

Eine Schönheit war sie nicht, zumindest keine solche, wie man sie in den Magazinen sah, die Dobler manchmal zu Hause durchblätterte. Attraktiv schon, mit einem etwas spitzen Gesicht unter einem halblang geschnittenen dunkelbraunen Wuschelkopf, der sich offenbar jeglichen Styling-Bemühungen widersetzte.

Sie war impulsiv und neigte zu Temperamentsausbrüchen, deren Ursachen nicht vorauszusehen waren und bei denen sie bisweilen jede Kontrolle zu verlieren schien. Sie konnte sich in das verbeißen, was ihr gegen den Strich ging, und fand dann nur mit Mühe zurück. Im Kontrast dazu war sie sonst eher zurückhaltend und äußerte ihre Meinung erst, wenn sie ihr wohl abgewogen erschien. Ein Vulkan, der schlummerte, sich gelegentlich durch Aschewolken in Erinnerung brachte und hin und wieder explodierte. Wenn das geschah, duckte sich jeder.

Sie haderte mit dem Schicksal, das sie nach Schwäbisch Hall verschlagen hatte und das sie noch nicht verkraftet hatte, das war ja der Anlass ihres Ausbruchs heute Nachmittag gewesen.

Eine Frau mit Geheimnissen, kam ihm in den Sinn, nicht unähnlich der toten Alisa Sandrock.

Mal sehen, wessen Geheimnis eher zu enthüllen war.

»Die Angaben in ihrem Personalausweis stimmen«, sagte Annalena. »Geburtsdatum, Geburtsort, auch ordnungsgemäß angemeldet ist sie hier. Ein unbeschriebenes Blatt, keine Einträge bei uns, nicht mal Punkte in Flensburg. Eine mustergültige Bürgerin.«

»Oder jemand, der sehr drauf bedacht ist, nicht aufzufallen«, brummte Dobler.

»Wir können zumindest ausschließen, dass sie mit einer falschen Identität unterwegs ist. Es sei denn natürlich, sie ist eine verdeckte Ermittlerin oder im Zeugenschutz, dann würde man sich schon die Mühe machen, eine Identität aufzubauen, die nicht auf Anhieb zu erschüttern ist.«

»Mal den Teufel nicht an die Wand!«

Der Gedanke hatte was, fand Annalena. Er würde

zumindest die leere Wohnung erklären und das fast schon obsessive Bemühen, alle persönlichen Hinweise zu vermeiden.

Es war klar, dachte Annalena, dass Dobler diesen Gedanken gar nicht an sich herankommen lassen wollte. Das würde ihn nur in seiner Gemütsruhe stören. Andererseits, was wusste sie schon von ihrem Kollegen?

Zwei Jahre jünger als sie mit ihren 36, ein Trumm von einem Mann, annähernd zwei Meter groß und bestimmt zwei Zentner schwer, wenn nicht sogar mehr.

Ein Mensch, den anscheinend nichts aus der Ruhe bringen konnte. Selbst ihren Ausbruch vorhin, über den sie sich im Nachhinein ärgerte, hatte er stoisch hingenommen.

Maulfaul und brummig, das entsprach so ziemlich diesem seltsamen Menschenschlag hier, wie man es ihr beschrieben hatte. Mein Gott, wo war sie da bloß hingeraten! Na, es würde ja nicht für ewig sein, davon war sie felsenfest überzeugt.

Der Bär und die Gazelle.

Irgendwer im Revier hatte das aufgebracht, und es hatte hinter vorgehaltener Hand schnell die Runde gemacht. Auch Dobler war es zu Ohren gekommen, doch er hatte es nicht an Annalena weitergegeben.

Obwohl er sie noch nicht so lange kannte, hatte er schon mitbekommen, dass sie mit ihrer Figur haderte, was ihm unverständlich war. Es war doch nichts auszusetzen daran. Es gab so Momente, da beneidete er sie darum. Er würde das nie schaffen, und wenn er sich zu Tode hungerte.

War wohl so ein Frauending. Ständig fanden sie sich entweder zu dick oder zu dünn, wobei ihm nicht klar war, was eigentlich der Maßstab war. Vielleicht die Frauenzeitschriften, die seine Schwester las und in denen er hin und wieder blätterte?

Bei Männern war das anders. Männer waren ... ach, das war jetzt zu kompliziert. Und außerdem unwichtig. Schließlich hatten sie es mit einer weiblichen Leiche zu tun, die zwar mittlerweile identifiziert schien, aber viele Rätsel aufgab.

Der Bär und die Gazelle.

Immerhin hatte sie sich seine Zurechtweisung heute zu Herzen genommen, sich artig bedankt, als das Handy der Toten aus der Technik zurückkam, und sich erstaunt gezeigt, dass es so schnell gegangen war.

Man war sichtlich erfreut und stolz, so etwas von ihr zu hören, und erklärte ihr, den PIN-Code eines Handys zu knacken sei ja nun wirklich kein Ding, vier Ziffern, also nur 10.000 Möglichkeiten, ein Klacks. Natürlich wusste Annalena das, sie war schließlich kein Frischling mehr. Aber ein wenig Anerkennung auch für Selbstverständlichkeiten, das brach ihr keinen Zacken aus der Krone, da hatte Dobler schon recht, auch wenn er das nicht so deutlich gesagt hatte.

Sie scrollte durch das Adressbuch und die Anruferliste.

»Seltsam«, sagte sie. »Das Smartphone ist so aufgeräumt und aseptisch wie die Wohnung. Ein leeres Adressbuch, abgesehen von einem Eintrag für ihren Ex-Freund, diesen Kevin Klotz, eine leere Anrufliste, sie muss alle Anrufe sofort gelöscht haben, keine der üblichen Sozialen Medien, gar nichts. Nur dieser Kevin Klotz hat gestern Nachmittag angerufen, um 16.04 Uhr, um genau zu sein, also kurz vor ihrem Tod. Angenommen hat sie den Anruf nicht.«

»Möglicherweise war sie da schon im Wald unterwegs und hat den Anruf gar nicht mitbekommen.«

»Und deshalb konnte sie den Anruf auch nicht löschen, wie offensichtlich alle anderen. Keine Sprachnachricht, und eine Adresse von Klotz finde ich auch nicht. Ich werde ihn mal zurückrufen.«

»Morgen«, sagte Dobler. »Schon vergessen? Wir werden bei der Familie erwartet.«

Ach ja, diese Familienfeier! Die hatte sie in der Tat verdrängt. Welcher Teufel hatte sie eigentlich geritten, da zuzusagen? Krampfhaft überlegte sie, wie sie sich wieder herauswinden konnte, ohne den Kollegen vor den Kopf zu stoßen, da sagte der, als könne er ihre Gedanken lesen: »Kneifen gilt nicht. Du hast es meinem Onkel versprochen. Der würde es mir nie verzeihen, wenn du nicht mitkommst. Wahrscheinlich hetzt er seine Bestie auf mich.«

Dobler fuhr mit seinem betagten Kombi vorneweg, sie folgte ihm mit ihrem Mini. Er war ein bedächtiger Fahrer, sie hätte gern auf die Tube gedrückt, Geduld war noch nie ihre Stärke gewesen, aber ungestümes Fahren ließ schon der Feierabendverkehr nicht zu. Trotzdem ging es zügig voran, es war kein Vergleich zu Köln während der Rushhour. Immerhin, einen Vorteil hatte das Leben in der Provinz offenbar.

Vom Kochertal ging es die Crailsheimer Straße hinauf auf die Höhe. Sie merkte sich den Weg, damit sie später wieder zurückfand. Es ging über den Kreisverkehr, dann irgendwann rechts ab, es stand auf dem Hinweisschild: Walburghausen, und dort, am Ortsrand, befand sich der Doblersche Hof. Von Walburghausen selbst nahm sie kaum etwas wahr, sie war zu sehr damit beschäftigt, sich die Route einzuprägen.

Es war ein weiträumiges Anwesen. Ein großes Haus, etliche Nebengebäude, auf Anhieb hätte Annalena nicht sagen können, wozu sie dienten. Als Stadtkind waren ihr Bauernhöfe fremd.

In der Auffahrt standen schon einige Autos. Eine stämmige Frau kam ihnen entgegen. Dobler stellte sie als seine Schwester vor, Katharina Meininger.

Sie schüttelte ihr mit einem festen Griff die Hand und sagte: »Du bist also die Annalena. Ich habe schon viel von dir gehört.«

Annalena lächelte freundlich und sagte, was man bei solchen Gelegenheiten eben sagt: »Hoffentlich nur Gutes.«

»Eigentlich das Gegenteil. Wie war das, Karli? Eine hochnäsige Großstadttussi?«

Dobler verzog das Gesicht. »Du darfst meine Schwester nicht wörtlich nehmen. Sie ist sehr direkt, wie alle Doblers.«

Katharina lachte und legte freundschaftlich den Arm um Annalenas Schultern. »Karli hat recht. Aber du wirst sehen, wir schlachten nur unsere Schweine, keine Besucher. Dann komm mal mit rein, du Großstadttussi.«

Im Wohnzimmer drängelten sich bereits die Menschen, denen Annalena reihum vorgestellt wurde.

Die Namen rauschten an ihr vorbei. Wer war jetzt wer? Wer stand in welcher Beziehung zu wem? Immerhin hatte sie verstanden, dass ihr Kollege Eltern und Großeltern hatte und seine Schwester einen Mann und zwei Kinder, die übermütig herumtollten. Und der große Rest?

Sie lächelte nur alle an und versuchte, sich ihre Verwirrung nicht anmerken zu lassen.

Einen wenigstens kannte sie, den die beiden Streifenbeamten als ›Waldschrat‹ bezeichnet hatten. Wie ein Waldschrat sah er jetzt nicht aus, er trug einen Anzug mit Krawatte. Der Bruder von Doblers Vater, wenn sie das richtig verstanden hatte.

Sie schüttelte ihm begeistert die Hand, ihr Lächeln, das ihr allmählich wie eingefroren vorkam, wurde herzlicher. »Wie schön, Sie wiederzusehen, Herr Dobler.«

»Herr Dobler! Wie sich das anhört! Mädchen, hier duzen wir uns alle. Ich bin der Nikolaus, den alle nur Nick nennen.« Er zwinkerte ihr zu. »Das Küsschen dazu gibt es, wenn meine Frau nicht herschaut.«

Dobler, der Kollege Dobler also, verzog schmerzlich das Gesicht. War vielleicht doch keine so gute Idee gewesen, Annalena so unvorbereitet mitzuschleppen. Plötzlich wurde ihm bewusst, dass seine Familie umfangreich und doch etwas gewöhnungsbedürftig war.

»Nick hält sich für einen Schwerenöter«, sagte er.

Nick sah ihn entrüstet an. »Was redest du da für einen Blödsinn, Karli? Hält sich für einen Schwerenöter! Wenn ich das schon höre! Ich bin einer! So, jetzt wollen wir aber erst einmal anstoßen.«

Er reichte ihr ein Glas mit einer klaren gelblichen Flüssigkeit, und sie prosteten sich zu.

Der erste Schluck schmeckte grässlich. Was war denn das für ein Gesöff? Annalena probierte vorsichtig ein weiteres Mal, und ihre Augen verklärten sich. Nicht übel, ach was, hervorragend, wenn man sich erst einmal daran gewöhnt hatte, herb, etwas säuerlich, leicht moussierend.

»Brootbiramouschd«, erklärte Nick. »Von den eigenen Streuobstwiesen. Geht runter wie Wasser, gell? Besser als jeder Schampus.«

»Bratbirnenmost«, übersetzte Dobler. »Vergorener Saft aus Mostbirnen und Mostäpfeln. War einst ein Alltagsgetränk, heutzutage ist es gerade auf dem Weg zu einem Lifestyle-Produkt. Hier in der Gegend gibt es nur noch wenige, die ihren Most selbst machen, früher hatte jeder Bauer seine Mostfässer im Keller. Wir haben sie noch. Aber sei vorsichtig, Most hat es in sich, man merkt das nur zu spät.«

Der Warnung zum Trotz nahm Annalena noch einen kräftigen Schluck. Wie Wasser, da musste sie Nick recht geben, nur besser.

Katharina, Doblers Schwester, klatschte in die Hände und rief mit weittragender Stimme: »Zu Tisch, Freunde! Das Essen kommt.«

Eine Tischordnung gab es wohl nicht. Annalena kam zwischen ihrem Kollegen und Nick zu sitzen. Nick rieb sich die Hände. »Du wirst sehen, Annalena, vielmehr schmecken, Kathi ist eine begnadete Köchin.«

Dampfende Schüsseln wurden aufgetragen.

»Hm«, machte Nick. »Krustenbraten, eine herrliche Soße, Spätzle, Kartoffelsalat, was will man mehr! Und alles Produkte vom eigenen Hof. Diese Sau hat ein gutes Leben gehabt, hat nur das Beste zum Fressen gekriegt und viel Zuwendung.«

»Spätzle?«, wunderte sich Annalena. »Ich dachte, das sei was Schwäbisches, und wir hier sind in Hohenlohe?«

Dobler schmunzelte. »Da kannst du mal sehen, wie weit die schleichende Übernahme durch die Schwaben schon gediehen ist. Aber in diesem Fall lassen wir uns die Fremdherrschaft gerne gefallen.«

Alle hatten mittlerweile Platz genommen, nur Katharina stand noch und erhob jetzt ihr Glas. »Bevor wir anfangen, wollen wir noch das Geburtstagskind hochleben lassen. Opa Fritz, alles Gute zu deinem sechsundachtzigsten!«

Dem Jubilar wurde zugeprostet, und alle stimmten ein: »Hoch soll er leben.« Opa Fritz sah man an, dass er einer Generation entstammte, als die Arbeit auf einem Bauernhof noch hauptsächlich von Hand erledigt werden musste. Sein Gesicht war wettergegerbt und von tiefen Furchen durchzogen, aber seine Augen blitzen hellwach.

Ein Ellenbogen bohrte sich in Doblers Seite.

»Eine Geburtstagsfeier?«, zischte Annalena. »Warum hast du das nicht gesagt? Das ist ja peinlich, wenn ich als Fremde bei einem solchem Familienfest dabei bin. Und nicht mal ein Geburtstagsgeschenk habe ich!«

Es war nicht leise genug, Nick hatte es gehört.

»Mach dir keinen Kopf, Annalena«, sagte er. »Wir Doblers nehmen Geburtstage nicht so wichtig. Das ist nur ein Anlass mehr, zusammenzukommen und sich den Bauch vollzuschlagen, bis der Ranzen spannt. Daheim kriege ich immer nur zu hören, ich soll auf meine Figur achten, bei einer Familienfeier darf ich essen, wie ich will. Es wäre ja unhöflich, etwas übrig zu lassen. Und außerdem, als Kollegin vom Karli gehörst du ja sozusagen zur Familie. Dich sieht er öfter als seine Freundin, wenn er denn mal eine hat.«

Der Karli ließ das unkommentiert. Er sah nur mit Sorge auf seine Kollegin, die Vegetarierin.

Annalena starrte die dicke Scheibe Krustenbraten an,

die auf ihrem Teller lag. Nicht gerade das, was sich eine Vegetarierin als leckeres Abendessen vorstellte. Nun, da musste sie jetzt durch, sie hatte getönt, dass sie das nicht so dogmatisch sähe. Das kommt davon, wenn man höflich sein will, dachte sie.

Vorsichtig säbelte sie ein kleines Stück ab und schob es in den Mund. Dem folgte ein größeres, und bald aß sie mit Heißhunger und mit Genuss. Das Schwein war vom eigenen Hof, hatte Nick gesagt? Vielleicht sollte man das mit dem Vegetarismus tatsächlich nicht so dogmatisch sehen, und das war gar keine grundsätzliche Frage, sondern es kam darauf an, woher das Produkt kam, wie es gelebt hatte und wie es geschlachtet worden war. Und diese Spätzle (vegetarisch), dieser Kartoffelsalat (vegetarisch), zum Niederknien!

Am Tisch ging es lebhaft und fröhlich zu. Annalena verstand nur einen Bruchteil dessen, was geredet wurde. Dieser Hohenloher Dialekt war schon eine Herausforderung, und außerdem redete jeder etwas anders. Ob es an der Volkshochschule einen Kurs dafür gab? War ein solcher Gedanke Kapitulation? Nein, war er nicht, fand sie. Man lernte ja auch Italienisch, um im Urlaub Spaghetti mit Tomatensoße bestellen zu können.

Es fiel gar nicht auf, dass sie am Gespräch kaum teilnahm. Sie lachte, wenn die anderen lachten, da konnte sie nichts falsch machen. Allmählich fielen die Anspannung und der Frust von ihr ab. Sie mochte es sich ja selbst kaum eingestehen, aber im Kreis der Doblerschen Großfamilie fühlte sie sich sauwohl. Na ja, das war vielleicht nicht die richtige Wortwahl für eine Vegetarierin, die einen Krustenbraten verspeiste.

Neben ihr strich sich Nick über seinen beachtlichen Bauch.

»Es ist jammerschade«, sagte er seufzend, »dass wir Menschen nicht mehrere Mägen haben wie eine Kuh. Ich kann nicht mehr, ich platze. Sag mal, Karli, wisst ihr jetzt schon, wer eure Tote im Wald ist?«

Dobler kaute erst fertig, er musste tatsächlich einen zweiten Magen haben, ehe er antwortete: »Du weißt doch, Nick, über laufende Ermittlungen darf ich nichts sagen.«

»Ach was, es bleibt doch in der Familie.«

»Wir sind uns ziemlich sicher«, sagte Annalena, »aber irgendwer muss die Leiche noch offiziell identifizieren. Wir arbeiten daran.«

Nick sagte: »Ihr müsst euch auf das private Umfeld der Toten konzentrieren. Das ist der Schlüssel, sage ich euch.«

»Danke für den Hinweis, Nick. Was täten wir nur ohne dich!«

Nick lehnte sich befriedigt zurück. Die Spitze seines Neffen hatte er nicht bemerkt oder er wollte sie nicht bemerken.

Annalena erhob sich. »Ich muss mal an die frische Luft.«

»Ich komme mit«, sagte Dobler und folgte ihr.

Draußen empfing sie die frische Nachtluft, und Annalena kam ins Straucheln. Für einen Moment wurde ihr schwummrig. Hoppla! Hatte Dobler doch recht gehabt mit seiner Warnung vor der Wirkung des Mostes?

Im Hof waren rechteckige Strohballen verteilt, und auf einem davon ließen sie sich nieder. Dobler hatte den kurzen Aussetzer Annalenas wohl bemerkt, aber er ging darauf nicht ein, und Annalena hatte sich auch schon wieder gefangen. Sie kramte in ihrer Tasche und zündete sich eine Zigarette an.

»Ich sehe dich nur selten rauchen«, sagte Dobler.

»Ich rauche auch nur gelegentlich, aber immer, wenn ich gesündigt habe.«

Dobler lachte leise. »Ein Krustenbraten vom eigenen Schwein ist keine Sünde, auch für eine Vegetarierin nicht. Es zeigt nur, wie flexibel du bist.«

»Danke, dass du mich mitgenommen hast. Ich fühle mich wohl bei euch. Es ist so lebhaft und so harmonisch.«

Dobler grinste. »Der Eindruck täuscht. Was glaubst du, wie oft die Fetzen fliegen! Aber irgendwie kommt man am Ende doch wieder zusammen.«

»Eines verstehe ich noch nicht. Wem gehört eigentlich der Hof? Dir? Im Revier nennen sie dich den ›Nebenerwerbsbauern‹.«

»Ich weiß. Es stimmt nicht, aber das kriegst du aus den Köpfen nicht raus, wenn es sich einmal festgesetzt hat. Sollen sie, mir ist das egal. Kathi, meine Schwester, bewirtschaftet den Hof, seit sie in Hohenheim Agrartechnik studiert hat. Sie ist Bäuerin mit Leib und Seele, und sie macht das gut. Vor zwei Jahren, zu seinem 60., hat ihr unser Vater den Hof offiziell überschrieben. Das ist immer das Problem mit der Nachfolge. Wenn Alt und Jung zusammenarbeiten müssen, geht das selten gut, jeder hat andere Vorstellungen. Unser Vater hat sich erinnert, wie das mit seinem Vater war, und hat rechtzeitig die Konsequenzen gezogen. Ist ihm nicht leichtgefallen.«

»Mit 60 in Rente. Nicht schlecht, wo doch heute alle länger arbeiten müssen.«

»Er ist keineswegs Rentner, der nichts zu tun hat. Er

arbeitet auf dem Hof wie eh und je, nur hat eben jetzt Kathi das Sagen. In früheren Zeiten wurde zwischen den Kindern und den Austräglern, so nennt man bei uns die Alten, die übergeben hatten, ein Vertrag ausgehandelt, der genau festschrieb, was die Alten bekamen und was sie dafür tun mussten. Das waren bestimmt keine einfachen Verhandlungen.«

»Hofübergabe, das ist so etwas wie ein vorweggenommenes Erbe, oder?«

»So kann man es sehen.«

»Dann bist du übergangen worden, wenn der Hof jetzt deiner Schwester gehört.«

»Ich wollte noch nie den Hof bewirtschaften. Ich hatte andere Ambitionen, und wohin mich die geführt haben, das weißt du ja. Das ist schon alles geregelt. Ich habe hier im Haus meine eigene Wohnung, ich helfe mit, soweit es geht, deshalb das Gerede vom Nebenerwerbslandwirt. Das macht mir Spaß, und ich erarbeite mir nebenbei mein Essen, das, wie du jetzt weißt, besser ist als in jedem Restaurant.«

Annalena stöhnte. »Ich glaube, ich brauche die nächsten zwei Tage nichts mehr.«

»Ich empfehle dir, den Stall auszumisten, danach hast du wieder Appetit.«

Ein Mann kam auf sie, markante dunkle Brille, markantes kantiges Gesicht. Er rauchte ein Zigarillo.

»Karlheinz, ich weiß, ich breche ein Tabu, nichts Dienstliches auf einer privaten Feier, aber sind dir die Streifenbeamten Reinhold und Pichler ein Begriff?«

Dobler verdrehte die Augen. »Was haben sie denn jetzt schon wieder angestellt?«

»Direkt nichts, sie waren nur, sagen wir mal, etwas übereifrig. Ich habe sie für morgen Vormittag einbestellt, anders ging's nicht, mein Kalender ist voll. Ich hoffe, das bringt deine Ermittlungen nicht durcheinander, du hattest ja auch einen Termin mit ihnen, wie ich gehört habe.«

Dobler winkte ab. »Ich wollte ihnen eigentlich nur den Kopf waschen, das hat Zeit. Auch in meinem Fall waren sie etwas übereifrig.«

Der Mann nickte. »Zweimal am Tag kann bei denen nichts schaden.«

Als er sich wieder unter die anderen Gäste gemischt hatte, schaute Annalena Dobler erstaunt an. »War das nicht eben …?«

»Ja, unser Polizeipräsident«, sagte Dobler. »Ein alter Freund meines Vaters, stammt auch aus der Gegend.«

»Ich fasse es nicht. Auf Du und Du mit dem Big Boss!«

»Nur privat. Dienstlich läuft alles korrekt, wenn wir mal miteinander zu tun haben, was aber bisher noch nie der Fall war.«

»Trotzdem ist es beruhigend, wenn man im Notfall einen direkten Draht nach oben hat.«

»So ist es.« Dobler grinste. »Aber lass dir von meinem Vater besser nicht erzählen, was sie in ihren jungen Jahren so getrieben haben. Entschuldigung, ich hätte dich vorstellen sollen.«

»Der hätte mich wahrscheinlich sowieso gleich wieder vergessen.«

»Davon kannst du ausgehen. Der Mann hat rund 1.600 Leute unter sich, die kann er sich nicht alle merken.«

Als Annalena aufstehen wollte, wäre sie fast umgekippt, wenn sie Dobler nicht gehalten hätte.

»Himmel!«, sagte sie. »Das muss der Most sein. Ich muss ein Taxi rufen, so komme ich nicht nach Hause.«
»Du kannst hier übernachten. Wir haben Gästezimmer.«
»Ich möchte aber keine ...«
»Du machst keine Umstände, dafür sind die Gästezimmer da.«
Annalena machte nicht einmal den Versuch, Widerstand zu leisten, sie wollte sich nur noch hinlegen und schlafen, schlafen, schlafen.

Als Annalena am nächsten Morgen nach unten schlurfte, saß Dobler mit seiner Schwester am Tisch in der Wohnküche. Als Kathi sie sah, sprang sie auf und nahm sie in den Arm.

»Mir scheint, deine erste Begegnung mit dem Houalouer Mouschd ist nicht ohne Nachwirkungen geblieben«, sagte sie.

Das hatte sogar Annalena verstanden. »Nie mehr Alkohol«, stöhnte sie.

Dobler grinste. »Dabei ist der Most rein vegetarisch, wenn man's genau nimmt. Sogar vegan. Trink einen Kaffee, iss ein Brot mit Marmelade oder Büchsenwurst, dann kommst du wieder auf die Beine.«

»Ich bekomme jetzt nichts herunter.«

»Du musst!«

»Ist bestimmt alles selbst gemacht, oder?«, fragte Annalena säuerlich.

»Was denkst du denn? Natürlich! Nur Kaffee bauen wir nicht an.«

»Noch nicht«, kommentierte Kathi lachend.

Annalena ließ sich Kaffee einschenken, schwarz, und bestrich ein Brot mit Marmelade. Auf die Büchsenwurst verzichtete sie lieber. Dobler hingegen aß sie mit sichtlichem Genuss.

»Dass ihr schon so munter sein könnt!«, wunderte sich Annalena.

»Ich bin schon lange auf«, antwortete Kathi. »Das ist mein zweites Frühstück. Wer feiern kann, kann auch arbeiten.«

»Das ist unser Stichwort«, sagte Dobler. »Ein Fall wartet.«

Alle erhoben sich, Annalena etwas wackelig, und sie wurde von Kathi umarmt.

»Du bist hier jederzeit willkommen, du brauchst nicht auf eine Einladung von diesem zu Holzkopf warten, der sich mein Bruder nennt. Und ein Gästezimmer steht auch immer bereit.«

Draußen sagte Annalena zu Dobler: »Ich muss noch schnell bei mir zu Hause vorbei, duschen und umziehen und so.«

Dobler sah sie besorgt an. »Nimm dir den Tag frei heute und kurier dich aus.«

»Das ist nicht der erste Kater, den ich herumschleppe. Das kommt davon, wenn man nicht auf die Mahnungen seines Kollegen hört.«

KAPITEL 2

Als Annalena dann später im Büro erschien, sagte Dobler: »Erstaunlich. Du siehst schon viel besser aus.«

»Alles eine Frage des Make-ups. War übrigens ein netter Abend gestern. Und interessant. Was mich gewundert hat, ist, dass du Nicks Ratschläge so gelassen und unkommentiert hingenommen hast.«

»Wozu Diskussionen führen, die von vornherein nichts bringen? Ich lasse ihn reden, er ist zufrieden, und ich mache sowieso, was ich für richtig halte.«

»Für dein junges Alter bist du ganz schön abgeklärt.«

»Ich bin in einer Familie aufgewachsen, die sehr lautstark und diskussionsfreudig ist, oft genug auch verbissen. Ich habe daraus gelernt.«

»Verbissen? Davon habe ich nichts gemerkt.«

»Da warst du auch schon im Bett. Gestern Abend haben sich mein Vater und sein Bruder, also Nick, noch derart in die Haare gekriegt, dass sie ein paar Wochen lang nichts miteinander reden werden. Dann klopfen sie sich auf die Schultern, trinken ein paar Bier, und alles ist wieder gut.«

»Worum ging es bei dem Streit?«

»Keine Ahnung. Das weiß hinterher keiner mehr so genau, eines ergibt das andere.«

»Familie!«, seufzte Annalena. »Da wir gerade beim Thema sind: Ich werde jetzt den Ex-Freund von Alisa Sandrock anrufen und einen Termin ausmachen.«

»Warte mal! Ich halte es für besser, wenn wir ihn überraschen. Ich möchte seine Reaktion sehen.«

»Dazu müssten wir aber wissen, wo wir ihn erreichen können. Bis der Provider seine Adresse rausrückt, das kann dauern.«

»Jede Wette, dass die auf dem Notebook der Sandrock zu finden ist«, sagte Dobler.

»Das wir aber auch erst einmal haben müssten.«

»Ich habe vorhin mit unseren IT-Experten telefoniert. Das Notebook als solches ist offen, aber es sind wohl auch einzelne Dateien und Programme geschützt, die machen ihnen noch Schwierigkeiten. Sie denken, dass sie im Laufe des Vormittags fertig sind.«

»Dann warten wir eben. Wenn der Ex-Freund nicht arbeitslos oder selbstständig ist, dann ist er jetzt sowieso auf der Arbeit.«

»Der vorläufige Bericht von der Gerichtsmedizin liegt mittlerweile auch vor«, berichtete Dobler. »Vorläufig deshalb, weil sie noch einige Untersuchungen machen wollen.«

»Hier war ja richtig viel los, während ein verkatertes Mädchen sich präsentabel gemacht hat.«

»Zunächst mal nichts, was wir nicht schon wissen. Stumpfer Gegenstand, Todeszeitpunkt zwischen 17.30 und 18.30 Uhr. Der stumpfe Gegenstand war ein Ast, sie haben Spuren von Holz, Moos und Flechten gefunden.«

»Das könnte darauf hindeuten, dass es eine spontane Tat war.«

»Möglich. Die Tatwaffe finden wir jedenfalls nur durch Zufall. Die kann der Täter irgendwo weggeworfen haben.

Wir können nicht den gesamten Wald absuchen, dazu ist er zu groß.«

»Ich würde die Tatwaffe ja in meinen Ofen stecken und verheizen. Weg auf immer.«

Dobler lächelte sie an. »Hast du einen Holzofen in deiner Wohnung?«

»Ein Punkt für dich«, sagte Annalena.

»Außerdem«, fuhr Dobler fort, »war Alisa Sandrock schwanger, ungefähr vierter Monat. Wenn wir Vergleichsmaterial bringen, können sie uns sagen, ob ihr Ex-Freund der Erzeuger ist oder nicht.«

»Dann brauchen wir auf alle Fälle einen Abstrich von diesem Ex-Freund. Moment mal!«

Sie wühlte auf ihrem Schreibtisch herum, auf dem es nicht allzu ordentlich aussah, bis sie das Smartphone von Alisa Sandrock gefunden hatte.

»Ich habe gestern gesehen«, sagte sie, »dass sie eine Menstruations-App auf ihrem Handy hat, habe mich allerdings nicht weiter darum gekümmert.«

Dobler schaute sie an. »Dumme Frage eines Mannes: Was ist eine Menstruations-App?«

»Du trägst das Datum deiner Periode ein oder auch die täglichen Temperaturmessungen, wenn du das machst, und das Programm errechnet, wann die nächste Periode fällig ist und auch die fruchtbaren und unfruchtbaren Tage. Früher hat man das im Kalender angekreuzt, heute geht es eben digital. Die Sandrock hat vor ungefähr zwei Monaten mit den Aufzeichnungen aufgehört, von da an hat sie es also gewusst.«

»Das erweitert den Kreis der Verdächtigen um den nicht erfreuten Kindsvater.«

»Witzbold! Bisher haben wir noch keinen einzigen wirklich Verdächtigen. Übrigens hatte die Sandrock einen ziemlich regelmäßigen Zyklus.«
»Ist das in irgendeiner Weise relevant für uns?«
»Nein. War auch nur so von Frau zu Frau gesagt. Ich beneide sie.«

Es klopfte zaghaft an ihrer Tür, und nachdem Dobler »Herein!« gerufen hatte, betraten Reinhold Pichler und Richard Reinhold das Zimmer. Sie wirkten etwas derangiert. Offenbar war die Unterredung mit dem Polizeipräsidenten nicht sehr erquicklich gewesen.

Dobler war die Liebenswürdigkeit in Person.
»Ah, die Kollegen aus Obersontheim. Schön, dass ihr es einrichten konntet. Nehmt doch bitte Platz. Darf's vielleicht ein Kaffee sein?«

Er wies auf die beiden Stühle vor seinem Schreibtisch, und Reinhold & Reinhold setzten sich. Sie waren verwirrt. Der Polizeipräsident war gar nicht mehr so freundlich-ironisch gewesen wie gestern, als sie ihn angehalten hatten, sondern hatte sie zusammengefaltet, dass sie nicht mehr wussten, ob sie Männlein oder Weiblein waren. Bei Dobler hatten sie das nächste Donnerwetter erwartet, keinen Kaffee. Sie atmeten auf und nahmen das Angebot gerne an.

Kurze Zeit später betrat Lisa Manzinger, die Sekretärin, das Büro und servierte den Kaffee. Lisa Manzinger war eine resolute Person in den 50ern, vollschlank, wie man das so nannte, mit üppigem Busen. Sie sah es unter ihrer Würde an, den Kommissaren Kaffee zu bringen, wenn sie einen wollten, sollten sie ihn sich gefälligst selbst holen.

Bei einem Besuch war das etwas anderes. Mit vollendeter Grazie stellte sie das Tablett auf den Tisch, vier Tassen, auch für die Kommissare welche, dazu eine Zuckerdose und ein Kännchen mit Kaffeesahne. Sie ließ sich Zeit, in der Hoffnung, etwas von dem Gespräch zu erhaschen. Kaffee für zwei Streifenbeamte? Da war doch etwas im Busch! Aber Dobler tat ihr nicht den Gefallen und wartete, bis sie das Zimmer wieder verlassen hatte.

»Also, dann mal fürs Protokoll.« Dobler fläzte sich gemütlich in seinen Schreibtischstuhl. »Erzählen Sie noch mal, wie das gestern war.«

»Es war so«, begann Pichler. »Ich habe mir die Beine vertreten ...«

»Sie waren austreten«, korrigierte Dobler.

»So kann man es auch ausdrücken«, sagte Pichler.

»Muss ja auch mal sein«, sagte Dobler freundlich.

Dass Pichler daraufhin nickte, hatte Reinhold nicht mitbekommen und meinte, seinen Kollegen unterstützen zu müssen.

»Wenn man so lange im Auto sitzt, drückt schon mal die Blase«, sagte er eifrig. »Und wenn so schöne Bäume in der Nähe sind ... Ein Mann braucht nun mal einen Baum, da geht's besser.«

Pichler funkelte ihn böse an. Nicht, weil es ihm peinlich war, dass er mal musste, sondern weil er genau wusste, was jetzt kam.

»Und dann haben Sie einen Schatten bemerkt«, sagte Dobler.

»Nein«, widersprach Pichler. »Erst habe ich die Leiche gesehen, und dann war da etwas, von dem ich gemeint habe, es ist ein Schatten.«

»Und dann haben Sie geschossen.«

»Es hätte ja der Mörder sein können.«

»Davor aber haben Sie ihn angesprochen. Stehen bleiben und so.«

»Natürlich«, sagte Pichler. »So ist es Vorschrift.«

»Natürlich. Wohin haben Sie gezielt? Kopf? Brust? Bauch?«

»Natürlich auf die Beine. Ich wollte verhindern, dass er davonrennt.«

»Natürlich. Wie muss ich mir das vorstellen? Sie haben sich auf den Boden geworfen und geschossen?«

»Natürlich nicht. Ich stand da und hatte die Beine im Visier.«

»Von oben nach unten also«, sagte Dobler nachdenklich. »Hm. Eigenartig. Die Kugel ist ja in einem Baum stecken geblieben, und der Schusskanal war von unten, etwa auf der Höhe einer Ratte, nach oben. Können Sie das erklären?«

Pichler begann, leicht zu transpirieren. Er murmelte etwas vor sich hin.

»Wie bitte?«, fragte Dobler. »Ich habe Sie nicht verstanden.«

»Ich kann mir das auch nicht erklären«, presste Pichler hervor.

»Das sollten Sie aber. Ihr Dienstvorgesetzter will sicher ganz genau wissen, wie das mit diesem Schuss war.«

Davor hatte Pichler ja Bammel. Ihm war längst aufgegangen, dass seine Geschichte nicht sehr glaubhaft wirkte. Und sein Chef war bestimmt nicht so freundlich wie dieser Dobler.

Aber mit dessen Freundlichkeit war es nun vorbei. Es

fing ganz harmlos an. Er behielt seinen gemütlichen Tonfall bei. Dann beugte er sich vor und fixierte die beiden Streifenbeamten mit einem finsteren Blick. Jetzt schraubte sich seine Stimme nach oben und wurde immer lauter.

»Einen guten Rat euch beiden«, sagte er. »Für euren Chef solltet ihr euch eine bessere Geschichte für den Zwergenschuss überlegen. Wie wär's ausnahmsweise mit der Wahrheit? Nun, diese Sache ist mir eigentlich egal. Nicht egal ist mir allerdings, dass ihr einen harmlosen Spaziergänger mit der Waffe bedroht und sogar mit Handschellen fixiert habt. Geht's noch? Welches Bild von der Polizei vermittelt ihr denn damit? Und damit nicht genug. Erst recht nicht egal ist mir, dass ihr wie eine Herde Elefanten über einen Tatort herfallt und sämtliche Spuren zertrampelt.«

Jetzt hieb er sogar mit der Faust auf den Tisch.

»Seid ihr nicht mehr ganz bei Trost?«, brüllte er. »Ihr braucht dringend einen Auffrischungskurs über das Verhalten an einem Tatort. Und wenn das noch einmal vorkommt, übergebe ich euch der Spusi, und die wird euch bei lebendigem Leib massakrieren. Haben wir uns verstanden? Und jetzt wegtreten!«

Pichler schaute ihn mit verkniffener Miene an. So heruntergeputzt zu werden, das vertrug er überhaupt nicht. Und noch mehr ärgerte er sich, dass er nicht in der Situation war, Widerworte zu leisten, wie ihm sehr wohl bewusst war. Sesselfurzer! Die machten sich einen schönen Lenz, und er hatte die Arbeit. Und dann noch sein Kollege Reinhold, dieser Waschlappen! Salutierte sogar. Ein bisschen Haltung konnte ja nichts schaden, aber alles hatte seine Grenzen.

Dann machten beide kehrt und verließen das Zimmer. Es hatte etwas von einer Flucht an sich.

Draußen lehnte sich Pichler erschöpft an die Wand und wischte sich den Schweiß vom Gesicht. »Mannomann, womit haben wir das verdient? Da tust du nur deine Pflicht, und dann musst du dir das anhören.«

»Die Welt ist ungerecht«, pflichtete ihm Reinhold bei. »Keiner weiß zu würdigen, was wir machen. Wie willst du jetzt deinen Schuss dem Chef erklären?«

»Ich? Wir!«

»*Du* hast geschossen.«

»Nee, mein Lieber, so nicht. Wir sind ein Team, merk dir das. Mitgegangen, mitgefangen.«

Drinnen sahen sich Dobler und Annalena an, und Dobler grinste. Dann lachten beide schallend.

»Du hast den bösen Cop gut drauf«, sagte Annalena. »Das war eine reife Leistung.«

»Es nützt bloß nichts«, erwiderte Dobler. »Ich kenne diese beiden Knallköpfe. Das nächste Fettnäpfchen wartet schon.«

Dann kam auch das geknackte Notebook, das beknackte Notebook, wie Annalena es bald verfluchte. Es kam früher als erwartet, und sie sagte das auch.

»Wir sind eben gut«, sagte der IT-Experte selbstbewusst.

»Das seid ihr«, antwortete Annalena. »Absolute Spitze!«

Dobler lächelte heimlich in sich hinein. Annalena hatte was gelernt. Die anderen Abteilungen wollten gebauchpinselt werden, alles andere wurde als Hochnäsigkeit ausgelegt.

Da hatte sich jemand richtig Mühe gegeben mit den Passwörtern, wurde erläutert, keine gängigen Muster, sondern, wie es eigentlich sein sollte, sinnlose Kombinationen aus Buchstaben, Zahlen und Sonderzeichen, Passwörter also, die sich kein Mensch merken konnte, weshalb die Klientin auch einen Passwort-Manager benutzt hatte, ein separates Programm, in dem alle Passwörter gesammelt sind.

»Ich dachte, Passwort-Manager kann man nicht knacken«, sagte Annalena irritiert.

»Man kann alles knacken«, bekam sie zur Antwort, »es ist nur die Frage, wie lange man dazu braucht.«

Es stimmte schon, die Passwörter wurden verschlüsselt gespeichert, den Manager selbst aber öffnete man mit einem Master-Passwort, und das war der Knackpunkt, im wahrsten Sinn des Wortes. Da war die Klientin etwas sorglos gewesen. Von da an war es einfach.

»Und das Master-Passwort lautet wie?«, fragte Annalena.

»Wir haben alles zurückgesetzt, ihr könnt auf alles zugreifen.«

»Trotzdem möchte ich es wissen«, beharrte Annalena. »Vielleicht gibt es uns Hinweise.«

Der Experte sagte es ihr: *nolimetangere*. Nichts, womit Annalena etwas anfangen konnte, aber sie standen ja erst am Anfang.

»Das ist das Problem mit den Passwörtern«, sagte der Spezialist. »Man braucht etwas, das man sich merken kann, was bei den zufälligen Zeichenkombinationen unmöglich ist, aber es sollte nicht gerade der Name des aktuellen Partners sein.«

»Und wie macht man das am besten?«, fragte Annalena.

»Denk dir einen Satz aus und notiere dir die Anfangsbuchstaben.«

Annalena überlegte einen Moment und schrieb dann »nem,uiludg«.

»Und das heißt?«

»Noch einen Martini, und ich liege unter dem Gastgeber.«

Der Experte brauchte einen Moment, dann lachte er. »Das ist gut.«

»Soll die amerikanische Autorin Dorothy Parker gesagt haben.«

Und jetzt, sagte der Experte, das Ganze noch einmal, aber richtig, mit Groß- und Kleinbuchstaben: »NeM,uiludG«. Das Wörtchen »einen« kann man durch eine Ziffer ersetzen und das Komma, das ja sowieso nicht geht, durch ein Sonderzeichen: »N1M§uiludG«. Schon mal ganz gut für den Anfang. Das ließe sich ausbauen, zum Beispiel mit weiteren Ziffern und Sonderzeichen.

Annalena war beeindruckt. Diese Methode hatte ihr noch niemand gesagt. Die IT hatte immer nur gemosert, dass ihre Passwörter nicht sicher seien.

Sie wurde noch auf einige Dateien aufmerksam gemacht, die extra geschützt waren, eine Hürde, die leicht zu umgehen war, wie der IT-Spezialist erläuterte, aber doch den Zugriff untersagte für jemanden, der wenig Zeit oder wenig Ahnung hatte.

»Ihr seid Helden!«, sagte Annalena und hatte damit jemanden glücklich gemacht.

»Willst du?«, fragte sie Dobler.

Der winkte ab. Er stand zwar nicht auf Kriegsfuß mit der digitalen Technik, doch er hatte schnell gemerkt, dass

Annalena sich leichter tat. Sie hatte einen intuitiven Zugang zu Strukturen und Abläufen und erfasste sie schneller als er.

Annalena verschaffte sich zunächst einen Überblick über die installierten Programme und die Anlage der Dateiordner. Alisa Sandrock schien, so der erste flüchtige Eindruck, ein strukturierter Mensch gewesen zu sein, das hatte ja schon ihre aufgeräumte Wohnung nahegelegt. Viel Arbeit wartete auf sie, das alles durchzuschauen.

»Du hattest recht«, sagte Annalena. »Sie hat ihren Ex-Freund tatsächlich im Adressbuch gespeichert. Kevin Klotz, Rothenburg ob der Tauber.«

»Steht da wirklich ›ob der Tauber‹?«

Sie nickte. »So steht es da.«

Das war eigenartig. Niemand aus der Gegend verwendete diesen Zusatz, wenn er von Rothenburg sprach. Es war klar, welche Stadt gemeint war.

»Dann fahren wir da mal hin«, sagte Annalena.

»Was weißt du über Rothenburg ob der Tauber?«

»Lass mich überlegen. Irgendwo habe ich was darüber gelesen. Romantisches Städtchen? Viele Chinesen und Amerikaner?«

»Weißt du, wo Rothenburg liegt?«

»Gleich um die Ecke. Auf der Autobahn etwa 47 Minuten, das habe ich schon mit dem Routenplaner gecheckt. Wenn ich fahre, sind es nur 30 Minuten.«

»Rothenburg liegt zwar gleich hinter der Kreisgrenze, aber im Landkreis Ansbach, und das ist in Bayern und mithin nicht mehr unser Zuständigkeitsbereich.«

»O nein! Amtshilfeersuchen!«, stöhnte Annalena.

Dobler grinste. »Das geht auch auf dem kleinen Dienstweg. Ich kenne jemanden in Rothenburg.«

»Eine Sandkastenbekanntschaft, die auch ins Exil geschickt wurde?«

»Eine Bekanntschaft von einer Fortbildung. Wenigstens dafür haben diese Seminare ihren Sinn. Du lernst andere Kollegen kennen, und wenn das nicht gerade Paragrafenreiter sind, vereinfacht das im Alltag manches.«

Dobler griff zum Telefon.

Annalena beschäftigte sich weiter mit dem Notebook von Alisa Sandrock.

Was sie anfangs als wohlüberlegte Struktur betrachtet hatte, erwies sich bei näherem Hinsehen als heilloses Chaos. Viele Ordner mit vielen Dateien, die teilweise kryptische Namen trugen. Wahllos öffnete sie einige und fand nur belanglose Dinge.

Annalena fluchte. Es würde Tage dauern, das alles systematisch auszuwerten.

Dobler telefonierte noch immer mit Rothenburg. Soweit sie es verstand, waren sie gerade dabei, die Teilnehmer jenes Seminars durchzuhecheln, auf dem sie sich kennengelernt hatten.

Am besten, dachte Annalena, ich verschaffe mir erst einmal einen groben Überblick und gehe dann gezielt vor.

Endlich legte Dobler auf.

»Ein langes Gespräch unter alten Kumpels.«

Dobler seufzte. »So dick sind wir wirklich nicht. Man kennt sich halt, und da musst du schon etwas Konversation machen, wenn du die bürokratischen Strukturen umgehen willst. Außerdem bin ich jetzt auf dem neuesten Stand, was die Kollegen so machen. Kann noch mal hilfreich sein. Und bei dir?«

»Das ist seltsam. Kontoauszüge hat sie keine gespeichert. Sie hat zwar ein Banking-Programm, aber das ist klinisch rein. Keine Buchungen, nicht einmal Kontodaten, gar nichts.«

»Unsere Freundin scheint ein misstrauischer Mensch gewesen zu sein. Möglicherweise hat sie wichtige Daten in der Cloud gespeichert und sie sich nur bei Bedarf geholt.«

Schon eigenartig, diese Bezeichnungen in der IT-Welt. Wenn man sie ins Deutsche übersetzte, klangen sie komisch. Da arbeitete man mit »Wort« in »Fenstern« und legte seine Daten in der »Wolke« ab. Worunter nichts anderes zu verstehen war als ein externer Speicher, der irgendwo auf der Welt stand und auf den man über das Internet zugreifen konnte.

»Da muss die Technik nochmals ran«, sagte Annalena.

Nun griff sie zum Telefon und erfuhr, dass die Fachleute das längst im Blick hatten und daran arbeiteten. Das hätten sie eigentlich mitteilen müssen, als sie das geknackte Notebook gebracht hatten, und Annalena war kurz davor, sich gewaltig zu ärgern und das auch zu sagen.

Dann bremste sie sich. Wahrscheinlich wollten sie nur die Kompetenz der neuen Kollegin testen. Die üblichen Machtspiele. Man musste sich ein gedeihliches Zusammenspiel erst erarbeiten, das entwickelte sich nicht von selbst.

Jetzt bremste der IT-Experte seinerseits. Annalena sollte sich keine allzu großen Hoffnungen machen, dass sie die Cloud räubern konnten, sofern sie nicht ein Schlupfloch fanden, mit dem ein Hack der Datenwolke möglich war. Von den Passwörtern im Manager jedenfalls passte keines.

»Ich kann dir sagen, wie ich es machen würde«, sagte der IT-Experte. »Ich würde das Passwort in irgendeiner unauffälligen Datei verstecken, die natürlich nicht den Namen ›Passwort Cloud‹ oder so hat.«

»Warte mal«, sagte Annalena und führte auf die Schnelle eine Statusabfrage durch.

So schnell ging es aber nicht. Als der Computer endlich durch war, stöhnte Annalena auf. »Dieses Notebook hat 202.355 Dateien in 5.768 Ordnern. Die soll ich alle durchschauen? Habt ihr kein Programm, das diese 202.355 Dateien automatisch durchsucht?«

»Wonach soll ich denn suchen? Nach einer sinnlosen Zeichenfolge? Für den Computer ist alles in einer Textdatei eine sinnlose Zeichenfolge, es sei denn, es steckt eine Künstliche Intelligenz dahinter, die in einzelnen Wörtern einen Sinnzusammenhang entdeckt. Haben wir nicht, können wir nicht.«

»Ich bin am Ende«, sagte Annalena.

Sie konnte durchs Telefon spüren, wie der IT-Experte breit grinste. »Ich kann dir einen Weg sagen, wie du deine tausendundnochwas Dateien eingrenzen kannst. Du kannst nämlich herausfinden, welche Dateien wann geöffnet wurden. Da sind natürlich auch die Dateien dabei, die du bisher selbst angeschaut hast. Ich schick dir's per Mail, wie du es machen musst.«

»Ich bin dir zu ewigem Dank verpflichtet.«

»Dafür sind wir doch da«, sagte der Fachmann mit satter Zufriedenheit.

Blödes Machogehabe, dachte Annalena insgeheim. Wenn sie ehrlich war, hätte sie sich allerdings eingestehen müssen, dass sie selbst auch gelegentlich zu solchen

Mitteln griff. Es waren eben Machtspiele. Man musste beweisen, dass man in bestimmten Bereichen die Deutungshoheit besaß. Idiotisch.

Annalena wandte sich an Dobler. »Wir brauchen unbedingt eine Kontoabfrage, die ganzen vier Jahre, die sie hier gemeldet war. Und möglichst auch die Unterlagen vom Finanzamt.«

»Sollte kein Problem sein, der Staatsanwalt ist ein vernünftiger Mann, wenn man ihn zu nehmen weiß. Dumme Frage: welche Bank und welches Konto, wenn das aus dem Banking-Programm nicht zu ersehen ist?«

»Einfache Antwort auf eine dumme Frage: ihre Bankkarte im Geldbeutel.«

War das jetzt auch ein Test oder hatte Dobler nur nicht dran gedacht?

»Hast du nicht einen alten Kumpel bei der Bank, um die Sache abzukürzen?«, fragte sie ihn.

»Manche alten Kumpels bestehen bei gewissen Dingen auf dem offiziellen Weg. Mal sehen, was ich machen kann.«

Dobler hängte sich ans Telefon, Annalena hatte unterdessen die Mail des IT-Experten erhalten mit den Instruktionen, wie sie zu der Liste der zuletzt geöffneten Dateien kam. Es bedurfte trotzdem noch einiger Rückfragen, bis sie es kapiert hatte. War es das Unvermögen des Fachmanns, sich nicht in jemanden hineinversetzen zu können, der nicht ebenso beschlagen war? War sie tatsächlich zu blöd? War es wieder eines dieser Machtspiele?

Die Frage blieb vorerst unbeantwortet, denn Dobler hatte seine Telefonate beendet und sagte: »Kontoauskunft bekommen wir morgen. Mein alter Kumpel hat mir immerhin abseits des offiziellen Weges verraten, dass die Sandrock kein Schließfach bei ihnen hatte.«

»Also nichts mit deiner Theorie, dass sie etwas in einem Schließfach deponiert hat.«

»Wir reden hier von einer Bank. Du wirst es kaum glauben, aber in Schwäbisch Hall gibt es mehrere.«

Annalena seufzte. »Dann werde ich mich mal weiter in ihr Notebook vergraben. Eine Sisyphos-Arbeit. Kaum hast du den Stein auf den Gipfel gerollt, purzelt er wieder herab. Und dann geht es wieder von vorne los.«

»Man muss sich Sisyphos als glücklichen Menschen vorstellen. Hat wer gesagt?«

»Weiß ich nicht. Aber demjenigen würde ich gern dieses verdammte Notebook in die Hand drücken. Er würde abschwören. Na, hilft ja nichts.«

Annalena schaute zu, wie auf dem Notebook eine Liste erschien. Je länger die Liste wurde, umso größer wurden ihre Augen.

»Das glaube ich jetzt nicht«, flüsterte sie, und dann glaubte sie es doch, als sie im Explorer herumklickte und die Gegenprobe machte. Dann griff sie wieder einmal zum Telefon und hatte ihren Lieblings-IT-Spezialisten dran. Er würde sie verfluchen.

»Dein Trick hat wunderbar funktioniert, Florian«, sagte sie.

»Man muss eben nur wissen, wie es geht«, war die Antwort, und die Befriedigung war ihm deutlich anzumerken.

»Es gibt nur ein kleines Problem. Anscheinend haben alle Dateien dasselbe Datum. Und zwar vom Montag, dem Tag, als die Dame ermordet wurde.«

»Was? Das gibt's doch nicht! Mach mal nichts an dem Notebook, ich schalte mich drauf.«

»Du machst was?«

»Ich habe es so eingerichtet, dass ich von hier aus jederzeit darauf zugreifen kann.«

Und wie von Geisterhand bewegte sich der Cursor und klickte mal hier, mal da auf die Ordner im Explorer.

Annalena befiel eine böse Ahnung. »Kannst du das auch mit meinem Dienstcomputer machen?«

»Natürlich. Das nennt sich Fernwartung. Damit nicht jedes Mal einer von uns zu euch rennen muss, wenn ihr Probleme habt.«

»Kannst du auf diese Weise auch sehen, was ich mache?«

»Klar. Das ist ja der Sinn. Aber keine Angst, wenn ich mich bei dir aufschalten will, brauche ich deine ausdrückliche Genehmigung.«

Das beruhigte Annalena nicht im mindesten. Sie war zwar keine ausgewiesene Computerexpertin, aber sie hatte zwei Dinge gelernt: Im digitalen Zeitalter stehst du unter ständiger Beobachtung, ohne dass du es merkst. Und wenn eine Tür aufgeschlossen ist, dann wird sie auch geöffnet, und zwar so leise, dass sie nicht knarzt.

Sie musste ihr Verhalten grundlegend ändern. Manchmal zum Beispiel, wenn sie fürchterlich genervt war von einem öden Bericht, den sie zu schreiben hatte, tummelte sie sich zur Ablenkung in diversen Shoppingportalen im Internet. Das war zwar nichts Schlimmes, aber dennoch die Benutzung eines Dienstcomputers zu privaten Zwecken während der Arbeitszeit. Pfui! Und weder Florian noch sonst wer musste wissen, welche BHs, die sie sich nicht leisten konnte, sie angeschaut hatte.

»Das ist ja hochinteressant«, sagte dieser Florian jetzt. Für ihn war das anscheinend nur ein faszinierendes Problem. »Was, hast du gesagt, ist deine Kundin von Beruf?«

»Ich habe gar nichts gesagt, weil ich es nicht weiß.«

»Ich tippe auf Programmiererin. Oder auf jemanden, der zu einem Programmierer Kontakt hat. Ich vermute, da ist ein Programm gelaufen, das bei sämtlichen Dateien das Datum ändert. Das muss ich mir mal genauer ansehen. Brauchst du gerade Zugriff auf dieses Ding?«

Aus den Augenwinkeln sah sie, wie Dobler auf seine Armbanduhr zeigte. Sie nickte.

»Du kannst dir dieses Ding auch holen, ich muss jetzt sowieso weg zu einer Befragung«, sagte sie.

Dobler stand schon neben ihr. »Wir müssen los. Rothenburg wartet.«

Tatsächlich brauchten sie 37 Minuten bis Rothenburg, nicht 47 Minuten, wie es der Routenplaner ausgerechnet hatte, auch nicht 30 Minuten, wie es Annalena versprochen hatte. Auf der Autobahn gab es zwar nur wenig Geschwindigkeitsbegrenzungen, dafür viele Lastwagen und etliche Autolenker, die Annalena als Sonntagsfahrer verfluchte. Die hatten hier nichts zu suchen, und schon gar nicht an einem Mittwoch.

Annalena war eine flotte, aber keine aggressive Fahrerin, hoch konzentriert, weshalb auch kein richtiges Gespräch zustande kam. Zwischendurch nickte Dobler sogar ein, es war eine kurze Nacht gewesen, und er war auch schon lange auf den Beinen. Das Schicksal des Nebenerwerbslandwirtes, wenn er auch streng genommen keiner war. Hobbylandwirt träfe es besser, aber wie hörte sich denn das an?

Dobler lotste Annalena auf einen der großen Parkplätze außerhalb der Stadtmauer, obwohl er einen gekannt hätte, der näher lag. Die Kollegin sollte auf ihrem Weg zum Treffpunkt wenigstens einen kleinen Eindruck von der Stadt bekommen, zu ausführlichem Sightseeing war jetzt keine Zeit.

Als sie vom Parkplatz in die Spitalgasse kamen und, am berühmten Plönlein vorbei, den Weg zum nicht minder imposanten Rathaus nahmen, wunderte sich Annalena. »Ich hatte mehr Touristenrummel erwartet.«

»Da weiß jemand offensichtlich mehr über Rothenburg Bescheid, als er zugeben wollte«, spöttelte Dobler.

»Ich habe mich informiert. Kleine Internet-Recherche. Rein dienstlich natürlich, man muss ja wissen, auf was man sich einlässt.«

»Zum großen Kummer der hiesigen Hotellerie sind die meisten Gäste nur Tagestouristen. Jetzt, am späten Nachmittag, sind die schon wieder weg. Aus dem Bus ausgekippt und wieder eingesammelt, weiter zum nächsten Punkt auf dem Tagesplan, der abgehakt werden muss.«

Annalena schaute sich um. »Doch, ja, schon schön. Putzige Häuser.«

»Schöner als Schwäbisch Hall?«

Dobler wollte sie provozieren, das war klar, aber sie hatte jetzt keine Lust auf Spielchen. »In Begleitung eines Haller Lokalpatrioten enthalte ich mich jeglicher Aussage.«

Dobler grinste. »Schon besser. Rothenburg ist in der Tat einmalig. Eine geschlossene Altstadt, umgeben von einer mächtigen Stadtmauer, die komplett erhalten und begehbar ist. Das hat Schwäbisch Hall nicht zu bieten. Dafür haben wir weniger Touristen, wofür ich dankbar bin.«

Vom Marktplatz bogen sie in die Herrngasse ein. Annalena blieb abrupt stehen.

»Das glaube ich jetzt nicht! *Käthe Wohlfahrt*! Davon habe ich gehört.«

»Weihnachten das ganze Jahr über«, nickte Dobler. »Aber ich lasse dich da jetzt nicht rein, oder ich nehme dir vorher den Geldbeutel ab.«

Ein Stück weiter hatten sie sich mit Doblers Bekanntem verabredet, in einem italienischen Eiscafé, das auch Speisen anbot, gegenüber dem Renommierhotel der Stadt, wie ihr erklärt wurde. Als Annalena die Tagesangebote las, verspürte sie Hunger. Ein gutes Zeichen am Ende eines verkaterten Tages.

Trotzdem begnügte sie sich mit einem Cappuccino, den Doblers Rothenburger Verbindungsmann schon vor sich stehen hatte. Erich Sandler erwies sich als braun gebrannter, sportlicher Mann etwa in ihrem Alter, ein lockerer Typ mit gewinnendem Lächeln, der in der Tat nicht wie ein Paragrafenreiter wirkte mit seinem Dreitagebart und den Haaren, die ihm bis auf die Schultern fielen. Ein attraktiver Mann, fand Annalena, und das wusste er auch.

»Nettes Plätzchen«, sagte Annalena.

»Nicht gerade mein Stammcafé«, sagte Sandler. »Aber es ist leicht zu finden, liegt abseits des großen Trubels, und trotzdem könnt ihr die Touristen auf dem Weg zum Burggarten beobachten. Manchmal habe ich den Eindruck, die sind nur hier, um ihre Selfies zu machen, damit sie beweisen können, in Rothenburg oder sonst wo gewesen zu sein. Von der Stadt selber haben sie nichts mitbekommen.«

»So ähnlich fühle ich mich im Moment auch«, meinte Annalena.

»Wenn du mal mehr Zeit hast, bekommst du eine exklusive Stadtführung von einem Einheimischen. Also von mir, um das klipp und klar zu sagen. Aber jetzt erklärt mir noch einmal genauer, weshalb ihr hier seid.«

Dobler setzte ihn kurz ins Bild. »Wir haben eine weibliche Leiche, von der wir noch nicht viel mehr kennen als den Namen. Streng genommen ist nicht einmal der sicher, sie ist noch nicht offiziell identifiziert. Kevin Klotz wurde uns als derjenige geschildert, mit dem sie bis vor kurzem zusammengelebt hatte. Wir haben gedacht, wir fangen mit ihm mal an, könnte uns einiges an Arbeit ersparen.«

»Naheliegender Gedanke«, sagte Sandler. »Ich habe mich mal auf die Schnelle informiert. Euer Zeuge, oder was immer er auch ist, lebt seit zwei Jahren unter dieser Adresse hier in Rothenburg.«

Dobler und Annalena schauten sich an.

»Das ist wenigstens mal eine neue Information«, sagte Dobler.

»Und eine hochinteressante dazu«, ergänzte Annalena. »Bisher sind wir davon ausgegangen, dass er in Schwäbisch Hall gelebt hat. Als Lebensgefährte wäre das eigentlich naheliegend.«

Sandler grinste. »Freut mich, wenn ich eine Überraschung für euch hatte. Es wird nicht die letzte sein. Dann mal los!«

Er lotste sie durch die Gassen, und Annalena hatte bald jede Orientierung verloren. Die fotografierenden Menschen wurden weniger, und bald waren sie ganz allein.

»Nur ein paar Schritte weg von den Touristentrampelpfaden, und ihr habt Rothenburg, wie es wirklich ist«, erklärte Sandler.

Jetzt war es in der Tat eine Idylle, auch wenn nicht alle Häuser so putzig renoviert waren.

Der Wohnort von Kevin Klotz, dem Ex-Freund der toten Alisa Sandrock, war ein Häuschen, das sich in den Schatten der mächtigen Stadtmauer duckte.

Auf ihr Klingeln hin öffnete ein Mann, der in den 40ern sein mochte. Er trug verwaschene Jeans und dazu ein ehemals schwarzes, jetzt ausgeblichenes T-Shirt mit dem Aufdruck irgendeiner Band, die weder Dobler noch Annalena kannten, *Heavy Metal*, wie es aussah. Blass wie jemand, der nicht oft an der frischen Luft war, halblange braune Haare, die etwas wirr abstanden. Besondere Kennzeichen: keine.

Ein Durchschnittsmensch, fand Annalena, nach dem man sich nicht umdrehen würde. Allerdings hatte er ein freundliches Gesicht.

»Kevin Klotz?«, fragte Sandler.

»Ja.«

»Mein Name ist Erich Sandler von der Kripo Rothenburg, das sind die Kommissare Karlheinz Dobler und Annalena Bock. Wir möchten Ihnen gerne einige Fragen stellen zu einem Fall, der gerade anliegt.«

So war es verabredet. Sandler spielte den Türöffner, deshalb hatte er Kevin Klotz seinen Ausweis lange genug vor die Nase gehalten, damit er ihn lesen konnte, während Dobler und Annalena ihre Ausweise nur kurz gezeigt hatten. Von da an übernahmen die beiden Kriminalisten aus Schwäbisch Hall. Sandler hatte sich auch bewusst so umständlich ausgedrückt, dass er selbst mit dem Fall nicht in Verbindung gebracht werden konnte.

»Um was geht es?«, fragte Klotz.

»Das würden wir gern ohne neugierige Zuhörer besprechen«, sagte Dobler. »Dürfen wir hereinkommen?«

»Natürlich.« Klotz öffnete die Tür weit und ging voran in ein gediegen eingerichtetes Wohnzimmer. Von einem Sessel erhob sich eine Frau, sehr hübsch, deutlich jünger als Klotz und unübersehbar schwanger in fortgeschrittenem Stadium.

»Julia, meine Frau«, stellte Klotz vor.

Dobler und Annalena zeigten ihre Überraschung nicht, und Sandler verkniff sich ein Grinsen. Er hatte es gewusst. Als Annalena kurz zu ihm hinschaute, zwinkerte er ihr zu.

»Könnten wir vielleicht alleine …«, sagte Dobler.

»Ich habe keine Geheimnisse vor meiner Frau. Nehmen Sie doch bitte Platz, und dann sagen Sie mir, warum Sie hier sind und was Sie wollen.«

Kevin Klotz und seine Frau hatten sich auf dem Sofa niedergelassen, für die drei Kommissare blieben die Sessel.

»Sie kennen Alisa Sandrock?«, fragte Dobler.

»Allerdings. Was ist mit ihr?«

»Sie wurden uns als ihr Lebensgefährte geschildert.«

Klotz lachte lauthals. »Ganz bestimmt nicht. Das war die Bollinger, stimmt's? Die tut immer so, als sei sie über jeden Klatsch erhaben, dabei wird sie zerfressen von ihrer Neugierde.«

Annalena schaltete sich. »Sie lebten mit Alisa Sandrock zusammen, galten deshalb als ihr Lebensgefährte, waren es aber nicht. Wie soll ich das verstehen?«

»Ich habe gemeinsam mit Alisa an verschiedenen Projekten gearbeitet, das ging oft bis spät in die Nacht. Mir war es zu viel, morgens nach Hall zu fahren und spät in der Nacht zurück nach Rothenburg, und das jeden Tag. Deshalb habe ich mich bei Alisa einquartiert, und damit es kein Gerede gab, haben wir meinen Namen an die Tür gepappt. Ist halt der Freund eingezogen. Hat wohl nicht ganz so funktioniert, diese Idee.«

»Wo haben Sie bei Frau Sandrock geschlafen? Gab es ein Gästezimmer?«

»Sie hat in ihrem Arbeitszimmer eine Schlafcouch. Nicht sehr bequem, aber man kommt damit zurecht.«

Damit war das Geheimnis der Couch auch geklärt.

»Jetzt sagen Sie schon, was ist mit Alisa Sandrock?«, insistierte Klotz.

Annalena antwortete nicht darauf, sondern wandte sich Julia zu. »Und Sie als seine Frau hatten nichts dagegen, dass Ihr Mann bei Alisa Sandrock übernachtet?«

»Überhaupt nicht. Das war mir lieber, als wenn er mitten in der Nacht durch die Gegend kurvt. Sie meinen, ob ich eifersüchtig war? Dazu gab es keinen Anlass. Alisa hatte es nicht so mit Männern.«

Dobler schaltete schnell. »Sie wollen damit sagen, sie war lesbisch?«

»100 Prozent und unverrückbar«, sagte Klotz.

Jetzt griff Annalena wieder ein. »Sie sagten, Sie haben mit Alisa Sandrock an Projekten gearbeitet, Vergangenheitsform. Jetzt nicht mehr?«

»Die Arbeit war beendet, wenigstens, was meinen Teil betraf. Vor vier Wochen ungefähr. Deshalb hat sich der Freund ganz unspektakulär von seiner Lebensgefährtin getrennt. Aber jetzt sagen Sie endlich, warum fragen Sie das alles?«

»Alisa Sandrock wurde gestern ermordet aufgefunden.«

Einen Moment herrschte Stille, dann sagte Kevin Klotz: »Ach du Scheiße.« Und er schaute seine Frau an.

Die Kommissare unternahmen nichts, die Stille zu durchbrechen. Schließlich fragte Klotz: »Wissen Sie schon, wer …?«

Wie oft hatte Annalena diese Frage schon gehört, wie oft würde sie sie noch hören müssen!

»Nein«, sagte sie. »Vielleicht können Sie uns weiterhelfen? Gab es Ärger mit jemandem? Kunde, Mitarbeiter, jemand im privaten Umfeld?«

Kevin Klotz zuckte mit den Schultern. »Nicht dass ich wüsste. Allerdings waren wir auch nicht so eng. Es war eine Zusammenarbeit auf Zeit, mehr nicht, und rein beruflich.«

»Trotzdem redet man doch mal über Privates miteinander.«

»Schon. Aber über Belanglosigkeiten ging das nicht hinaus.«

»Hatte Alisa Sandrock eine aktuelle Partnerin?«

»Ich weiß von niemandem, aber das hat nichts zu sagen. Wir haben darüber nie gesprochen, und wenn Alisa in einem Projekt steckte, gab es für sie nur das und nichts anderes mehr. Sie hat sich regelrecht verbissen.«

»Was waren das für Projekte?«

»Das darf ich nicht sagen. Verschwiegenheitsvereinbarung. Da müssen Sie schon den Auftraggeber kontaktieren.«

»Ein kleiner Hinweis wäre hilfreich.«

»IT-Branche. Sicherheitsthemen.«

»Und der Auftraggeber ist wer?«

»Mein Auftraggeber war Alisa, ich war sozusagen nur Subunternehmer.«

»Woher kannten Sie Alisa Sandrock?«

»Ich weiß gar nicht mehr genau, wie wir uns kennengelernt haben. Das ergibt sich so, wenn man in derselben Branche tätig ist. Wir haben gemerkt, dass wir gut zusammenarbeiten können, dass wir uns ergänzen. Jeder hat so seine Stärken.«

»Es waren nicht Ihre ersten gemeinsamen Projekte?«

»Wir haben schon verschiedentlich zusammengearbeitet.«

»Wir brauchen eine Liste dieser Projekte und der Auftraggeber.«

»Kann ich zusammenstellen, wenn Sie meinen, dass Ihnen das etwas nützt. Nur die tatsächlichen Kunden kenne ich nicht, also die Kunden, von denen Alisa ihre Aufträge hatte, die hat sie nicht verraten.«

Annalena war erstaunt. »Wie? Sie kennen die Kunden nicht, für die Sie arbeiten?«

»Wie ich schon sagte, ich habe meine Aufträge von Alisa erhalten, und sofern es mit der Honorierung keine Probleme gab, und die gab es nicht, war mir alles andere egal. Ich musste das nicht wissen für meine Arbeit. Wissen Sie, unsere Branche ist eigenartig. Einerseits kooperiert man, andererseits will man vermeiden, dass einer im Garten wildert und einen Kunden abspenstig macht.«

»War Alisa Sandrock regelmäßig joggen?«

»Sie war joggen, aber ob regelmäßig – keine Ahnung.

Ich war ja, wie gesagt, nicht immer da. Warum fragen Sie?«

Jetzt war Dobler wieder an der Reihe. »Alisa Sandrock wurde beim Joggen erschlagen.«

Kevin Klotz blieb eine Zeit lang stumm und zuckte dann mit den Schultern. »Ich sag's ja, Sport ist Mord.«

»Wo waren Sie zur Tatzeit?«

»Wenn Sie mir die Tatzeit sagen, verrate ich es Ihnen.«

»Am Montag zwischen 17.30 und 18.30 Uhr.«

»Da war ich hier. Zu Hause. Meine Frau kann das bestätigen.«

»Wie würden Sie Alisa Sandrock beschreiben? Immerhin kannten Sie sie ja ganz gut, Sie haben lange zusammengearbeitet.«

Klotz überlegte. »Im Umgang mit Kunden muss sie wohl sehr überzeugend gewesen sein, sonst wären wir nicht so gut im Geschäft gewesen. Aber das ist eine reine Vermutung, ich war ja nie dabei. Ansonsten sehr verschlossen und kühl.«

»Das hat Sie nicht gestört?«

»Warum sollte es? Ich bin auch nicht so der Quasseltyp. Ich habe meine Arbeit gemacht, und fertig.«

»Alisas Wohnung war ja nicht gerade gemütlich.«

»Und wenn schon. Meinem Computer war es egal, wo er steht, und mir auch.«

»Kann es sein, dass Alisa Sandrock noch eine andere Wohnung hatte, eine, in der sie wirklich gelebt hat?«

»Ich weiß von nichts. Alisas Privatleben hat mich nicht interessiert.«

Annalena fragte: »Hatten Sie noch Kontakt zu Frau Sandrock, nachdem Ihre Projekte abgeschlossen waren?«

»Hin und wieder, klar.«

»Wann das letzte Mal?«

»Weiß ich nicht mehr.«

»Nicht zufällig am Montag um 16.04 Uhr?«

»Möglich.«

»Eine gute Stunde, bevor sie ermordet wurde, haben Sie sie angerufen, sie hat aber nicht abgenommen. Genügend Zeit, um von Rothenburg nach Schwäbisch Hall zu fahren.«

Kevin Klotz fuhr auf. »Wollen Sie damit etwa sagen …?«

Unbeeindruckt fuhr Annalena fort: »Sie hob nicht ab, also konnten Sie davon ausgehen, dass sie beim Joggen war. Sie kannten ihre Vorlieben und wussten, wo sie gern lief. Kein Problem, sie abzupassen.«

»So ein Blödsinn! Wie können Sie so etwas annehmen! Ich war hier, das habe ich Ihnen gesagt.«

»Was wissen Sie über die Familie von Frau Sandrock? Eltern? Geschwister?«

»Über Geschwister hat sie nie etwas gesagt, ihre Eltern hat sie einmal kurz erwähnt, sie scheinen wohl kein gutes Verhältnis gehabt zu haben. Aber, wie gesagt, über Privates haben wir kaum gesprochen.«

Dobler warf Sandler einen Blick zu, und der reagierte sofort. »Nun, ich denke, das war's vorerst. Kommen Sie doch bitte morgen auf dem Revier vorbei, wir brauchen noch Ihre Fingerabdrücke und einen Abstrich zur DNA-Analyse. Keine Sorge, das ist reine Routine.«

Als die Kommissare gegangen waren, schauten sich Kevin Klotz und seine Frau an.

»Schrecklich!«, sagte Julia. »Du hast es geahnt.«

»Nicht geahnt. Befürchtet, dass es eines Tages so weit kommt.«

»Zum Glück bist du rechtzeitig ausgestiegen.«

»Ich hoffe, es war noch rechtzeitig.«

»Du hast ihnen nicht alles gesagt.«

»Absichtlich.«

»Sie werden es herausfinden.«

»Davon gehe ich aus. Früher oder später. Eher später. Das verschafft mir ein wenig Zeit, um aufzuräumen.«

Als sie außer Hörweite waren, sagte Sandler: »Das war mal ein interessantes Gespräch.«

»Interessant? So kann man es auch sagen«, knurrte Dobler.

»Ich habe euch beobachtet, euch zwei und die zwei. Mir scheint, einiges, was ihr zu hören bekommen habt, hat euch verwirrt. Und er hat gelogen nach Strich und Faden.«

Auch Annalena war die Frustration anzumerken. »Der hat uns regelrecht vorgeführt.«

»Vorschlag: Wir gehen essen und reden darüber. Vielleicht kann ich als unbeteiligter Zuschauer etwas beitragen.«

»Wirst du nicht zu Hause erwartet?«, fragte Dobler.

»Ich bin gerade Strohwitwer, meine Freundin ist auf einem Seminar. Ihr habt doch nichts vor?«

Annalena wies auf Dobler. »Er hat ein Rendezvous mit seinen Kühen.«

»Die sind auch mit einem Ersatz zufrieden«, entgegnete Dobler gemütlich. »Muss nur Bescheid sagen.«

Es war nur ein kurzes Gespräch, was Annalena erstaunte. »So schnell bist du zu ersetzen?«

»Wir sind eben ein gut organisierter Betrieb. Kommt ja häufig vor, dass mich ein Fall in Beschlag nimmt.«

Sandler führte sie zum *Reichsküchenmeister*, einem Komplex aus Hotel und Restaurant, der einen ganzen Block einnahm. Sehr beliebt bei den Touristen, erklärte er, aber das sei ja überall in der Stadt so, und jetzt seien die Tagesgäste weitgehend weg.

»Ein herrliches altes Gebäude«, sagte Annalena bewundernd.

»Herrlich ja«, entgegnete Sandler, »aber das mit dem ›alt‹ muss man differenziert sehen. Teile dieses gesamten Ensembles sind tatsächlich original, aber das Haupthaus zum Beispiel wurde im Krieg zerstört und danach dann historisierend wieder aufgebaut. Wie übrigens etwa 45 Prozent der Stadt. Man war damals, kurz nach dem Krieg, erstaunlich weitblickend und hat um die Sogkraft mittelalterlicher Ensembles gewusst.«

»Wie war das in Schwäbisch Hall? Auch so?«, fragte Annalena Dobler.

»Schwäbisch Hall hatte insofern Glück, als nur wenig zerstört war. Allerdings hat man zumeist modern wieder aufgebaut, was man halt damals als modern empfand. Die ewigen Schandflecken in der Stadt. Glücklicherweise sind es nur wenige.«

»Übrigens heißt dieses Ding erst seit 1948 *Reichsküchenmeister*. Auch vorausschauend. Klingt sehr alt, die Touristen lieben das. Davor war es einfach das *Café Köppel*, später dann das *Café Toppler-Diel*.«

»Du bist bewundernswert informiert«, sagte Annalena. »Bist du im Nebenberuf Touristenführer?«

»Man muss die Fragen seiner Gäste ja beantworten

können«, sagte Sandler geschmeidig. »Wir gehen rein in die Stube, da sind wir ungestörter als im Biergarten.«

»Außerdem wird es frisch. Der Herbst lässt grüßen«, unterstützte ihn Annalena. Sie fröstelte, und das wunderte sie selbst. So kalt war es eigentlich noch nicht. Wahrscheinlich war sie übermüdet.

Die Speisekarte erwies sich als sehr fleischlastig, aber das war Annalena gewohnt, das war, hätte sie Sandler ergänzen können, ja überall so, und nicht nur in dieser Stadt. Dass sie gestern Abend ihren Prinzipien untreu geworden war und gesündigt hatte, war ja nur, um die Gastgeber nicht zu beleidigen. Dass ihr der Krustenbraten geschmeckt hatte, sehr sogar, konnte ihr Geheimnis bleiben. War das nun ein erfolgreicher Angriff auf ihre Grundsätze gewesen? Oder waren die gar nicht so verfestigt? Sie musste darüber nachdenken, wenn sie einmal Zeit dafür fand.

Sie entschied sich für Ravioli mit Peccorino und Feige in Kürbissoße, die Männer wählten etwas Deftigeres, Dobler einen Sauerbraten, Sandler gut fränkisch ein Schäufele. Auf das Bier dazu verzichtete Annalena schweren Herzens, sie musste ja noch fahren. Obwohl es ja gut sein sollte, das fränkische Bier.

»Ihr habt eine eigenartige Befragungstechnik«, sagte Sandler. »Da gab's so einiges, wo man hätte nachhaken können.«

»Der had äender a Ausred wie d Maus a Louch«, brummte Dobler

»Bitte?«, fragte Annalena verständnislos. Sandler grinste. Die Franken verstanden die Hohenloher besser als eine Kölnerin.

»Der findet schneller eine Ausrede als die Maus ein Loch«, übersetzte Dobler.

Annalena hatte es kapiert. »Klotz hat uns mehr verschwiegen als gesagt, und ganz bestimmt hat er uns in vielen Punkten angelogen. Ich wollte ihn einfach reden lassen und sehen, was er uns so auftischt.«

Dobler nickte. »Ich denke, da waren wir uns einig. Dafür haben wir ihm auch nicht alles gesagt, was wir wissen. Wenig genug ist es ja im Moment. Alisa Sandrock war schwanger.«

»Oh la la!«, machte Sandler. »Das eröffnet einen weiten Raum für Spekulationen. Vielleicht war die Sandrock doch nicht so 100-prozentig lesbisch, wie Klotz uns weisgemacht hat.«

»Oder er hat es nur gesagt, um seine Frau zu beruhigen«, sagte Dobler.

»Oder es stimmt doch«, ergänzte Annalena. »Es gibt ja Frauen, die gern ein Kind hätten, aber nicht den Mann dazu.«

»Dass man sich das antut, ein Kind so ganz allein.« Sandler schüttelte den Kopf. »Mir wäre das schon zu zweit zu anstrengend. Viel Vergnügen beim Lösen dieses Rätsels, fragen könnt ihr sie ja nicht mehr, und wenn ich es richtig verstanden habe, wisst ihr über ihr Umfeld noch nichts.«

Ihr Essen wurde serviert, und sie machten sich darüber her.

»Das ist nicht das einzige Rätsel«, sagte Annalena. »Alleinstehend mit Kind, das passt nicht zu dem Bild, das ich bisher von der Sandrock habe. Nicht nach dem, was wir in ihrer Wohnung gesehen haben und was Kevin Klotz gesagt hat.«

»Dessen Aussagen allerdings mit Vorsicht zu genießen sind«, warf Dobler ein. »Ich habe den Eindruck, er hat vor allem Nebelkerzen geworfen.«

»Das sehe ich auch so«, sagte Sandler. »Er hat mehrmals gefragt, warum ihr ihn aufsucht, aber nicht auf einer Antwort bestanden. Dabei wäre das das Normalste der Welt.«

Annalena wurde laut. »Meinst du, das wäre mir nicht aufgefallen? Ich wollte sehen, wie weit er das Spiel treibt. Er hat gewusst oder zumindest geahnt, was mit Alisa Sandrock passiert ist und auch, dass wir ihn befragen.«

Sie diskutierten noch einige Zeit über Kevin Klotz und seine Reaktionen und gingen dann zu anderen Themen über. Die Männer machten es sich mit ihrem Bier gemütlich, während Annalena sich krampfhaft an ihrem Mineralwasser festhielt. Irgendwann merkte sie, wie ihre Augen schwer wurden, und sie drängte zum Aufbruch.

»Ich behalte diesen Kevin Klotz im Auge«, versprach Sandler zum Abschied.

Auf der Heimfahrt chauffierte Annalena weitaus vorsichtiger, langsam fast für ihre Verhältnisse, und den Grund dafür erklärte sie gleich: »Du musst mich wach halten. Ich werde gerade entsetzlich müde, diese Mostorgie von gestern Abend hängt mir doch noch ganz schön in den Knochen. Also mach mal Konversation, Kollege! Aber nichts über unseren Fall, sonst muss ich denken.«

»Soll ich fahren?«

»Du hattest drei Bier, richtig? Die Frage hat sich erledigt.«

Sie hätte es ja früher sagen können, dachte Dobler, dann hätte ich mich zurückgehalten. Aber das sagte er lieber nicht. Stattdessen meinte er: »Dann erzähl mal was über dich.«

»Auch kein gutes Thema, dabei muss ich mich vielleicht aufregen. Andersrum. Erklär mir doch noch mal, wie das mit eurem Hof ist, das habe ich noch nicht so richtig kapiert. Als Ältester hättest doch du den Hof bekommen müssen?«

»So war das früher vielfach. Der älteste Sohn bekam alles, die jüngeren Brüder nichts, die mussten dann Pfarrer oder Lehrer werden, und die Töchter zählten sowieso nicht, die hat man irgendwohin verheiratet.«

»Sehr beliebt war auch, dass der jüngere Bruder den älteren ermordet hat und somit an dessen Stelle trat. Schlag nach bei Shakespeare.«

Dobler schmunzelte, was Annalena natürlich nicht sehen konnte. Sie hielt den Blick starr geradeaus. Sie fuhren an Satteldorf vorbei, sie waren also bald zu Hause.

»Das war in unserer Gegend nicht nötig«, sagte er. »Hierzulande galt lange die Realteilung. Das heißt, das Erbe wurde gleichmäßig unter den Nachkommen verteilt. Was logischerweise zur Folge hatte, dass der Grundbesitz, also ein Hof mit seinen Flächen, immer kleiner wurde. So klein, dass er irgendwann nicht mehr wirtschaftlich zu betreiben war.«

»Und um das zu vermeiden, hat deine Schwester den Hof bekommen, und du bist enterbt worden.«

»So ist es nicht. Wir haben nach vielen Diskussionen eine Lösung gefunden, die alle zufriedenstellt. Es ist kompliziert. Ich habe meine Wohnung im Hof. Für die zahle ich Miete. Nur auf dem Papier natürlich. Ich bekomme mein Essen, Kathi macht meine Wäsche, auch dafür bezahle ich. Fiktiv. Ich arbeite auf dem Hof mit, und dafür werde ich bezahlt, wie man jeden anderen Arbeiter auch entlohnen müsste. Ebenfalls fiktiv, nur nach außen hin, damit alles seine bürokratische Ordnung hat. Ich mache das gern, mir macht es Spaß, im Stall und auf dem Acker zu werkeln, ich wollte nur nie die Verantwortung für den ganzen Hof übernehmen. Na ja, und das alles wird mit meinem Anteil verrechnet, den mir meine Schwester auszahlen muss, wenn ich einmal ausziehe.«

»Verkraftet das der Hof, wenn sie dich auszahlen muss?«

»Nicht ohne Weiteres, deshalb haben wir auch dafür eine Lösung gefunden. Die ist ebenfalls kompli… Pass doch auf!«, schrie Dobler plötzlich und klammerte sich am Sitz fest.

»Was regst du dich auf? Ich kann fahren und reden gleichzeitig. Frauen können das.«

»Der ist ausgeschert und hätte dich fast geschnitten!«

»Aber nur fast. Ist ja nichts passiert. Wie ist das nun mit dieser Regelung?«

»Die ist so kompliziert, dass ich das heute nicht mehr erklären kann.«

Annalena war es nur recht. Sie hatte Mühe, die Augen offen zu halten, und merkte, wie ihre Konzentrationsfähigkeit nachließ. Es war wirklich knapp gewesen, als der vor ihr plötzlich ausgeschert war. Döskopp! Aber nun konnte es ja nicht mehr weit sein.

»Noch eine Frage. War dein Onkel Nick tatsächlich Professor?«

Dobler lachte. »Ein Familienscherz. Nick war tatsächlich an der Uni Stuttgart, am Institut für Landesgeschichte, aber als Archivar. Du siehst, bei den Doblers gab es schon immer ältere Söhne, die etwas anderes im Sinn hatten als Landwirtschaft. Kannst du mich am Hof absetzen?«

»Klar. Wenn du mich leitest.«

Dobler überlegte. Ob er ihr, wenn sie bei Wolpertshausen abfuhren, die Cröffelbacher Steige mitten in der Nacht zumuten konnte? Er hatte längst bemerkt, dass sie nicht mehr gut drauf war. Aber das war nun mal der direkteste Weg, alles andere hätte einen Riesenumweg bedeutet. Da mussten sie jetzt durch. Sie beide.

Annalena meisterte die Spitzkehren der Cröffelbacher Steige souverän, sie mobilisierte ihre letzten Reserven. Spannende Strecke, dachte sie, die musste sie sich mal bei besserer Gelegenheit vornehmen.

Als sie beim Hof angekommen waren und Dobler ausstieg, sagte er: »Du weißt, es gibt immer ein Gästezimmer für dich.«

»Lieb gemeint, Kollege, aber heute brauche ich mein eigenes Bett.«

»Schlaf dich aus. Es gibt nichts, was uns davonläuft.«

»Lass das nicht deinen Familienfreund hören. Der Polizeipräsident sieht das bestimmt anders.«

KAPITEL 3

Annalena kam tatsächlich später als sonst, und sie sah ausgeruht aus, was Dobler nicht von sich behaupten konnte. Nach dem Stall wäre er am liebsten noch einmal ins Bett gekrochen, doch Kathi verwickelte ihn in ein längeres Gespräch über ihre Vision von einer Biogasanlage, ihr aktuelles Lieblingsprojekt, das allerdings mit hohem Investitionsbedarf verbunden war und eine Reorganisation ihres Betriebes erforderlich machte. Und irgendwann war es dann zu spät für einen Nach-Stall-Schlaf.

Kathi war der Boss, sie entschied, was auf dem Hof gemacht wurde, und es gab niemanden, der das in Zweifel gezogen hätte. Dennoch hatte sie sich angewöhnt, alle anstehenden Entscheidungen auch mit ihrem Bruder zu besprechen. Sie machte intuitiv etwas, was selbsternannte Gurus für teures Geld als gelungene Mitarbeiterführung verkauften.

Er war dankbar dafür. Sie gab ihm das Gefühl, nicht nur der Knecht zu sein, der die Mistgabel schwang, wenn es von ihm verlangt wurde. Wenn das Taktik sein sollte, dann war es ein geschickter Zug. Es band ihn mehr an den Hof, als er gedacht hatte.

Doch so berechnend war seine Schwester nicht. Kathi war geradeheraus und ehrlich, zu geradeheraus manchmal. Bisweilen war das anstrengend, doch er sollte nicht undankbar sein. Es hatte ihn gut auf seine neue Kollegin vorbereitet.

Annalena strahlte ihn an. »Ich weiß, ich habe das Ausschlafen etwas überzogen. Dafür fühle ich mich ausgeruht.«

»So war es auch gedacht.« Dann gähnte er.

»Was man von dir nicht behaupten kann. Noch eine anstrengende Nacht gehabt?«

»Meine Nacht ist um 5 Uhr zu Ende. Der Stall ruft.«

»Du solltest dir einen Nebenjob suchen, der nicht so anstrengend ist.«

»Das verstehst du nicht.«

»Ich verstehe vieles nicht. Bei euch gehen die Uhren anders. Warum zum Beispiel engagiert sich dein Kumpel Sandler aus Rothenburg so in dieser Sache? Das ist nicht sein Fall. Er war nur als länderübergreifendes Aushängeschild gedacht.«

»Die Antwort dürfte einfach sein. Schau in den Spiegel.«

Annalena blickte ratlos.

Dobler lächelte sie an. »Attraktive Kollegin? Dazu noch von einem anderen Revier?«

Annalena war empört. »Ist das so einer? Der ist doch liiert, hat er gesagt.«

»Das hat die Nachbarin auch von Alisa Sandrock und Kevin Klotz geglaubt, dabei war es gar nicht so, wenn Klotz uns nicht angelogen hat.«

»Er hat uns viel vorgelogen, vielleicht auch in diesem Punkt. Ich habe viel gegrübelt. Ich glaube, wir müssen in diesem Fall ganz anders denken.«

»Von den Großstadtkollegen kann man doch noch etwas lernen. Die haben ihre Eingebungen im Schlaf.«

»Heute morgen unter der Dusche, wenn du es genau wissen willst. Manche singen dabei, ich denke.«

»Dann lass mich mal an deinen Überlegungen teilhaben.«

»Die Wohnung von Alisa Sandrock kam uns beiden seltsam vor. So … unwirklich. Mich hat das von Anfang an irritiert, ich konnte es nur nicht richtig fassen. Und dann ihr Notebook.«

»Hm«, sagte Dobler. »Das musst du mir näher erläutern, was du damit meinst.«

»Sie hat sich ziemlich viel Mühe gegeben, einzelne Programme und Dateien kompliziert zu schützen. Aber der Schlüssel zu allem, der Passwortmanager, war nur nachlässig gesperrt. *Nolimetangere*. Für mich ist das auch nur eine sinnlose Zeichenfolge, aber für die IT war sie leicht zu knacken. Das passt doch nicht zusammen. Das ist alles nur Fassade. Errichtet zu genau dem Zweck, dass ratlos ist, wer in ihren Sachen schnüffelt. Und wir sind darauf hereingefallen.«

Dobler schlug sich gegen die Stirn. »Ich Idiot! Warum bin ich da nicht drauf gekommen? *Noli me tangere*. So nennt meine Großmutter das Springkraut. Rühr mich nicht an. Lateinisch.«

»Lateinisch?«

»Die gediegene gymnasiale Bildung in Schwäbisch Hall. Ich habe Latein immer gehasst. Aber einiges ist hängen geblieben.«

»Und was ist ein Springkraut?«

»Das findest du natürlich nicht in einem Großstadtpark, aber in unseren Wäldern. Wächst meistens in Massen, schön anzusehen mit seinen gelben Blüten. Wenn du die reifen Fruchtkapseln nur leicht berührst, reißen sie auf und schleudern den Samen bis zu drei Meter weit. Deshalb ›noli me tangere‹.«

Annalena wurde nachdenklich. »Rühr mich nicht an … Und wenn mir jetzt das Notebook um die Ohren fliegt?«

»Das wäre schade. Um dich natürlich und um unseren Fall. Den würde dann sofort das Landeskriminalamt an sich reißen. Terroristischer Anschlag.«

Annalena rief Florian Geyer an, den IT-Spezialisten, und stellte gleichzeitig auf laut, damit Dobler mithören konnte.

Ohne sich mit einer Begrüßung aufzuhalten, kam sie gleich zur Sache.

»Kurze Frage. Wenn man den Passwortmanager öffnet, kann der irgend etwas machen? Vielleicht auch zeitversetzt?«

Am anderen Ende herrschte kurz ein verblüfftes Schweigen. »Kannst du hellsehen?«, kam die Antwort. »Genau das ist passiert, kurz nachdem ich das Ding bei euch geholt hatte. Das Notebook hat sich von selbst neu formatiert, wenn dir das was sagt, und war nicht zu stoppen. Alles weg, das Ding ist sozusagen in jungfräulichem Zustand. Und nein, ein Passwortmanager macht so etwas normalerweise nicht. Den musst du schon selbst programmieren und die entsprechende Funktion einbauen.«

»Unsere Kundin, wie du sie immer so schön nennst, war Programmiererin. Das wenigstens wissen wir jetzt.«

»Na also. Keine Angst übrigens, die Daten sind nicht weg. Manchmal hat man so eine Vorahnung. Bevor ich mich mit dem Gerät überhaupt befasst habe, habe ich ein Abbild gezogen. Und das habe ich wieder aufgespielt. Dann habe ich eine Liste mit den Passwörtern erstellt, damit du den Manager nicht mehr öffnen musst, und jetzt spiele ich gerade das Abbild wieder auf. Formatiert ist die Platte ja schon.«

»Ich danke dir«, sagte Annalena. Sie hatte kaum die Hälfte von dem verstanden, was er ihr da sagte. Sie wusste nur, dass auf geheimnisvolle Weise die Daten doch nicht perdu waren und wieder zu ihrer Verfügung standen.

»Ich glaube kaum, dass wir auf dem Notebook etwas Nützliches finden«, sagte sie zu Dobler. »Das ist ein wunderschönes Potemkinsches Dorf. Wie die Wohnung.«

»Immerhin hat die Sandrock uns damit zu Kevin Klotz geführt«, gab Dobler zu bedenken.

»Absichtlich?«

»Möglich. Mehr als möglich. Er war der Einzige in ihrem Adressbuch.«

»Als ob sie mit dem Finger auf ihn zeigen wollte.«

»Gehen wir das doch mal systematisch durch«, schlug Dobler vor. »Sie hat also damit gerechnet, dass jemand in ihren Sachen wühlt, in ihrer Wohnung, auf ihrem Notebook, und diesen Jemand wollte sie verwirren und ihm viel sinnlose Arbeit machen, ihm gleichzeitig aber dezente Hinweise geben.«

»Hat sie auch damit gerechnet, dass dieser Jemand wir sind?«, fragte Annalena. »Wir, die Kripo? Mit anderen Worten: Hat sie einkalkuliert, dass ihr etwas zustoßen könnte?«

Dobler brummte.

»Wie war das?«, fragte Annalena.

»I sooch ned sou und sooch ned sou, sonschd kummd anner und sächd, i häd sou oder sou gsoochd.«

»Bitte übersetzen!«, forderte Annalena irritiert.

»Wörtlich: Ich sage nicht so und sage nicht so, sonst kommt einer und sagt, ich hätte so oder so gesagt. Das soll heißen: Ich weiß es nicht, ich habe im Moment noch keine Meinung dazu. Wir sollten diese Möglichkeit auf alle Fälle nicht außer Acht lassen.«

»In meinen Augen ist Kevin Klotz damit von einem Zeugen zum Verdächtigen aufgestiegen«, meinte Annalena nachdenklich.

Dobler blieb skeptisch und spielte den Advokaten des Teufels. »Nur weil er als Einziger in ihrem Adressbuch auftaucht? Immerhin war er wohl ihr engster Mitarbeiter.«

»Und warum dann nicht die Nummer ihres Kunden?«, konterte Annalena. »Wäre doch logisch. Das war ihr Auftraggeber.«

»Eine rätselhafte Frau«, sagte Dobler. »Allerdings haben wir keine Handhabe gegen diesen Klotz. Seine Halbwahrheiten reichen nicht.«

»Mal sehen, ob uns die Segnungen der elektronischen Datenverarbeitung weiterhelfen«, entgegnete Annalena und begann, auf ihre PC-Tastatur einzuhämmern.

Dobler brummte. »Mir ist das Blöken meiner Kühe lieber, das ist eindeutiger.«

Nick Dobler, der »Professor«, war schon so bekannt im Kriminalkommissariat, dass er sich nicht mehr anzumelden brauchte, sondern gleich durchgewunken wurde.

Er klopfte wie immer erst zweimal, nach einer kurzen Pause dreimal hart, und bevor jemand auch nur einen Mucks sagen konnte, hatte er die Tür aufgerissen und stand strahlend im Zimmer.

»Nick!«, sagte Dobler ergeben.

»Nick!«, sagte Annalena freudig.

Unaufgefordert setzte sich Nick. Diesmal war er nicht als Waldschrat gekleidet, sondern trug eine beigefarbene Cordhose und dazu einen grauen Lodenjanker.

»Ich habe nochmals über eure aktuelle Leiche nachgedacht«, begann Nick. »Ich bin mir ziemlich sicher, dass ich die Frau schon einmal im Wald gesehen habe, unweit der Stelle, wo ihr sie gefunden habt. Aber ich habe keine Ahnung, wann das war, deshalb wird es euch nicht viel nützen.«

»Beim Joggen?«, fragte Annalena.

»Ja, und zwar zusammen mit einem Mann. Und sie haben nicht gestritten, falls du das fragen willst. Es war ein freundschaftliches Gespräch. Mehr noch, die hatten was miteinander, da bin ich sicher.«

»Kannst du den Mann beschreiben?«

»Ich habe ihn gar nicht beachtet.«

»Weil du«, sagte Dobler, »nur Augen hattest für die junge Dame in ihrem körperbetonten Outfit.«

»So war's wohl.«

Dobler grinste Annalena an. »Da hast du ein Lehrbeispiel für die Aussagekraft von männlichen Zeugen. Sobald eine halbwegs attraktive Frau im Spiel ist, verfügen sie nur noch über beschränkte Wahrnehmungsfähigkeiten.«

»Der Mann war älter«, sagte Nick. »Viel zu alt für sie. Um die 50, schätze ich. Grau melierte Haare. Keine Joggingklamotten.«

»Aha«, meinte Dobler. »Dann hat dich die attraktive Frau doch nicht ganz so beeindruckt.«

»Doch, schon. Das ist es ja eben. Was, habe ich mich gefragt, findet eine junge Frau bloß an so einem alten Knacker?«

»Manche Frauen mögen das. Die Reife, die Erfahrung, nicht mehr die Ungeduld der Jugend.«

»Stimmt das?«, wandte sich Nick an Annalena. »Du bist doch auch eine junge Frau.«

Aus einem nicht ersichtlichen Grund schien Annalena das Thema unangenehm zu sein. Ihr Gesicht verfinsterte sich, und sie murmelte nur: »Karlheinz wird schon recht haben.«

Dobler war die Zurückhaltung seiner Kollegin nicht entgangen, so weit kannte er sie schon. Der Grund war ihm rätselhaft, aber er wollte nicht darauf herumreiten und lenkte schnell ab.

»Das ist eine sehr interessante Information, Nick. Wir sind für jeden Hinweis dankbar.«

»Ich habe ja gesagt, ihr müsst euch auf das private Umfeld konzentrieren. Und dann habe ich sie noch einmal gesehen«, fuhr Nick fort. »In der Stadt. Ganz normal gekleidet. Wie sie aus einem Haus in der Mauerstraße herauskam. Ich habe nachgeschaut, als sie weg war. In dem Haus hat ein Gynäkologe seine Praxis. Na, was sagt ihr? Das ist doch eindeutig!«

Annalena hatte sich so weit wieder im Griff, dass sie Nick antworten konnte.

»Auch das ist eine interessante Information, Nick. Jetzt wissen wir wenigstens, bei wem sie in Behandlung war. Ansonsten aber muss ich dir einen kleinen Dämpfer verpassen. Ein regelmäßiger Besuch beim Frauenarzt ist für uns Frauen normal. Das kann ich dir als Frau, die das Klimakterium noch vor sich hat, aus eigener Erfahrung bestätigen. Müsstest du eigentlich auch wissen, du bist ja verheiratet.«

Nick murmelte etwas Undeutliches, das sich mit viel gutem Willen als »Hab ich wohl nicht so mitgekriegt« interpretieren ließ, und sprang so behände auf, wie man es seinem Körperumfang nach nicht vermutet hätte.

»Jetzt muss ich aber«, verkündete er. »Auf mich wartet im Stadtarchiv eine hochinteressante Urkunde aus dem 13. Jahrhundert. Die wird die Geschichte Hohenlohes revolutionieren. Und wer hat sie entdeckt? Nikolaus Dobler natürlich!«

Sprach's und war verschwunden.

Dobler wartete noch einen Moment, ob sein Onkel tatsächlich weg war, und fragte dann Annalena: »Was hältst du von Nicks Beobachtungen?«

»Der Mann im Wald, der grau melierte, ich weiß nicht. Nicks Beschreibung ist mehr als vage.«

»Er war von einer attraktiven Frau in hautengem Outfit abgelenkt.«

»Männer! Alte weiße Männer!«

»He! Ich schaue auch hin, wenn es etwas zu sehen gibt.«

»Sag ich doch: Männer! Wenn's dich tröstet, ich würde es nicht anders machen, auch bei einer Frau nicht. Jedenfalls hat sie sich nicht mit Kevin Klotz im Wald getroffen.«

»Ist doch auch mal eine Erkenntnis«, sagte Dobler spöttisch. »Warum sollte sie auch, wenn sie mit ihm in einer gemeinsamen Wohnung lebt.«

»Und was den Frauenarzt betrifft«, fuhr Annalena fort, »da müssen wir natürlich nachhaken, auch wenn wir nichts Neues erfahren werden. Wir wissen ja, das Alisa Sandrock schwanger war. Aber das ist reine Routine und hat Zeit. Viel interessanter ist, was ich über den

Lebenslauf unserer Klientin herausgefunden habe. Du kannst mich ruhig loben, es war nicht einfach.«

»Darf es zur Belohnung ein Kaffee sein? Ich hole ihn auch.«

Als sie an dem Gebräu nippte, verzog Annalena das Gesicht. »Unsere geliebte Sekretärin mag ja durchaus ihre Fähigkeiten haben, aber das Kaffeekochen gehört eindeutig nicht dazu. Wenn ich's mir leisten könnte, würde ich mir eine eigene Kaffeemaschine hinstellen.«

»Wie wäre es mit einem altmodischen Filterkaffee?«

»Das würde sie bestimmt als Affront sehen.«

»Bei dir schon. Du bist die Neue. Die aus der Großstadt, die an allem etwas auszusetzen hat, selbst am Kaffee. Ich kann mir das erlauben. Ich besorge uns alles, was wir brauchen. Und nun zu deinem Lebenslauf der Alisa Sandrock.«

Mit Widerwillen nahm Annalena noch einen Schluck. »Geboren wird sie 1989 in Bielefeld. Als sie vier ist, ziehen die Eltern mit ihr nach Paderborn, später dann nach Unna, nach Düsseldorf und nach Wesel, wo sie auch Abitur macht.«

»Der Herr Papa scheint ein bewegtes Berufsleben gehabt zu haben.«

»So sieht's aus. Du hast unter deinen vielen Kumpels nicht zufällig jemanden, der das verifizieren könnte?«

»Hm.« Dobler rieb sich das Kinn und stellte fest, dass er sich heute Morgen schlecht rasiert hatte. »Vielleicht. Muss ich nachdenken. Vielleicht ist Vater Sandrock auch seinen Gläubigern davongelaufen.«

»Möglich, aber unwahrscheinlich«, sagte Annalena. »Dafür genügt es heutzutage nicht mehr, wenn man nur den Wohnsitz wechselt, zumal dann nicht, wenn man sich immer brav ummeldet. Weiter im Text, jetzt wird es nämlich spannend. Wir sind also in Wesel. Im Jahre 2010, da ist die Sandrock 21, verschwindet sie vom Radar. Sie meldet sich in Wesel ordnungsgemäß ab und gibt als neuen Wohnsitz eine Adresse in Köln an.«

»Köln! Dann hättest du sie ja kennen müssen.«

»Haha! Was ich tatsächlich kenne, ist diese Adresse. Ich hatte undeutlich etwas im Kopf und habe es überprüft. Die Adresse ist ein Fake. Heute stehen dort schicke Apartmenthäuser, damals war das eine Industriebrache, die auf einen Investor gewartet hat.«

»Sie hat sich also tatsächlich unsichtbar gemacht.«

»Ganz und gar. Und es kommt noch besser. Fünf Jahre später, wir schreiben jetzt 2015, meldet sie sich tatsächlich in Köln an, diesmal mit einer richtigen Adresse, und beantragt gleichzeitig neue Papiere, weil ihre Handtasche gestohlen worden ist, wie sie sagt. Da sie einen Geburtsschein vorlegt, geht das problemlos. Sie ist wieder aufgetaucht und hat sich ganz offiziell ins System eingeschleust. Es folgt eine kurze Station in Frankfurt, vor vier Jahren ist sie dann nach Schwäbisch Hall gezogen.«

»Fünf Jahre, die fehlen. Wo war sie? Was hat sie gemacht? Wir müssen ihre Eltern ausfindig machen, die können uns bestimmt Auskunft geben.«

»Dürfte schwierig werden. Die haben sich nämlich im selben Jahr wie das Töchterlein vom Acker gemacht. Allerdings haben sie sich offiziell als wohnsitzlos gemeldet, weil sie seitdem mit dem Wohnmobil durch die Welt gondeln. Postadresse ist in Wesel, ein Freund, nehme ich an. Dort habe ich allerdings noch niemanden erreicht. Notfalls müssen die Kollegen vor Ort aushelfen.«

Dobler überlegte. »Steile These. Alisa Sandrock ist gar nicht Alisa Sandrock. Jemand hat sich ihre Identität gestohlen und tritt fortan als sie auf.«

»Dieser Jemand hat die Geburtsurkunde von Alisa Sandrock vorgelegt.«

»Kann man zur Not auch fälschen. Ich glaube kaum, dass ein Einwohnermeldeamt genauer hinschaut.«

Mit allen Zeichen des Unwillens stürmte Lisa Manzinger, die Sekretärin, das Büro, wie üblich ohne anzuklopfen, und knallte Dobler einen Stapel Faxe auf den Schreibtisch. Genauso wortlos rauschte sie wieder davon.

»Eines Tages beißt sie noch«, murmelte Annalena.

»Daran musst du dich gewöhnen. Frau Manzinger hält es für unter ihrer Würde, uns Faxe hinterherzutragen. Sie fühlt sich zu Höherem berufen.«

»Und das wäre?«

»Das weiß sie vermutlich selbst nicht. Aber sonst ist sie schon in Ordnung. Außer dass ihr Kaffee scheußlich ist.«

Die Bankauskunft. Dobler studierte sie gewissenhaft und markierte hin und wieder einen Eintrag. Annalena wartete gespannt auf seine Analyse.

»Die üblichen monatlichen Belastungen wie Miete und Strom gingen per Lastschrift oder Dauerauftrag weg«, sagte er. »Alles in allem hat Alisa Sandrock ausnehmend gut verdient. Unregelmäßige Zahlungen in unterschiedlicher Höhe gingen an Kevin Klotz und auch an einige andere Personen. Müssen wir überprüfen. Sie selbst hat ihr Honorar von einer *Limax GmbH* erhalten.«

»Das scheint ja dann ihr ominöser Kunde gewesen zu sein. *Limax GmbH*«, sagte Annalena und tippte auf ihrer Tastatur herum. »Limax ist eine Nacktschnecke aus der Familie der Schnegel, sagt *Wikipedia*. Noch nie davon gehört. Ansonsten finde ich von der Firma keine Webseite, und auch im Telefonbuch ist sie nicht. Ungewöhnlich für eine Firma, dass sie sich so unsichtbar macht.«

Dobler grinste. »Kolpingstraße.«

Annalena schaute ihn überrascht an. »Woher weißt du das schon wieder?«

»Handelsregister.«

»Da hätte ich als Nächstes geschaut.«

»Das ist im Kerz. Oder noch in der Stadtheide?«, grübelte Dobler.

»Du sprichst in Rätseln.«

»Die Stadtheide ist eine Gewerbegebiet im Westen, Michelfeld zu. Ist mit der Zeit gewuchert, deshalb wurde es um das Gewerbegebiet Kerz erweitert, das wiederum teilweise auf der Gemarkung Michelfeld liegt, weshalb es gemeinsame Sache der beiden Städte ist. ›Interkommunales Gewerbegebiet‹ nennt man so etwas im Amtsdeutsch. Wo die Stadtheide aufhört und das Kerz anfängt, weiß ich auch nicht genau.«

»Wenn du meinst. Viel mehr interessiert mich allerdings, was mit dieser *Limax GmbH* ist.«

»Einzige Gesellschafterin und Geschäftsführerin ist eine Liane Maxwell, das erklärt auch den Namen. Als Geschäftszweck ist Softwareentwicklung angegeben.«

»Ist dort nicht auch die Bilanz hinterlegt?«

»So ist es. Allerdings ist eine Bilanz für mich ein Buch mit sieben Siegeln, ich kann daraus nichts entnehmen. Ich drucke sie aus und gehe zu den Kollegen von der Wirtschaft, die können uns bestimmt weiterhelfen.«

Dobler druckte und ging, Lisa Manzinger kam mit den Auskünften der anderen Banken. Ihr Gesicht drückte noch mehr Missbilligung aus als sonst, die Mundwinkel schleiften auf dem Fußboden. Sie stand vor einer lebenswichtigen Entscheidung. Nun, da Dobler aus dem Zimmer war, blieb ihr wohl nichts anderes übrig, als Annalena die Faxe zu übergeben, dieser unmöglichen Person aus dem großen Vaterland, womit die überzeugte Schwäbin jemand nördlich ungefähr der Linie Heidelberg – Ansbach meinte.

Was sollte sie tun? Sollte sie ihr den Stapel einfach zuwerfen und dann ungerührt zusehen, wie Annalena die einzelnen Blätter vom Boden aufklaubte? Sie auf Doblers Platz legen? Sie entschloss sich dazu, die Papiere auf Annalenas Schreibtisch zu knallen.

Annalena schwoll der Kamm.

»Danke, Frau Manzinger«, sagte sie und strahlte die Manzinger an. »Was wären wir ohne Sie!«

Die Mundwinkel gingen ganz leicht nach oben. »Bitte«, war die hervorgepresste Antwort.

Annalena atmete tief durch und lobte sich selbst für ihre Beherrschung. Das war noch nicht der Beginn einer Freundschaft, aber immerhin das stumme Vorgespräch zu einem Waffenstillstand.

Sie widmete sich den Unterlagen.

Allmählich wurde es spannend.

Bei einer anderen Bank hatte Alisa Sandrock ein weiteres Konto unterhalten, auf das es hauptsächlich Bareinzahlungen gegeben hatte, aber nur wenige Abhebungen. Darunter eine in so beträchtlicher Höhe, dass man sie nicht gerade für einen Einkauf beim Bäcker brauchte.

Bei der dritten Bank schließlich hatte die Sandrock zwar kein Konto, dafür ein Schließfach.

Einen Schlüssel dafür hatten sie nicht gefunden, weder in der Wohnung noch im Auto, und in der Handtasche ebenfalls nicht. Sie konsultierte noch einmal den Bericht der Spurensicherung. Fehlanzeige.

An das Schließfach kamen sie nicht so ohne Weiteres heran, da brauchten sie den Staatsanwalt.

Sie war Doktor Hannes Kippling bisher noch nicht begegnet, alle Kontakte waren über Dobler gelaufen. Klar, die beiden kannten sich, und sie war die Neue. Ob sie warten sollte? Aber man wusste nie, wann Dobler wieder auftauchte, wenn er mal eben auf einen Sprung bei den Kollegen war.

Kurz entschlossen griff sie zum Telefon. Sie landete im Vorzimmer. Der Staatsanwalt sei im Moment in einer Besprechung (die Dame sagte tatsächlich Besprechung und nicht Meeting), werde aber zurückrufen, wurde ihr versprochen. Wie auch anders.

Keine drei Minuten später kam tatsächlich der Rückruf.

»Das ging aber schnell«, sagte Annalena spontan, wie es ihre Art war.

Am anderen Ende hörte sie ein glucksendes Lachen. »Bei mir geht alles schnell, das werden Sie noch merken. Mein Ideal ist ein leerer Schreibtisch, wobei ich schon gemerkt habe, dass dieses Ideal schwer zu erreichen ist. Wir kennen uns noch nicht persönlich, das ist schade. Wenn Sie mal Zeit haben, kommen Sie doch auf einen

Sprung herüber in die Salinenstraße, ist ja nicht weit. Was liegt an?«

Sie erklärte ihm ihr Anliegen.

»Die einen Banken sind kooperativ, die anderen weniger«, sagte Doktor Hannes Kippling. »Diese zählt zur letzteren Sorte. Trotzdem ist das kein Problem. Sie hören von mir.«

Annalena tippte weiter auf ihrem Computer herum und probierte es zwischendurch immer wieder mit der Nummer in Wesel, der Wahlwiederholung sei Dank. Als dann tatsächlich jemand abnahm, war Annalena so verdattert, dass sie drei Anläufe brauchte, um ihr Anliegen halbwegs verständlich vorzubringen.

Ihr Gesprächspartner, ein Sigmund Käser, war misstrauisch. »Woher weiß ich, dass Sie tatsächlich von der Polizei sind?«

»Wenn wir skypen, kann ich Ihnen meinen Ausweis zeigen.«

»Damit kenne ich mich nicht aus.«

Dann, erklärte Annalena, möge er doch bitte in der Zentrale anrufen und sich vergewissern. Sie gab ihm die Nummer und auch ihre Durchwahl. Die Nummer könne er auf der Webseite und im Telefonbuch überprüfen.

Kurze Zeit später hatte sie ihn wieder an der Strippe.

»Entschuldigen Sie den Umstand«, sagte er.

»Das ist völlig in Ordnung so«, antwortete sie. »Es hätte ja auch ein neuer fieser Enkeltrick sein können.«

»Man liest so viel.«

Vom Schicksal der Alisa Sandrock erzählte sie ihm nichts. Sie erklärte nur, dass sie im Rahmen von Ermittlungen Kontakt mit den Sandrocks aufnehmen wolle und wich allen Nachfragen aus, mit dem Verweis auf eben diese Ermittlungen. Dann plauderten sie noch eine Weile miteinander und waren sich einig über die Schlechtigkeit dieser Welt, wenn man nicht einmal mehr dem Anruf der Polizei trauen konnte. Dann kamen sie zur Sache.

Ungeduldig wartete sie auf die Rückkehr Doblers. Sie hatte schon gelernt, dass zur fachlichen Auskunft von Kollegen anderer Abteilungen auch ein mehr oder minder ausführlicher Plausch über Gott und die Welt gehörte. Das Schmiermittel, wie es Dobler bezeichnete. Doch Geduld gehörte nun mal nicht zu ihren Stärken.

Endlich kam er, und kaum zur Tür herein, sagte er: »Auf den ersten Blick sind in der Bilanz keine Schweinereien zu entdecken, meinen die Fachleute. Außer dass es der Firma ausnehmend gutgehen muss.«

Annalena erzählte, was sich mittlerweile getan hatte und dass sie auch ihren Mann in Wesel erreicht hatte. »Die vielen Umzüge sind geklärt. Sandrocks Vater war Berufssoldat und ist häufig versetzt worden. Kein großes Licht, Unteroffizier.«

Der Mann aus Wesel, Sigmund Käser, war ein Kollege Sandrocks gewesen, und offenbar war die private Verbindung ausreichend, dass er zu Sandrocks Verbindungsmann in Deutschland gewählt worden war. Allerdings ging die Verbundenheit nicht so weit, dass sie beste Kumpels wären und sich ständig über ihr Wohl und Wehe ausgetauscht hätten.

Kontakt hatten sie eigentlich nur, wenn es etwas zu regeln galt. Deshalb wusste er auch nicht so genau, wo sich die Sandrocks im Moment aufhielten. Sein letzter Stand war Kirgisistan.

»Kirgisistan?«, wunderte sich Dobler. »Wo ist das denn?«

»Ich musste auch erst nachschauen. Ganz weit hinten. So ungefähr nördlich von Afghanistan.«

»Und da fährt jemand freiwillig hin?«

»Es klebt eben nicht jeder an der Scholle wie du.«

»Komm mir jetzt bloß nicht mit diesem Blut-und-Boden-Ding! Ich kenne jemanden, der auch nicht loskommt von seiner rheinischen Großstadt und am liebsten dorthin zurückkehren würde.«

Annalena streckte ihm die Zunge heraus, etwas Besseres fiel ihr nicht ein.

Eine Kontaktaufnahme war schwierig. Mobilfunknetz gab es nicht überall. Am besten, so der Mann aus Wesel, war eine E-Mail, allerdings konnte es auch hierbei vorkommen, dass man mehrere Tage auf eine Antwort warten musste. Die E-Mail hatte Annalena geschrieben und lange daran gefeilt. Sie sollte dringend klingen, jedoch nicht beunruhigend. Schlimme Nachrichten wie den Tod der Tochter überbrachte man besser persönlich, und sei es auch nur am Telefon. Nun galt es abzuwarten.

»Dann könnten wir uns jetzt eigentlich diese Firma vornehmen, für die Alisa Sandrock gearbeitet hat«, sagte Annalena.

»Ich plädiere dafür, das morgen zu machen«, erwiderte Dobler. »Schieben wir doch jetzt den Pflichtbesuch bei ihrem Frauenarzt ein.«

»Einverstanden. Dienstwagen? Wer fährt?«

»Du solltest dir wirklich mal den Innenstadtplan von

Hall einprägen, Annalena. Wir gehen zu Fuß, ist ja nicht weit. Keine zehn Minuten.«

»Nicht weit? Meine Schuhe sind nicht für einen Spaziergang gedacht. Vor allem nicht für solche Holperwege wie in diesem Kaff.«

Dobler sah hinab auf ihre Füße. Annalena trug gern Kunstwerke mit hohen Absätzen und tauschte sie nur gegen alltagstaugliches Schuhwerk, wenn absehbar war, dass sie im Gelände unterwegs waren. Zum Beispiel, um sich im Einkornwald eine Leiche anzusehen.

Nun ja, High Heels waren beim unebenen Kopfsteinpflaster in Schwäbisch Hall tatsächlich eine akrobatische Herausforderung.

Dobler sagte nichts.

»Sag jetzt nichts!«, verteidigte sich Annalena. »Solche Schuhe machen schöne Beine.«

Das mochte durchaus sein. Allerdings war davon nichts zu sehen, wenn man normal lange Jeans trug.

Annalena war noch immer missmutig. »Wo müssen wir überhaupt hin?«

»Die Mauerstraße ist auf der anderen Seite des Kochers, am Fluss entlang. Wir müssen nur über eine der Brücken, dann sind es noch ein paar Meter. Und auf dem Weg finden wir ein hübsches Plätzchen für einen schönen Cappuccino.«

In der Tat gab es in Schwäbisch Hall keinen Mangel an Kaffeetränken. Die Herausforderung war eher, einen freien Platz zu finden. Bei halbwegs schönem Herbstwetter wie jetzt waren alle Cafés voll.

Doch Dobler kannte sich aus und führte sie zu einem Tisch, an dem noch niemand saß. Nicht der beste Cappuccino in der Stadt, wie er erklärte, doch allemal besser als die Plörre, die Lisa Manzinger im Büro servierte. Manchmal kam ihm der Verdacht, dass die Sekretärin den Kaffee absichtlich verhunzte, als stummer Protest gegen die niederen Aufgaben, zu denen sie gezwungen war.

Immerhin hatte er es seiner neuen Kollegin zu verdanken, dass er nunmehr ernsthafte Anstrengungen unternehmen wollte, um diesen Zustand zu ändern. Ein trinkbarer Kaffee war im Büroalltag so unumgänglich wie ein Schreibtischstuhl.

Sie kamen nicht dazu, über ihren Fall zu diskutieren. Man saß dicht an dicht, überall gab es neugierige Ohren. Dobler hätte Annalena gern einiges Persönliche gefragt, doch auch dafür gab es für seinen Geschmack zu viele Lauscher.

So blieb es bei nichtssagendem Geplauder. Sie saßen einfach da und genossen die wärmenden Strahlen der Sonne. Vielleicht waren es die letzten des Jahres, irgendwann musste das herbstliche Schmuddelwetter ja kommen.

Wie nach Absprache waren sie beide in eine wohlige Lethargie verfallen, jeder hing seinen Gedanken nach, und als Dobler zum Aufbruch mahnte, erschien es Annalena, als würde sie von weit weg zurück in die Realität geholt, die aus einer erschlagenen jungen Frau bestand, mit der sie immer noch nichts Rechtes anzufangen wussten.

Es war ja klar, dass man in der Frauenarztpraxis nicht auf sie gewartet hatte. Der Herr Doktor sei gerade in einer Behandlung, und überhaupt sei der Terminplan ziemlich eng, sagte die adrette Frau am Empfang, ob man nicht besser … Nein, keinen Termin? Nun ja, dann müssten die Herrschaften eben warten, aber angesichts des engen Terminkalenders …

Die Alternative sei, erklärte Annalena sehr liebenswürdig, dass man den vielbeschäftigten Herrn Doktor aufs Revier einbestelle, dann allerdings gelte ihr eigener Terminkalender, und der sei nicht diskussionsfähig. Es seien ja nur ein paar Fragen, reine Routine, gehe ganz schnell und tue überhaupt nicht weh.

Es war doch immer das Gleiche.

Dobler bewunderte, wie seine sonst so heißblütige Kollegin auf gelassene Art eine Autorität spüren ließ, der sich auch die Dame hinterm Tresen beugen musste. Sobald der Herr Doktor mit seiner Patientin … Und Annalena zeigte keinerlei Triumph, sondern bedankte sich. Wenn die Herrschaften derweil im Wartezimmer …

»Gut gemacht, Annalena«, flüsterte Dobler ihr zu.

Sie flüsterte zurück: »Ich hätte ihr am liebsten den Hals umgedreht. Das war die eigentliche Alternative.«

Sie gingen ins Wartezimmer, und augenblicklich fühlte Annalena sich entsetzlich unwohl. Sie hatte widersprüchliche Gefühle Ärzten gegenüber und mochte gar nicht daran denken, wie lange ihre letzte Untersuchung schon zurücklag. Ein Gynäkologiestuhl war für sie ein Überbleibsel der Folter aus dem Mittelalter (Nick könnte dazu bestimmt viel erzählen), und sie betrachtete es als Belästigung, wenn jemand da unten bei ihr tastete und drückte, selbst wenn derjenige Arzt war.

Dobler hingegen saß ungerührt da und blätterte in einer Zeitschrift für werdende Mütter. Ein Wartezimmer war ein Wartezimmer, basta, und dass um ihn herum nur Frauen saßen, etliche mit dicken Bäuchen, bekümmerte ihn nicht.

Männer!, dachte Annalena, so sensibel wie … wie … Ihr fiel kein passender Vergleich ein.

Die Wartezeit dauerte nicht lange. Eine Sprechstundenhilfe führte sie zum Arzt, misstrauisch beäugt von den anderen Patienten. Warum kam dieses junge Paar sofort dran, während sie so lange warten mussten? Hatte das etwas mit der Klassengesellschaft in unserem Gesundheitssystem zu tun? Privatpatienten bevorzugt?

Der Arzt erwies sich als ein Mann in mittleren Jahren mit schlaffem Händedruck, der sichtlich missgestimmt war, weil er ihnen Rede und Antwort stehen sollte, und sogleich sagte: »Worum geht es? Ich habe nicht viel Zeit.«

»Wir schon«, entgegnete Annalena provozierend, obwohl sie den Aufenthalt in der Arztpraxis möglichst schnell hinter sich bringen wollte.

»Es geht um eine Patientin von Ihnen«, sagte Dobler ruhig. »Alisa Sandrock. Sie war doch Ihre Patientin?«

»Der Name sagt mir nichts. Ich könnte nachschauen, aber es gibt ja so was wie eine ärztliche Schweigepflicht. Sollten Sie eigentlich wissen.«

»Die Frau ist tot. Ermordet. Wir sind dabei, diesen Mord aufzuklären und brauchen jede Information.«

Der Arzt blieb hartnäckig. »Das Persönlichkeitsrecht gilt über den Tod hinaus.«

Annalena wollte aufbrausen. Dobler legte ihr begütigend die Hand auf den Arm und sagte: »Lassen wir doch diese Spielchen. Ich kann auch mit einem richterlichen Beschluss wiederkommen. Und in Begleitung von uniformierten Beamten. Das würde Ihre Patienten sicher sehr amüsieren. Es geht nur um eine Auskunft, und dann sind wir auch schon wieder weg.«

Der Arzt gab auf und tippte auf seinem Computer herum. »Ja, sie war hier. Einmal. Deshalb hat mir der Name auch nichts gesagt. Keine Stammpatientin.«

»Wann war sie hier?«

»Vor drei Wochen.«

»Und weshalb war sie hier?«

»Um sich ihre Schwangerschaft bestätigen zu lassen.«

Annalena konnte sich nicht mehr zurückhalten. »Haben Sie? Herrgott, lassen Sie sich doch nicht jedes Wort aus der Nase ziehen!«

»Ja, habe ich. Fünfzehnte Woche.«

»Das haben Sie errechnet aufgrund der ausbleibenden monatlichen Regel, Eisprung und so weiter?«

»Das war nicht nötig. Sie wusste den Empfängnistermin ziemlich genau.«

Wenn Annalena verblüfft war, zeigte sie es nicht. »Der war?«

»Fünfzehnter oder sechzehnter Juni.«

Nun schaltete sich Dobler wieder ein. »Wie hat sie das aufgenommen, dass Sie die Schwangerschaft bestätigt haben? War sie erschüttert, entsetzt, erfreut?«

»Um ehrlich zu sein, weiß ich das nicht mehr genau. Wie gesagt, sie war zum ersten Mal hier, und ich habe viele Patientinnen. Entsetzt war sie bestimmt nicht, sonst hätte ich das notiert.«

Annalena übernahm, und ihre Stimme hatte einen deutlich aggressiven Unterton. »War von einem Schwangerschaftsabbruch die Rede?«

»Ich gehe davon aus, dass ich das zur Sprache gebracht habe. Das mache ich immer, wenn eine Patientin keinen Ehering trägt.«

»Man braucht keinen Ehering, um schwanger zu werden«, sagte Annalena patzig.

»Wem sagen Sie das. Aber es ist doch das Normale. Vermutlich wollte sie von einem Abbruch nichts wissen, sonst hätte ich das notiert.«

»Kann man in der 15. Woche noch joggen?«, fragte Dobler.

Der Arzt sah ihn mitleidig an. »Sie hatten wohl noch nie eine schwangere Frau zu Hause?«

Dobler grinste ihn an. »Nur schwangere Kühe.«

Für einen Moment war der Arzt irritiert, fing sich aber schnell wieder. »Sofern keine Risikoschwangerschaft vorliegt, und das war hier nicht der Fall, die Frau war kerngesund und körperlich fit, ist gegen Joggen nichts einzuwenden. Vor großer körperlicher Anstrengung wie einem Marathon würde ich allerdings abraten.«

Als sie wieder draußen waren, atmete Annalena erst einmal tief durch und schalt sich eine Närrin. Persönliche Animositäten hatten sie überrannt und ihre berufliche Distanz zum Einsturz gebracht. Sie hatte auf diesen Herrn Doktor mit dem schlaffen Händedruck nicht angemessen reagiert. Das durfte nicht wieder geschehen.

Sie lehnten sich gegen die mächtige Mauer, die den Kocher einfasste (Ha! Deshalb Mauerstraße, so einfach waren Straßennamen manchmal zu entschlüsseln!) und die hoch genug war, um den Fluss auch bei schlimmstem Hochwasser in seinem Bett zu halten. Die Altvorderen hatten weit gedacht. Heutzutage verließ man sich auf

Simulationen und war überrascht, dass sie vom nächsten Starkregen weggeschwemmt wurden.

»Du bist zeitweise sehr pampig gewesen«, sagte Dobler. »Ging dir das persönlich nahe?«

»Vielleicht«, antwortete Annalena ausweichend. Dobler drang nicht weiter in sie. Er spürte, dass dies ein wunder Punkt war.

»Interessant, dass sie den Tag der Empfängnis so genau eingrenzen konnte. Normalerweise kennt man nur den ungefähren Zeitraum.«

»Du bist gut informiert für einen nicht ganz so alten weißen Single-Mann.«

»Ich habe eine Schwester.«

»Die Menstruations-App auf ihrem Handy«, sagte Annalena. »Die errechnet die fruchtbaren Tage.«

»Das eröffnet viele Möglichkeiten.«

»Beginnen wir mal mit dem Einfachsten: Es war ein Wunschkind.«

Dobler sah sie skeptisch an. »Ein Wunschkind bei einer Frau, die, laut Kevin Klotz, lesbisch war und das angeblich unverrückbar? Wie?«

»Ich hatte in Köln eine Freundin, die genau vor diesem Dilemma stand. Lesbisch, mit einer Lebensgefährtin, und sie wollte ein Kind. Es wurde heiß diskutiert, mit welcher Methode es gezeugt werden sollte. Es gibt verschiedene Möglichkeiten. Die Becher-Methode beispielsweise.«

»Wie hat sie sich dann entschieden?«

»Keine Ahnung. Bevor es so weit war, hatten wir uns verkracht. Ich habe nur gehört, dass sie mittlerweile tatsächlich ein Kind hat, wie immer das zustande gekommen ist, und sehr glücklich mit ihm ist. Allerdings lebt sie inzwischen wieder allein, von ihrer Partnerin hat sie sich getrennt. Ob das mit dem Kind und dessen Zeugungsmethode zusammenhängt, weiß ich nicht.«

»Eine andere Möglichkeit«, sagte Dobler, »wäre ein Seitensprung. Soll auch in diesen Kreisen vorkommen. Das wäre dann, was wir Bauern ›Natursprung‹ nennen.«

»Natursprung? Ich dachte, das funktioniert bei Kühen und Schweinen immer so.«

»Immer seltener. Heutzutage kommt der Tierarzt mit der großen Spritze und dem eingefrorenen Sperma.«

»Wer käme dann bei Alisa Sandrock dafür infrage? Doch Kevin Klotz?«

»Warten wir die DNA-Analyse ab.«

Annalena seufzte. »Je mehr wir über Alisa Sandrock herausfinden, umso mysteriöser wird diese Frau.«

Dobler führte Annalena über den Roten Steg und den Unterwöhrd zurück in die Innenstadt, vorbei am *Neuen Globe*.

Annalena blieb stehen. »Das ist also das berühmte *Globe-Theater*. Ich habe es bisher nur aus der Ferne gesehen.«

»Berühmt oder berüchtigt, das ist eine Frage des Standpunktes. Zuvor stand hier eine Holzkonstruktion, die dem *Globe-Theater* Shakespeares in London nachempfunden war. Eigentlich sollte das *Globe* jeweils im Winter abgebaut werden, was sich als nicht machbar und vor allem zu teuer herausgestellt hat. Der Neubau jetzt ist aus massivem Stein. Er war heiß umstritten, ein Denkmal, das sich der damalige Oberbürgermeister für sündhaft viel Geld gesetzt hat, sagen die einen. Mittlerweile hat man sich an den Anblick gewöhnt. Wie an alles, das eine Zeit lang steht.«

Als sich die Schwatzbühlgasse mit der Neuen Straße kreuzte, am Dreikönigseck, trennten sie sich. Rechts hinauf ging es zu Annalenas Wohnung. Sie blickte Dobler hinterher, der geradeaus weiterging, Richtung Polizeirevier.

Irgendwo dort würde er in sein Auto steigen und nach Hause fahren, wo die Kühe auf ihn warteten. Sie beneidete ihn. Nicht um die Stallarbeit, um Himmels willen, das nicht. Aber dass er einen Fixpunkt in seinem Leben hatte, und sei es nur eine Kuh, der ein Natursprung versagt blieb.

Sie fasste einen Entschluss, drehte um und erstand an dem Imbiss einen Döner, mit allem. Ihr Abendessen heute, Vegetarierin hin oder her. Manchmal ging es nicht anders, wie beim Krustenbraten der Doblers, manchmal hatte sie einfach Lust. Prinzipien waren dazu da, dass man sie hin und wieder über den Haufen warf.

Sie schlenderte hinüber zum Unterwöhrd und setzte sich hinter dem *Neuen Globe* auf eine Bank. Zu ihren Füßen gurgelte der Kocher. Sie aß den Döner ohne schlechtes Gewissen und hing ihren Gedanken nach.

Das Gespräch mit dem Frauenarzt hatte in ihr etwas nach oben geschwemmt, das sie überwunden glaubte. Gegen den Ansturm hatte sie sich nicht wehren können. Das war äußerst unprofessionell, in ihrem Beruf sollte sie sich nicht von persönlichen Befindlichkeiten treiben lassen. Das wiederum ließ sich nicht immer beeinflussen. Auch eine Kommissarin war nur ein Mensch.

Einmal war Annalena ungewollt schwanger geworden, es war erst sehr spät zur Gewissheit geworden. Auch deswegen hatte sie Alisa Sandrock um ihre regelmäßige

Periode beneidet, die sie aus der Menstruations-App abgelesen hatte.

Dem Erzeuger konnte sie nicht mit der Vaterrolle kommen, sie hatten das mal diskutiert, als noch längst keine Notwendigkeit bestand, und er hatte sich vehement gegen Nachwuchs ausgesprochen, er wollte sich nicht in seiner Freiheit einschränken lassen.

Überdies, das war ihr klar geworden, wollte sie sich nicht eines Kindes wegen an diesen Kerl binden. Was blieb? Alleinerziehende traute sie sich nicht zu. Sie hatte einen Riesenbammel davor. Und wie sollte sie das mit ihrem Beruf vereinbaren, für den sie brannte?

Dann erledigte sich das Problem auf natürliche Weise. Sie hatte eine Fehlgeburt, und wochenlang weinte sie um das verloren gegangene Kind, das sie eigentlich nicht haben wollte. Noch jetzt brach es ihr das Herz, wenn sie daran dachte. Dabei hatte sie geglaubt, dass sie diese Ereignisse verarbeitet hatte.

Wie anders wäre ihr Leben verlaufen, hätte sie dieses Kind ausgetragen, hätte es aufwachsen sehen? Es war müßig, darüber nachzudenken, gar zu hadern, aber manchmal überwältigte sie diese Geschichte. Von dem verhinderten Vater hatte sie sich alsbald getrennt. Noch eine gescheiterte Beziehung mehr, doch die ließ sich leichter verkraften.

Das stete Plätschern des Kochers zu ihren Füßen hatte eine meditative Wirkung. Sie schloss die Augen und versuchte, die Gedanken in ihrem Kopf zu lenken. Es dauerte nicht lange, und ihr Kopf sank auf ihre Brust und sie war eingeschlafen.

Mit steifen Gliedern erwachte sie wieder, als sie fröstelte. Wenn der Tag sich neigte, machte sich eben doch

bemerkbar, selbst wenn man ausgeschlafen war, dass es
Herbst war, kein Spätsommer mehr mit lauen Nächten.

Sie stapfte zu ihrer Wohnung, stand lange unter der
Dusche, und ging dann auf die Piste. Sie hatte beschlossen,
sämtliche Kneipen und Bars abzuklappern, um zu sehen,
was in dieser Stadt abseits der historischen Gebäude los
war.

Für die richtigen Nachtschwärmer war es natürlich
noch zu früh, doch diese Abendzeit hatte auch ihren
Reiz. Das Partyvolk, das sich hauptsächlich produzieren wollte, war noch nicht zugange, stattdessen Menschen, die sie als normal bezeichnen würde, die einfach
nur den Abend ausklingen lassen wollten, dazwischen
einige ernsthafte Trinker.

Heute sollte es *Caipirinha* sein, hatte sie beschlossen.
Das einstmals gehypte Lieblingsgetränk der Hipster war
etwas aus der Mode gekommen, doch das störte sie nicht.
Sie trank nicht, was gerade angesagt war, sondern was
ihr schmeckte.

Nach dem ersten *Caipirinha* hatte sie ein paar nette,
aber unverbindliche Gespräche gehabt, von denen sie
sogar das meiste verstanden hatte. Nicht alle, hatte sie
gelernt, sprachen diesen unverständlichen hohenlohischen Dialekt. Zwei dieser Gespräche waren dabei, sich
zu einer Anmache zu entwickeln, was sie höflich, aber
bestimmt abblockte.

Im Moment war kein Platz für einen Mann in ihrem
Leben. Nicht einmal für eine Nacht. Womöglich blieb
es nicht bei dieser einen Nacht, vielleicht verliebte sie
sich unsterblich und war für immer an dieses grässli-

che Hohenlohe gefesselt. Eine gespenstische Vorstellung. Aber man konnte ja wenigstens schauen, was sich auf dem Markt so tummelte.

Beim zweiten Cocktail meldete sich dezent ihr Diensthandy. Die Antwort von Papa Sandrock aus Kirgisistan oder woher auch immer. Morgen um 11 Uhr würde er sie per Mobiltelefon kontaktieren. Sie tippte eine Bestätigung und widmete sich weiter ihrem Getränk.

Der dritte *Caipirinha* war gerade serviert worden, als sie eine dunkle Ahnung überfiel. Wie gut, dass man mit dem Smartphone auch immer das Internet mit sich herumschleppte, und aus der dunklen Ahnung wurde schnell Gewissheit. Selbstredend gab es eine Zeitverschiebung, und Kirgisistan lag fünf Stunden hinter der hiesigen Zeit. 11 Uhr Ortszeit bedeutete demnach 6 Uhr in Schwäbisch Hall.

Eigentlich hätte sie den Cocktail stehen lassen sollen, doch das konnte sie sich und dem *Caipirinha* nicht antun. Sie trank schnell aus und machte, dass sie ins Bett kam.

Karlheinz Dobler war, wie eigentlich jeden Abend, rechtschaffen müde, und ihm stand noch eine anstrengende Nacht bevor. Die Zenzi machte ihm Sorgen, hochträchtig, aber es wollte nicht vorwärtsgehen. Eine Woche war sie schon überfällig, und das sah ihr gar nicht ähnlich. Normalerweise war sie, wenn die Niederkunft bevorstand, pünktlich wie die Maurer am Feierabend. Die Kuh war unruhig, gut möglich, dass sie in der Nacht noch kalbte.

Für diesen Fall, der auf einem Bauernhof nicht selten vorkam, hatten die Doblers einen Weckplan ausgetüftelt. Reihum zur vollen Stunde schaute einer im Stall nach dem Rechten. So musste sich nicht einer allein die Nacht um die Ohren schlagen. Jeder machte mit, auch die Dobler-Eltern. Wenigstens kamen so die anderen zu ein wenig Nachtruhe.

Zu richtigem Schlaf fand keiner, jeder war so unruhig wie die Zenzi im Stall. Nur Siggi, Kathis Mann, schnarchte so unbekümmert, als könne ihn nichts auf der Welt stören. Was wollte man von einem eingeheirateten Gailenkirchener auch anderes erwarten (ein Familienspott, den Siggi geduldig über sich ergehen ließ).

In Doblers Wohnzimmer hing ein riesiger Fernseher an der Wand, 214 Zentimeter Bildschirmdiagonale, trotz Schnäppchenpreis eine gewaltige Investition, die sich aber gelohnt hatte. Dobler schaute gern Kinofilme, ältere vorzugsweise, und hatte eine beeindruckende Sammlung. Ein so großer Bildschirm war wie in einem kleinen Kino, und das war das Geld wert.

Heute war ihm nach Entspannung zumute, noch ein bisschen abschalten vor der unruhigen Nacht. Er holte sich ein Bier, schaute seine Sammlung durch und blieb beim *Wirtshaus im Spessart* hängen, 1958, schwarz-weiß. Lieselotte Pulver spielte mit, Carlos Thompson, Hubert von Meyerinck in seiner Paraderolle als schnarrender Offizier, Wolfgang Neuß, lange bevor er zum zahnlosen Alten wurde, die jungen Hans Clarin, Helmuth Lohner, Veronika Fitz.

Ein amüsanter, gut gemachter Film, ein Märchen, was auch kein Wunder war, hatte man sich als Vorlage doch sehr frei bei Wilhelm Hauff bedient.

Ein schwäbischer Dichter adelte doch ungemein, auch wenn er nicht Schiller hieß. Was hatte Hohenlohe in der

Hinsicht zu bieten? Dobler kam nur auf wenige Autoren, Gottlob Haag, Oliver Storz, beide schon tot, Walter Hampele, die Kultband *Annawech*, bei der der Sensenmann auch schon Ernte gehalten hatte, einige Krimiautoren natürlich, und während er darüber sinnierte, fielen ihm die Augen zu, gerade, als die verkleidete Lilo Pulver mit dem schneidigen Räuberhauptmann dem Happy End entgegenritt.

Um 2 Uhr sollte sein Wecker klingeln, zehn Minuten zuvor schon wurde er wach und ging in den Stall. Er kam gerade richtig, die beiden Vorderhufe waren schon zu sehen. Dann ging alles schnell und problemlos. Die Mutter leckte ihr Junges ab, Dobler half mit einem Bündel Stroh. Ein Bruderkalb. Den Namen dafür würden sie später gemeinsam festlegen, nach ausführlichen und kontroversen Diskussionen, etwas anderes war bei den Doblers nicht vorstellbar.

Jetzt endlich fand Dobler seine Ruhe, wenn die Nacht auch schon fast vorbei war.

KAPITEL 4

Mit Mühe, aber pünktlich um 6 Uhr früh, also zu nachtschlafender Zeit, saß Annalena Bock am Schreibtisch im Kriminalkommissariat Schwäbisch Hall und wartete, dass ihr Telefon klingelte.

Es blieb stumm.

Auch zehn Minuten später war das so und ebenso um 30 Minuten nach 6 Uhr.

Im Internet fand sie eine Weltzeituhr, und zum zweiten Mal wurde in dieser Angelegenheit eine dunkle Ahnung zur Gewissheit. In Kirgisistan war es jetzt nicht 11.30 Uhr, sondern eine Stunde früher. Das hatte wohl mit der Sommerzeit zu tun, bei der sie nie wusste, ob sie die Uhr eine Stunde vor oder zurück stellen musste. In Kirgisistan jedenfalls gab es die nicht.

Sie war kurz davor, richtig wütend zu werden, fand dann aber, dass eine Wut auf sich selbst nur halb so lustig war. Selbst schuld, wenn man sich nicht richtig vorbereitete und dann noch wider besseres Wissen drei *Caipirinhas* kippte.

Und so saß also Annalena Bock an ihrem Schreibtisch, wartete, registrierte, wie langsam die Zeit voranschritt, wenn man auf etwas wartete, und kämpfte mit dem Schlaf. Als das Telefon um Punkt 7 Uhr klingelte, schreckte sie hoch. Endlich! Der Anruf aus einer fernen Welt!

Was sie zu hören bekam, ließ sie allerdings schlagartig wach werden.

Als Dobler um 9 Uhr das Büro betrat, war er erstaunt, Annalena bereits vorzufinden.

»Ich habe jetzt zwei Stunden mit Sandrock senior telefoniert. Seit 6 Uhr sitze ich hier!«

Dobler schaute amüsiert.

»Ja, ich weiß, für euch Bauern ist das normal. Ich bin aber keine Bäuerin. Ich bin ein Großstadtmädchen, das um 6 Uhr in der Früh höchstens seinen Kater ausschläft. Und nicht einmal einen Kaffee gibt es um diese Zeit in diesem elenden Kaff.«

Dobler strahlte sie an. »Aber jetzt!«

Und er packte aus. Eine Kaffeekanne von antiquarischem Aussehen, die Oma Dobler benutzt hatte, bevor sie nach langem Zureden von den Segnungen eines Vollautomaten überzeugt werden konnte. Einen Kaffeefilter, ganz altmodisch aus Porzellan. Filtertüten, original *Melitta*. Kaffee.

»Genial! Ich bin beeindruckt«, sagte Annalena.

»Ich habe dir doch versprochen, dass du einen guten Kaffee bekommst.«

»Etwas hast du vergessen.«

»Mitnichten.« Dobler zauberte eine Tüte hervor. »Croissants und frische Brezeln. Die magst doch seit Neuestem so gern. Von deinem Lieblingsbäcker.«

»Du bist ein Schatz! Trotzdem hast du etwas vergessen.«

Dobler schaute ratlos.

»Kein Kaffee ohne heißes Wasser«, sagte Annalena.

»Oh Mist! Ich muss noch einen Wasserkocher besorgen! Aber das Problem lässt sich lösen. Wozu steht im Sekretariat so ein Monstrum?«

»Ich dachte, du kannst diesen Vollautomaten nicht bedienen?«

»Kann ich auch nicht. Aber ich weiß, wie man ihn einschaltet. Und heißes Wasser werde ich noch hinbekommen.«

Und bald darauf zog betörender Kaffeeduft durch die Amtsstube.

Annalena stürzte sich auf die Laugenbrezeln und genehmigte sich als Dessert ein butterzartes Croissant.

Es stimmte, sie hatte die Laugenbrezeln erst misstrauisch beäugt und dann schnell schätzen gelernt. Mittlerweile war sie geradezu süchtig danach. Und sie hatte die Erfahrung gemacht, dass Brezel nicht gleich Brezel war.

Sie mussten natürlich mit Liebe handgeschlungen sein und durften von keiner Maschine produziert werden, weshalb die Brezeln aus dem Supermarkt keinesfalls in Betracht gezogen werden konnten, nicht einmal in Zeiten existenzieller Not. Der Triumph des Handwerksbetriebes, nur er bekam die Ärmchen richtig hin, die nicht zu dünn, aber auch nicht zu dick sein durften.

Jeder Bäcker machte seine Brezeln etwas anders. Der eine buk sie ziemlich kross, der andere ließ sie kürzer im Ofen, beim dritten war der aufgebrochene Bereich im dicken Teil, den man in der Fachsprache »Ausbund« nannte, wie sie sich hatte belehren lassen, größer als beim vierten. Es war letzten Endes Geschmackssache.

Süß von Dobler, dass er sich gemerkt hatte, welche Brezeln sie bevorzugte.

Außer Frage allerdings stand, dass die bayerische Brezn, die sie bis dahin gekannt hatte, nur eine verhunzte Form der schwäbischen Laugenbrezel war. Die Arme zu dick, zu stark gebacken, zu viel Salz. Essbar schon, doch nicht dieser überirdische Genuss. Der einzige Wermutstropfen war, dass es sich um eine *schwäbische* Laugenbrezel handelte. Nun ja, durften eben die übergriffigen Schwaben auch mal wieder ihre Sternstunde haben.

Zufrieden, gesättigt und belebt vom handgefilterten Kaffee, nur leicht beunruhigt über ihre patriotischen Hohenloher Gefühle, lehnte sie sich zurück.

Dann begann sie zu erzählen.

Alisa Sandrock hatte keine leichte Kindheit gehabt. Nicht dass es ihr materiell an etwas gemangelt hätte, und auch über fehlende Zuneigung der Eltern konnte sie sich nicht beklagen. Es waren die häufigen Umzüge, die ihr zu schaffen machten.

Sie war niemand, der leicht Kontakt aufnehmen konnte. Sie tat sich schwer, auf andere zuzugehen. Sie war das Mädchen, das immer abseits stand und nur sehr zögerlich irgendwo Aufnahme fand. Das war schon als kleines Kind so und sollte ihr bleiben. Hatte sie endlich eine Freundin gefunden (und später dann den ersten Freund), mussten sie schon wieder umziehen, weil der Vater versetzt worden war. So war das nun mal, wenn man Berufssoldat war; wenigstens blieben ihm Auslandseinsätze erspart.

Erst als Alisa größer wurde, begriff sie, warum die Familie immer wieder an andere Orte ziehen musste, und entwickelte eine ständige Wut, geradezu einen Hass. Hass auf die Bundeswehr, auf den Vater, auf die Mutter, die dem Vater überallhin folgte, Alisa im Schlepptau. Mehr und mehr kapselte sie sich von der Familie ab, die Spannungen nahmen zu.

Das Abitur bestand sie mit Ach und Krach, zwei Ehrenrunden inklusive. Dann brach sie endgültig mit der Familie und verschwand. Als die Eltern eines Abends von einem romantischen Abendessen zurückkamen, fanden sie eine leere Wohnung vor und einen Abschiedsbrief, der ihnen dies in dürren Worten mitteilte. »Sucht mich nicht, es ist zwecklos«, lautete der letzte Satz.

Natürlich suchten sie trotzdem, doch es war in der Tat zwecklos. Sie hatte sich niemandem von ihren Klassenkameraden offenbart, und andere Freunde gab es nicht. Immerhin hatte sie sich von ihrem Wohnort ordnungsgemäß abgemeldet. Die neue Adresse in Köln stellte sich allerdings als eine heruntergekommene Industriebrache heraus, in der nicht einmal Junkies Unterschlupf suchten. Alisa Sandrock war tatsächlich unauffindbar verschwunden, und irgendwann mussten sich die Eltern eingestehen, dass sie, vorläufig zumindest, ihre Tochter verloren hatten.

Zwischenzeitlich war der Vater laufbahngemäß in den Ruhestand verabschiedet worden, und die Eltern setzten ihren Traum um. Sie kauften sich ein Wohnmobil und wollten damit die Welt entdecken. Ständige Ortswechsel waren sie ja gewohnt.

Weit waren sie noch nicht gekommen, gerade mal bis Neapel, als sie doch eine Nachricht erreichte von der Tochter. Die schlimmste aller Nachrichten. Alisa Sandrock war bei einem Verkehrsunfall ums Leben gekommen. Fahrerflucht. Nun hatten sie tatsächlich keine Tochter mehr.

Der Unfallverursacher übrigens konnte nie ermittelt werden.

Als Annalena geendet hatte, herrschte zunächst einmal Schweigen.

»Mann, Mann, Mann«, sagte Dobler schließlich. »Wir haben es hier immer mit schrecklichen Sachen zu tun, manchmal auch mit grausigen, aber diese Geschichte nimmt mich doch mit. Ich mache uns erst mal einen neuen Kaffee.«

Er verschwand im Sekretariat, um abermals heißes Wasser zu besorgen. Als er zurückkam, sagte er: »Nur zu deiner Information. Die Manzinger war natürlich sauer, dass wir ihren Automatenkaffee nicht mehr wollen, ich habe daraufhin Filterkaffee zu meinem neuen Hobby erklärt.«

»Du darfst die Schuld gerne auf mich schieben.«

»Dann geht das Gerede mit der verwöhnten Großstadtpflanze wieder los, der nichts gut genug ist. Sie hat dich im Moment noch auf dem Kieker, hast du das schon bemerkt?«

»Allerdings.«

»Das gibt sich, keine Sorge, wenn sie erst mal deine Qualitäten erkennt.«

»Und die wären?«

Er grinste. »Zum Beispiel, am frühen Morgen mit dem Ende der Welt zu telefonieren. Gehen wir mal systematisch vor. Du hast Sandrock senior gesagt, warum du angerufen hast?«

»Musste ich wohl. Ich hatte mich darauf vorbereitet, ihm schonend mitzuteilen, dass seine Tochter ermordet worden ist, aber diese Entwicklung hat mich überrascht.«

»Wie hat er reagiert?«

»Fassungslos. Ein Mensch kann doch nicht zweimal sterben. Er konnte sich das nicht erklären. Sie hatten keinerlei Kontakt mehr, seit die Tochter ausgezogen ist, wissen also nicht, wo sie war und was sie getrieben hat. Ungefähr vier Jahre, über die nichts bekannt ist.«

»Die Eltern haben ihre Tochter damals identifiziert?«

»Eindeutig.«

»Wie hat sie die Nachricht überhaupt erreicht?«

»Die Kollegen konnten zwar den Unfallfahrer nicht ermitteln, ansonsten haben sie sich aber ins Zeug gelegt. Alisa Sandrock, also die echte, hatte ihren Personalausweis dabei, noch mit der alten Adresse in Wesel, wo sie sich eigentlich abgemeldet hatte, so kamen sie auf den Kollegen von Sandrock, der als Anlaufstelle in Deutschland dient.«

»Da ist also jemand in die Identität der Toten geschlüpft. Warum macht man so etwas?«

»Um eine angreifbare Identität durch eine saubere zu ersetzen. Wer weiß, was die Dame so getrieben hat, bevor sie zu Alisa Sandrock wurde.«

»Warum so spät? Zwischen dem Unfalltod der Alisa Sandrock und ihrer wundersamen Wiederauferstehung liegen drei, vier Jahre.«

»Um Gras über die Sache wachsen zu lassen. Ein normaler Tod ist schnell vergessen, an einen Unfalltod mit Fahrerflucht erinnert sich der eine oder andere vielleicht.«

Ihre Diskussion mutete an wie ein Verhör, aber Annalena machte es Spaß. Es war ein Rollenspiel, bei dem sie sich gegenseitig die Bälle zuwarfen, bei dem sie die Gedanken aussprechen konnten, die ihnen vage im Kopf herumwaberten. Sie konnten gefahrlos spekulieren und so ihr Thema einkreisen, ohne Gefahr zu laufen, sich zu verlieren. Der andere würde einen schon zurückholen.

Dobler machte weiter. »Zusammengenommen gibt es eine Lücke von sieben, acht Jahren im Lebenslauf der neugeschaffenen Alisa Sandrock. Wie willst du das erklären, wenn dich jemand danach fragt?«

»Du erfindest irgendwas. Wer prüft das schon nach?«

»Wir Bürger sind fest im Würgegriff der Bürokratie. Zum Beispiel das Finanzamt, die Krankenkasse. Wie wurstelt du dich da durch?«

»Keine Ahnung. Irgendwie wird sie es geschafft haben, sonst wäre sie schon längst aufgeflogen. Auslandsaufenthalt vielleicht, Weltreise, was weiß ich.«

»Hast du mit den Kollegen in Köln Kontakt aufgenommen, die seinerzeit den Unfall bearbeitet haben?«

»Nein. Noch keine Zeit. Außerdem, was soll es bringen?«

»Wir sollten uns trotzdem die Akten kommen lassen. Vielleicht fällt uns im Licht der neuen Erkenntnisse etwas auf.«

Annalena nickte. »Ich kümmere mich darum.«

Dobler war aufgestanden und tigerte im Zimmer umher. Er ging zur Kaffeekanne, füllte seine Tasse und verzog das Gesicht nach dem ersten Schluck.

»Kalt. Wir brauchen dringend einen Kaffeekocher. Muss ich schon wieder heißes Wasser bei der Manzinger holen.«

Annalena nutzte die Zeit und rief in Köln an. Von den Kollegen konnte sich niemand an den Unfall erinnern, aber nach einigem Hin und Her versprach man, jemanden in den Keller zu schicken und den Staub von den Akten zu blasen.

Dobler war zurückgekommen, und während er mit Filter und Kaffeepulver hantierte, sagte er: »Als ewig misstrauischer Kriminalist, der immer das Schlimmste annimmt, habe ich ja einen ganz schrecklichen Gedanken.«

»Dass die neue Alisa Sandrock den Unfall selbst verursacht hat, um an die Identität der echten Alisa Sandrock zu kommen?«

»Wir werden es wahrscheinlich nie erfahren, ebenso wenig, wer die Person war, die als Alisa Sandrock herumgegeistert ist.«

»Ist das so relevant für uns? Wichtiger ist doch, dass wir herausfinden, wer der Person, die im Wald gefunden worden ist, den Schädel eingeschlagen hat. Und deshalb müssen wir mehr wissen über diese Person.«

Dobler schlug mit der flachen Hand auf den Schreibtisch. »Ganz genau! Deshalb auf ins Kerz! Schauen wir uns mal die Firma an, für die die falsche Alisa Sandrock gearbeitet hat.«

Dobler fuhr. Manchmal machte Annalena seine bedächtige, vorsichtige Fahrweise ungeduldig und sie setzte sich lieber selbst ans Steuer. Heute jedoch war es ihr gerade recht, so konnte sie ihren Gedanken nachhängen, und zu denken gab es genug.

Es ging die Stuttgarter Straße hinauf. Bei der Tankstelle bog Dobler so abrupt und ohne den Blinker zu setzen nach links ab, dass hinter ihm ein wütendes Hupkonzert begann und Annalena hochschreckte. Aus Gedanken, die nun überhaupt nichts mit Alisa Sandrock zu tun hatten.

»Wasserkocher«, erklärte Dobler. »Ist mir gerade eingefallen. Bin gleich wieder da. Schlaf weiter.«

Das Gebäude, in dem die *Limax GmbH* residierte,

stand in einem eher abseitigen Winkel des Industriegebietes und war langweilig, und nur ein unscheinbares Schild, auf dem lediglich der Name stand, wies auf die Firma hin. Kein protziger Neubau, mit dem sich ein hoffnungsvoller Nachwuchsarchitekt die ersten Sporen verdienen konnte. Da wollte jemand möglichst unsichtbar bleiben, was dazu passte, dass Annalena nichts im Internet hatte finden können, weder über die Firma noch über deren Besitzerin.

Um eingelassen zu werden, musste man klingeln. Der Empfangstresen war eigentlich nur ein ganz normaler Schreibtisch, der einsam im Entrée stand. Arbeitsplatz, Telefonzentrale und Empfang in einem.

Die junge Frau dahinter war nett anzusehen, allerdings gelang ihr die falsche Freundlichkeit der professionellen Rezeptionistin nicht. Genaugenommen war sie alles andere als freundlich.

»Sie wünschen?«, fragte sie mit einer Stimme, in der deutlich mitschwang, dass die Eindringlinge sie nur von ihrer anderen, zweifellos wichtigen Arbeit abhielten.

Man hatte den Wunsch, mit der Firmenchefin, Frau Liane Maxwell, zu sprechen.

»Haben Sie einen Termin?«

»Brauchen wir nicht«, sagte Dobler freundlich und zückte seinen Ausweis.

»Frau Maxwell ist sehr beschäftigt.«

Dobler blieb freundlich. »Kein Problem, kommen wir eben wieder, wenn Frau Maxwell Zeit hat. Dann allerdings mit viel Tatütata und Blingbling und haufenweise Uniformierten. Fragen Sie doch Ihre Chefin, wann es ihr recht ist.«

Die nett anzusehende Dame blickte ihn verunsichert an. Darauf war sie nicht vorbereitet, und sie traute sich nicht, aus eigener Kompetenz eine Entscheidung zu fällen. Wortlos verschwand sie in einem anderen Zimmer.

Dobler seufzte. »Was ist nur los heutzutage? Früher hatte man Respekt vor der Polizei oder wenigstens ein schlechtes Gewissen.«

Annalena grinste. »Sind eben alles brave Bürger geworden.«

»Die die unformierten Kollegen beschimpfen, bespucken und verprügeln, wenn sie bei Randale dazwischengehen.«

»Wutbürger. Eine lange Tradition. Die Generation unserer Eltern hat von den ›Bullenschweinen‹ gesprochen.«

Die Dame vom Empfang hatte sich ihre Anweisungen geholt und kam zurück. »Darf ich fragen, in welcher Angelegenheit?«

Dobler hatte genug. »Fragen dürfen Sie«, raunzte er.

Es dauerte einen Moment, bis der Groschen fiel. Dann sagte die Dame: »Folgen Sie mir.« Sie war deutlich eingeschnappt.

»Warum nicht gleich so?«, polterte Dobler.

»Sei nicht so streng«, murmelte Annalena ihm zu. »Die macht auch nur ihren Job. Wahrscheinlich fürchtet sie einen Anschiss.«

Die beiden Kommissare wurden in den ersten Stock geführt und dort in ein nicht allzu großes Eckbüro. Wortlos wurde ihnen die Tür aufgehalten. Die vordem ganz nette Dame vom Empfang bemühte sich gar nicht zu verbergen, wie verschnupft sie war.

Annalenas geschulter Blick erfasste einen nahezu leeren Schreibtisch. Von wegen viel zu tun! Oder Liane Maxwell war extrem gut organisiert. Oder dieses ganze Theater hatte einzig und allein dem Zweck gedient, sich Zeit zu verschaffen und alles vom Schreibtisch zu räumen, was nicht für fremde Augen bestimmt war.

Die Frau hinter dem Schreibtisch schätzte Annalena auf Anfang bis Mitte 40. Ihr brünettes Haar war sehr kurz geschnitten und betonte ihr markantes Gesicht und ihren langen Hals, um den eine schlichte Goldkette mit sichtbaren Gliedern drapiert war. Schwanenhals, kam Annalena in den Sinn. Dieses Attribut hatte man früher manchen Schauspielerinnen verliehen. Nie war ihr so klar geworden wie jetzt, was das zu bedeuten hatte.

Liane Maxwell wirkte streng und kühl, was durch die schwarze Fassung ihrer Brille noch unterstrichen wurde.

Annalena fand sie apart. Gerade diese Strenge stand ihr gut. War sie so? Oder war das nur ein sorgsam gepflegtes Image? Annalena, die sonst den Menschen, mit denen sie beruflich zu tun hatte, eher misstrauisch begegnete, fühlte plötzlich eine seltsame Schwingung in sich. Sie musste aufpassen, dass sie nicht schon wieder von etwas Persönlichem überwältigt wurde, wenn es diesmal auch unerklärlich war, was da in ihr vorging.

Frau Maxwell stand auf, als die beiden Kommissare auf sie zugingen, und streckte die Hand zur Begrüßung aus. Sie trug eine weiße Bluse und das übliche dunkle Business-Kostüm, das geschickt kaschierte, dass Liane Maxwell nicht gerade gertenschlank war. Keine Gazelle, dachte Dobler.

Ein kräftiger Händedruck.

Mit einer leicht rauchigen Stimme sagte sie: »Bitte entschuldigen Sie den Umstand. Wir wissen gern, mit wem wir es zu tun haben.«

Sie wies auf die Stühle vor ihrem Schreibtisch.

»Haben wir uns etwas zuschulden kommen lassen? Worum geht es?«, fragte sie.

Annalena machte den Auftakt. »Um eine Ihrer Mitarbeiterinnen. Alisa Sandrock.«

»Ist ihr etwas passiert?«

Dobler signalisierte Annalena mit seiner Antwort ihre Rollenverteilung: Du bist für die Atmosphäre zuständig, ich für die brutale Wahrheit. »Kann man so sagen. Sie wurde ermordet.«

Liane Maxwell schlug eine Hand vor den Mund. »Oh Gott! Wissen Sie schon, wer …?«

»Haben Sie eine Idee?«

»Was für eine Frage! Natürlich nicht.«

»Was macht eigentlich Ihre Firma?«, fragte Dobler.

»Softwarelösungen.«

»Geht es etwas genauer?«

»Wir unterstützen Firmen dabei, ihre IT-Struktur so aufzustellen, dass sie optimal und vor allem sicher arbeiten können.«

»Sicher arbeiten – heißt das auch Schutz vor Hackerangriffen?«

Liane Maxwell lehnte sich in ihrem Stuhl zurück, stützte die Arme auf die Lehnen und formte die Hände zu einer Raute. Ihre bisher harsche, abwehrende Stimme bekam einen melodiösen, geradezu einschmeichelnden Klang.

»Jede Firma, gleich welcher Größe, muss heutzutage mit Einflussnahme von außen rechnen. Was Sie einen

Hackerangriff nennen. Nur große Firmen allerdings haben eine IT-Abteilung, die personell so ausgestattet und vor allem kompetent genug ist, um solche Einflussnahmen zu erkennen und zu unterbinden. Kleinere und mittlere Firmen können sich das schlicht nicht leisten. Sie sind schutzlos, vielmehr, ihr Schutz ist leicht zu überwinden. Deswegen wenden sie sich an uns. Wir schaffen Abhilfe.«

Sie machte eine kurze Pause. Es war fraglos ein Vortrag, den die Firmenchefin ihren potenziellen Kunden schon oft gehalten hatte. An dieser Stelle pflegten wohl die Kunden zustimmend zu nicken.

»Denken Sie nur mal an das Virus, das als *Wanna Cry* bekannt wurde. Es ging durch die Presse, erinnern Sie sich? Kurz gesagt, wurden damit Computer blockiert, der Zugriff auf Daten war unmöglich, und um den Computer wieder freizugeben, wurde ein Lösegeld gefordert.«

Liane Maxwell lehnte sich nach vorn und stützte die Unterarme auf den Schreibtisch.

»Eine ernste Sache. Sogar Großunternehmen waren betroffen, die *Deutsche Bahn*, *Renault*, das Außenministerium in Rumänien. Nur als Beispiele, obwohl man bei denen ja mit einer schlagkräftigen IT rechnen müsste. Hier setzen wir an mit unserer Dienstleistung. Wir ermitteln die Schwachstellen, schließen die Lücken und bauen die gesamte IT-Struktur so um, dass ein Angreifer keinen Schaden anrichten kann. Etwa abgesicherte PCs, automatische Datensicherung, Arbeit in der Cloud, je nachdem, was für das jeweilige Unternehmen am sinnvollsten ist. Wie gesagt, unsere Klientel sind kleine und mittlere Firmen.«

Liane Maxwell hatte sich wieder zurückgelehnt und wirkte ganz entspannt.

»Faszinierend«, sagte Annalena. Allerdings meinte sie damit nicht den Inhalt von Liane Maxwells kleinem Vortrag, das alles war ihr zumindest in den Grundzügen bekannt, sondern die Art, wie sie es sagte. Ruhig, souverän, sich ihrer Fähigkeiten bewusst und mit kaum verhüllter Leidenschaft. Liane Maxwell musste eine gute Verkäuferin sein.

»Sicherheitslücken aufdecken – wie muss ich mir das als Laie vorstellen?«, fragte Annalena nach. »Ich starre auf meinen PC und warte, bis sich die Lücke auftut?«

Liane Maxwell lachte. »Wenn es so einfach wäre! Unsere Mitarbeiter sind Spezialisten. Etliche davon kommen auch aus der Hacker-Szene, wobei man hier etwas Grundsätzliches zu den Hackern sagen muss. Nicht alle Hacker sind Kriminelle. Sicher, die gibt es auch, Menschen, die einfach Unheil anrichten oder abkassieren wollen. Die meisten Hacker sind aber nicht so. Ihnen geht es um die intellektuelle Herausforderung. Ein Beispiel. Sie sehen eine Tür mit einem sehr komplizierten Schloss. Sie möchten es mit einer Büroklammer öffnen. Sie wollen nicht einbrechen, sie wollen nur zeigen, dass es geht, sich selbst und vielleicht auch anderen aus der Szene. Es ist der Ehrgeiz, der sie treibt. Solche Menschen setzen wir ein, um Löcher aufzuspüren und dann zu stopfen.«

»Alisa Sandrock war so eine gute Hackerin?«

»Sie kam aus der Szene. Sie selbst allerdings war keine sonderlich begnadete Programmiererin, muss man sagen, und das wusste sie auch. Ihr fehlte das gewisse Quäntchen Genialität, wenn Sie verstehen, was ich meine. Aber sie konnte mitreden, sie verfügte über die nötige Fachkompetenz. Ihre Stärke lag darin, Projekte zu organisieren und die Leute zusammenzubringen. Und sie konnte gut mit den Kunden, wenn es Probleme zu lösen galt. Sie konnte sie auf eine ruhige und gelassene Art überzeugen.«

»Konnte sie auch gut mit Ihnen?«

»Selbstredend. Sonst hätten wir nicht so viel zusammengearbeitet.«

»Sind Sie auch vom Fach?«

»Ich weiß ausreichend Bescheid. In erster Linie bin ich Unternehmerin. Ich halte die Firma am Laufen.«

Annalena mimte weiter die Unwissende, die einfach nur neugierig war. »Wenn ich das richtig verstehe, hat Alisa Sandrock sozusagen mit Subunternehmern gearbeitet?«

»Das ist so üblich. Je mehr Kompetenzen man zusammenbringt, umso besser für das Ergebnis.«

»Kennen Sie diese Mitarbeiter?«

»Nein. Sonst müsste ich die Teams ja selbst zusammenstellen. Dafür hat man die externen Mitarbeiter. Es ist eine Frage des Vertrauens. Wie immer, wenn Sicherheitsbelange berührt werden.«

»Ihre Firma ist fast unsichtbar. Nicht einmal im Telefonbuch stehen Sie.«

Sie lächelte. »Wir stellen uns nicht auf den Marktplatz und schreien heraus, wie gut wir sind. Wer uns finden will, der findet uns. Unsere Branche ist sehr diskret, wie Sie sich vorstellen können. Es läuft viel über Kontakte, sprich über gute Arbeit. Ich kann nicht klagen. Wir liefern gute Arbeit. Wir sind kompetent, zuverlässig und verschwiegen. Das ist unsere Basis. Wir sind gut im Geschäft.«

Zur Abwechslung schaltete sich Dobler wieder ein. »Ihre Firma scheint nicht sehr groß zu sein. Wie viele Mitarbeiter haben Sie?«

»Sechs Angestellte. Hinzu kommen die externen Mitarbeiter.«

»Maxwell – ist das ein englischer Name?«

Sie nickte. »Mein Großvater väterlicherseits kam als Soldat nach Deutschland, hat sich verliebt und ist geblieben.«

»In Schwäbisch Hall?«

»Hamburg damals.«

»Wie lange arbeiteten Sie schon mit Alisa Sandrock zusammen?«

Sie zuckte mit den Achseln. »Fünf, sechs Jahre vielleicht? Ich weiß es nicht genau.«

»Dann war es sicherlich für Sie eine Erleichterung, als sie ebenfalls nach Schwäbisch Hall gezogen ist.«

»Wissen Sie, für uns ist es eigentlich unerheblich, wo die Mitarbeiter wohnen und arbeiten. Wir arbeiten hauptsächlich virtuell. Homeoffice könnte von uns erfunden worden sein. Natürlich war es von Vorteil, dass Frau Sandrock hier lebte. Es erleichterte manches.«

Spontan rutschte es Annalena heraus: »Auch persönlich? Sie hatten ein Verhältnis mit Alisa Sandrock, nicht wahr?«

Wenn Liane Maxwell überrascht war, merkte man es allenfalls daran, dass sie sich versteifte und noch ein wenig strenger und kühler wurde. »Ich wüsste nicht, was Sie das angeht.«

»Geht mich auch nichts an. Aber vielleicht ist es für unsere Ermittlungen wichtig. Hatten Sie?«

»Ja.«
»Wer wusste davon?«
»Ich hoffe, niemand.«
Annalena provozierte bewusst. »Sie sind eine heimliche Lesbe?«
»Ich verstecke mich nicht. Aber ich bin keine Aktivistin, ich gehe damit nicht hausieren. Jeder kann es wissen. Mein Privatleben allerdings ist meine Sache.« Sie lächelte verkrampft. »Es ist schwierig zu erklären, wenn die Chefin gegen die Regeln verstößt, die sie selbst aufgestellt hat: keine Beziehungen zwischen Mitarbeitern.«
»Sie haben nicht zusammengelebt?«
»Nein. Auch aus dem Grund, den ich eben genannt habe.«
»Wo haben Sie sich getroffen? Bei sich, bei ihr? Abwechselnd?«
»Bei mir. Da sind die neugierigen Nachbarn etwas weiter entfernt.«
»Wie lange ging das?«
»Ich weiß nicht … drei, vier Jahren vielleicht.«
»Und Sie waren bis zu ihrem Tod beisammen?«
»Wir haben uns vor einiger Zeit getrennt.«
»Wann genau?«
»Vor einiger Zeit, ich sagte es schon. Ich weiß es nicht mehr genau. Ich führe kein Tagebuch.«
»Warum haben Sie sich getrennt?«
Sie wurde ungehalten. »Herrgott, Beziehungen gehen nun einmal auseinander, ohne dass man einen bestimmten Grund dafür benennen könnte.«
Annalena signalisierte Dobler mit einem Blick, dass für sie das Thema vorerst abgeschlossen war.

Er übernahm. »Wir brauchen eine Liste aller Ihrer Mitarbeiter, intern und extern. Name, Funktion, Geburtsdatum, Adresse.«

»Wozu?«

Dobler verzog das Gesicht. »Frau Maxwell, ersparen wir uns doch diese fruchtlosen Diskussionen, ja?«

»Frau Weckner wird sie Ihnen zusammenstellen.« Und nach kurzem Schweigen: »Die Dame an der Rezeption.«

»Eine reizende Frau«, sagte Dobler. »So hilfsbereit.«

Liane Maxwell schaute irritiert. Irgendetwas musste diese reizende Frau falsch gemacht haben, wenn sie als solche bezeichnet wurde, kam es Annalena in den Sinn.

Pause.

Zuckersüß sagte Dobler: »Gnädigste, ist es zu viel verlangt, wenn Sie das gleich in Auftrag geben? Dann müssen wir nicht so lange warten.«

Wut blitzte in Liane Maxwells Augen, aber sie griff zum Telefon. »Frau Weckner«, begann sie mit scharfer Stimme.

Interessant, dachte Annalena. Sie hatte immer geglaubt, in IT-Firmen ginge es ganz zwanglos zu. Alle waren eine Familie, alle waren nett zueinander, alle duzten sich und spielten gemeinsam Flipper. Bei der *Limax GmbH* war das offenbar anders. Hier herrschte ein strenges Regiment.

Wenn sie es genau bedachte, hatte Liane Maxwell etwas sehr Herrisches an sich. Eine Chefin, mit der nicht gut Kirschen essen war, wenn ihr etwas gegen den Strich ging oder wenn ihre Anweisungen nicht befolgt wurden. Ob sie als Privatperson auch so war?

Plötzlich war ihr klar, weshalb Frau Weckner vom Empfang so verunsichert war und so sehr darauf bedacht, alles richtig zu machen, was man ihr eingeimpft hatte.

Ein Besuch der Kripo war im Drehbuch offensichtlich nicht vorgesehen. Oder doch? Auch interessant. Darüber sollte man mal nachdenken.

»Außerdem«, fuhr Dobler fort, »brauchen wir von allen Mitarbeitern Fingerabdrücke und DNA-Proben.«

»Von allen?«

»Von allen. Auch von der Chefin. Reine Routine.«

»Dürfen Sie das?«

»Sonst würden wir es nicht tun. Montag um 9 Uhr auf dem Revier.«

»Das geht bei mir schon mal nicht«, sagte Liane Maxwell hochmütig. »Ich habe einen Geschäftstermin.«

Dobler lächelte sie an. »Kein Problem. Machen wir es bei Ihnen eben gleich jetzt.« Und er zog die Utensilien aus der Tasche.

»Muss ich?«

»Müssen Sie nicht. Auch kein Problem«, erwiderte Dobler genüsslich. »Dann flattert Ihnen eben eine richterliche Verfügung auf den Tisch, und dann müssen Sie. Dann allerdings nach unserem Zeitplan, Geschäftstermin hin oder her.«

Liane Maxwell ließ die Prozedur über sich ergehen. Am liebsten allerdings hätte sie das Wattestäbchen abgebissen, das sah man ihr an.

»Na also«, sagte Dobler, »geht doch. Noch etwas. Ich brauche eine Aufstellung Ihrer Projekte der, sagen wir, letzten vier Jahre, an denen Alisa Sandrock beteiligt war. Auftraggeber, Ansprechpartner dort, welches Honorar geflossen ist und so fort.«

Liane Maxwell fuhr auf. »Das ist unmöglich! Das sind Geschäftsgeheimnisse!«

»Frau Maxwell, es handelt sich um einen Mord. Da gibt es keine Geheimnisse. Und glauben Sie mir, wir wollen Ihnen keine Konkurrenz machen.«

»Nein! Ich weigere mich entschieden!«

Annalena hätte jetzt lautstark mit ihr herumgestritten. Dobler war anders, das war ihr wiederholt aufgefallen. Er schrie nur herum, wenn es ihm taktisch geboten erschien. Ansonsten jedoch wurde er gelassener, je mehr eine Situation eskalierte. Gelassen bis zu einer Haltung, die an Gemütlichkeit erinnerte. Es war entwaffnend, meistens hatte er damit Erfolg.

»Und bist du nicht willig, so brauch ich Gewalt«, sagte er jetzt. »Die Alternative ist eine hochoffizielle Razzia. Sie wissen, was das bedeutet? Wir nehmen Ihre gesamten Geschäftsunterlagen und alle Computer mit, und bis wir die ausgewertet haben, das kann dauern. Und überdies ist Ihre verschwiegene Firma dann nicht mehr ganz so unsichtbar, wenn wir anrücken, das ist Ihnen doch klar? Sie haben die Wahl.«

»Sie bekommen die Aufstellung«, sagte sie. Ihre Stimme war eisig und mühsam beherrscht. Es war klar, dass aus Liane Maxwell und Karlheinz Dobler nie im Leben Freunde würden. »Das geht aber nicht sofort.«

»Montag reicht. Und übrigens, halten Sie sich bitte zu unserer Verfügung, falls wir noch Fragen haben.«

Liane Maxwell brauste abermals auf. »Heißt das, dass ich jedes Mal um Erlaubnis fragen muss, wenn ich einen Termin habe?«

»Das heißt es, ja«, antwortete Dobler genüsslich, »sofern der Termin außerhalb ist. Über den kommenden Montag wissen wir ja jetzt Bescheid. Wo waren

Sie übrigens an diesem Montag zwischen 17.30 und 18.30 Uhr?«

»Wollen Sie etwa damit andeuten, dass ich …?«

»Ich will gar nichts andeuten. Ich will nur etwas wissen.«

Liane Maxwell seufzte ergeben. »Zu Hause. Allein. Kein Alibi also.«

»Puh! Was für eine Frau!«, sagte Dobler, als sie das Firmengebäude verlassen hatten, in der Tasche die Liste der Angestellten, die ihnen Frau Weckner von der Rezeption mit versteinerter Miene überreicht hatte. »Die möchte ich nicht als Chefin haben. Und als Partnerin schon gar nicht.«

»Vielleicht ist sie da anders«, erwiderte Annalena und blinzelte in die Herbstsonne.

»Wie auch immer, jetzt habe ich erst mal Hunger. Um die Ecke ist ein *McDonald's*. Ich lade dich ein.«

Annalena blieb stehen und stemmte die Arme in die Hüften. »Karlheinz Dobler! Ich werfe meine vegetarischen Überzeugungen schon hin und wieder über Bord, zum Beispiel für einen Doblerschen Krustenbraten. Aber für so einen Fleischklops?«

»Den gibt's auch in der veganen Variante«, grinste Dobler.

»Ich weiß. Hast du dir mal die Zutatenliste angesehen? Danach hast du keinen Hunger mehr. Vorschlag: Wir fahren hinunter in die Stadt, holen uns dort etwas, und dann machen wir einen Spaziergang durch den Park und tauschen uns aus. Hier im Industriegebiet ist es nicht so anheimelnd.«

»Einverstanden«, sagte Dobler. »Du bekommst auch ein Stück von meiner Pizza. Das ist ein großzügiges Geschenk, das kannst du nicht ablehnen.«

Später saßen sie auf einer Bank auf dem Unterwöhrd, Dobler hatte sie ausgesucht, dieselbe Bank zufälligerweise, auf der Annalena gestern ihren Döner gegessen hatte. Davon allerdings sagte sie nichts.

Es war nicht schwierig, in Schwäbisch Hall etwas »auf die Hand« zu bekommen, wie es genannt wurde, bevor man etwas »to go« mitnahm. In der Stadt gab es gefühlt noch mehr Imbissbuden als Cafés.

Dobler hatte sich für einen Rostbraten entschieden, Annalena für eine Gemüselasagne. Es war etwas mühsam, auf den Knien balancierend zu essen. Die beiden hatten es, wie alle anderen auch, lernen müssen in jenen Zeiten, als es nicht anders ging. Mittlerweile konnten sie »to go« unfallfrei essen, und auf dem Unterwöhrd waren sie wenigstens vor neugierigen Lauschern sicher.

»Du hast dich mit der Razzia ziemlich aus dem Fenster gelehnt«, sagte Annalena kauend. »Das hätten wir nicht durchgekriegt.«

»Nie und nimmer. Selbst unser sonst so duldsamer Staatsanwalt Doktor Hannes Kippling hätte mich vor die Tür gesetzt. Manchmal hilft eine Drohung. Und es hat ja funktioniert.«

»Ein Blick in die Firmenunterlagen wäre schon interessant. Ungefiltert. Ich gehe mal davon aus, dass die Liste, die sie uns zusammenstellt, bereinigt ist.«

»Ganz bestimmt. Wir müssen die Lücken herausfinden. Aber für eine Durchsuchung haben wir einfach nicht genügend in der Hand. Noch nicht. Dein Vorstoß über ihr Liebesleben war aber auch ein Schuss ins Blaue. Oder hat das etwas mit weiblicher Intuition zu tun, die ich nicht verstehe?«

»Mich hat einiges stutzig gemacht. Nicht nur, was sie gesagt hat, sondern wie sie es gesagt hat. Zum Beispiel, als du ihr mitgeteilt hast, dass es um Alisa Sandrock geht. Ihre Reaktion war: ›Ist ihr etwas passiert?‹ Das kam ganz spontan, ungefiltert, wie du das genannt hast, während sie ansonsten sehr kontrolliert war. Und das war nicht nur die Sorge um eine Mitarbeiterin, das war mehr. Da schwang etwas Persönliches mit.«

»Du lagst ja auch genau richtig. Dem Himmel sei Dank für dein Einfühlungsvermögen. Ich bin dafür wohl zu unsensibel. Die strenge Liane Maxwell hatte also ein Verhältnis mit einer Alisa Sandrock, die wir als Person immer noch nicht einschätzen können. Was sagt uns das?«

»Zunächst einmal gar nichts. Außer dass es vielleicht eine Erklärung dafür ist, weshalb Alisa Sandrock mit der *Limax GmbH* so gut im Geschäft war. Andererseits könnte das Ende der Liebesbeziehung auch das Ende der Geschäftsbeziehung gewesen sein.«

Sie hatten fertig gegessen und entsorgten ihren Abfall im Mülleimer. Kurz fragte sie sich, ob sie nun ein schlechtes Gewissen haben musste. Schon wieder etwas Plastikmüll mehr. Wie war das mit ihren Bemühungen um Nachhaltigkeit zu vereinbaren? Galt es als hinreichende Entschuldigung, dass es manchmal nicht anders ging?

»Gehen wir ein Stück durch den Park«, schlug Dobler vor. »Die alten Griechen haben auch beim Gehen die Welt aus den Angeln gehoben. Oder sie zumindest erklärt.«

Sie gingen über die Epinalbrücke (bedeutungsschwer,

dieser Name, der Brückenschlag zu einer der Partnerstädte) in die Ackeranlagen, den Haller Stadtpark, das ewige Überbleibsel der Landesgartenschau von 1982. Sehnsüchtig schaute Annalena auf die Grüppchen und Paare, die sich im Schatten großer Bäume dem Leben hingaben. Spätsommerliche Milde, ein blauer Himmel, an dem träge und in weitem Abstand weiße Wolkenbäusche hingen, ein Freitagnachmittag, an dem niemand mehr arbeitete außer einer Kommissarin, für die keine Bürozeiten galten, wenn ein Fall zu lösen war.

Langsam schlenderten sie den Kiesweg entlang, jeder in Gedanken versunken, träge vom Mittagessen und auch etwas erschöpft. Das Gespräch mit Liane Maxwell war anstrengend gewesen, viel schwang im Untergrund mit, das erst entschlüsselt werden musste. Und davor hatte sie ja noch mit Sandrock senior in Kirgisistan telefoniert.

Annalena merkte plötzlich, wie abgrundtief müde sie war. Ein Königreich für eine Decke, um sich in das frisch geschorene Gras zu legen und einfach wegzudämmern.

»Ist dir das auch aufgefallen?«, durchbrach Dobler plötzlich ihr Schweigen. »Sie hat keinerlei Entgegenkommen gezeigt. Sie hat sich immer quergestellt.«

Es war klar, von wem er redete.

»Sie hat nichts freiwillig preisgegeben«, antwortete Annalena. »Vielleicht ist das eine grundsätzliche Haltung bei ihr. Möglicherweise hat sie auch tatsächlich etwas zu verbergen.«

»Kooperationsbereitschaft jedenfalls war das nicht. Und ich nehme ihr auch nicht ab, dass sie die Mitarbeiter von Alisa Sandrock nicht kennt. Immerhin verdient sie ihr Geld in einem äußerst sensiblen Bereich, da kann man nicht jeden Computerfreak hinsetzen, nur weil er ein bisschen programmieren kann.«

»Wenn ich das richtig interpretiere, ist das hauptsächliche Geschäft der Maxwell, Sicherheitslücken im Netzwerk einer Firma aufzuspüren, durch die Hacker eindringen können.«

»Richtig.«

»Das ist wie eine Lizenz zum Gelddrucken.«

»Das musst du mir erklären«, sagte Dobler.

»Es gibt doch den schönen Spruch, dass das Verbrechen der Polizei immer einen Schritt voraus ist.«

»Leider wahr.«

»Nicht viel anders ist es bei der IT-Sicherheit. Man stopft die eine Lücke, und die Hacker spüren die nächste auf.«

»Und dann muss wieder der Sicherheitsexperte gerufen werden, damit er auch dieses neue Loch schließt. Ich verstehe, was du meinst. Ein ewiger Kreislauf. Bis der Kunde auf die Idee kommt, dass die IT-Firma, der er vertraut, vielleicht doch nicht ganz so gut ist, wie sie tut.«

»Dem kann man vorbeugen, indem man dem Kunden dokumentiert, wie viel Angriffe schon an dem Sicherheitssystem gescheitert sind.«

Dobler nickte. »Indem man ihm zum Beispiel Protokolle auf den Tisch legt, die das beweisen. Verstehen wird es der Kunde eh nicht, dieses Computerkauderwelsch, er kann es nur glauben. Die meisten würden nicht einmal merken, dass die Protokolle getürkt sind. Ich jedenfalls nicht.«

»Man kann das auch weiterdenken«, sagte Annalena und sah Dobler herausfordernd an.

Der blieb stehen und sah hinauf zu einer mächtigen alten Eiche, als ob in den knorrigen Ästen die Wahrheit versteckt war. Bedächtig nickte er. »Ein raffiniertes Spiel. Du führst selbst Angriffe aus, die von vornherein hängen bleiben, um zu zeigen, wie gut dein System ist. Du musst nur aufpassen, dass du keine Spuren hinterlässt, die zu dir zurückzuverfolgen sind.«

»Das ist eine Kleinigkeit. Du mietest dir für kurze Zeit einen Server beispielsweise in Russland. Ich weiß nicht, wie das geht, aber ich weiß, dass es geht.«

»Die Großstadtkriminalisten«, seufzte Dobler. »Uns Bauerntrampeln immer einen Schritt voraus.«

»Dann zeig mal, was du Bauerntrampel drauf hast. Denk noch etwas weiter.«

Dobler grinste. »Man sagt uns Hohenlohern nach, dass wir maulfaul seien und keine überflüssigen Worte machen. Aber wir denken schneller, als eine Großstädterin es sich träumen lässt, vor allem, wenn es um ein Geschäft geht. Und das Geschäft lautet in dem Fall: kein von vornherein gescheiterter Hack, der nur als Alibi dient, sondern ein wiederum selbst durchgeführter, der allerdings Erfolg hat. Wer das Sicherheitssystem programmiert, kann eine Hintertür einbauen, die nur er öffnen kann und mit dem er Zugang zu allem hat.«

Annalena nickte. »Wunderbar geeignet für eine Erpressung. Daten verschlüsseln und Lösegeld verlangen. Das würde auch die Bareinzahlungen auf das Konto der Sandrock erklären.«

»Ich möchte ja nicht vom Thema ablenken«, sagte Dobler, »aber darf ich dich hier links auf das *Anlagencafé* aufmerksam machen? Luschiges Plätzchen, manchmal auch mit Live-Konzerten, je nachdem, was der aktuelle Pächter gerade im Sinn hat. Früher mal war dies übrigens ein Schießhaus.«

»Ich bin versucht, mich von dir zu einem lauschigen Kaffee einladen zu lassen, aber ich fürchte, wir müssen zurück ins Büro. Mittlerweile dürfte auch alles Notwendige für das Schließfach auf unserem Schreibtisch liegen. Vielleicht hilft uns das weiter.«

Sie kehrten um, behielten aber ihren Schlendergang bei. Es gab zu viel zu bedenken und zu diskutieren.

»Angenommen, es war so«, sagte Annalena. »Wen hat die Sandrock erpresst? Einen Kunden?«

»Denkbar. Allerdings erfordert es einigen Aufwand, zu dem Erpressungsgeld zu kommen, ohne dass es über ein Konto läuft und das Finanzamt davon erfährt.«

»Liane Maxwell?«

»Die gestrenge Chefin und Liebhaberin als Erpressungsopfer? Auch möglich. Und sie zahlt, weil sie den Ruf ihrer Firma nicht gefährden will. Und weil sie nicht weiß, welche Zeitbomben ihre Mitarbeiter noch versteckt haben.«

»Das lässt die Beziehung von Alisa Sandrock zu ihr in einem ganz anderen Licht erscheinen«, sagte Annalena. »Und es macht sie dringend tatverdächtig. Und das wiederum bestätigt eine Ahnung, die ich das ganze Gespräch über hatte. Liane Maxwell ist nicht echt.«

»Nichts und niemand ist echt in dieser Geschichte«, knurrte Dobler. »Angefangen bei unserer Toten im Wald.«

»Hast du eine Ahnung, wo die Maxwell wohnt?«

»Logisch. Katzenkopf.«

Annalena schaute ihn verständnislos an.

»Einer der Hügel um Hall«, erläuterte Dobler. »Wenn dein Haus in der ersten Reihe steht, hast du einen fantastischen Blick auf die gesamte Stadt und das Kochertal.«
»Telefonbuch. Ich hätte es mir denken können.«
»Da steht sie nicht. Einwohnermeldeamt.«
»Wir sollten sie überwachen lassen.«
Dobler schüttelte den Kopf. »Dafür bekommen wir keine Leute. Wir haben nichts in der Hand, außer einigen spinnerten Ideen. Hast du Lust, dir die Nacht um die Ohren zu schlagen?«
Annalena seufzte. »Nein, auch wenn es der Wahrheitsfindung dient. Ich würde sowieso gleich einschlafen. Das Leben in der gemütlichen Provinz ist ganz schön anstrengend.«

Auf dem Revier empfing sie Lisa Manzinger, die Sekretärin, mit einem Naserümpfen. »Ihr wart ganz schön lange unterwegs«, sagte sie spitz.
»Ermittlungen«, antwortete Dobler knapp.
»In den Ackeranlagen?«
»Auch.«
»Der Chef hat schon dreimal nach euch gefragt. Der Staatsanwalt auch. Jetzt sind sie alle schon im Feierabend.«
»Schön für sie.«
»Und ich bin auch gleich weg.«
»Gut.«
Ohne die Sekretärin weiter zu beachten, ging Dobler in aller Gemütsruhe hinüber in ihr Büro und schloss die Tür.
»Woher weiß die Manzinger, dass wir in den Ackeranlagen waren?«, fragte Annalena.

»Die weiß alles. Wahrscheinlich hat uns eine ihrer zahllosen Freundinnen gesehen. Kleiner Tipp: Rechtfertige dich ihr gegenüber nie für das, was du tust. Es ist aussichtslos. Wir machen unsere Arbeit, wie wir es für richtig halten. Das ist unser Privileg.«

»Nur nicht dem Chef gegenüber.«

»Der ist ein anderes Kapitel. Er poltert zwar hin und wieder, aber wenn du mit vernünftigen Argumenten kommst, ist er handzahm.«

Auf Doblers Schreibtisch, nicht auf ihrem, wie Annalena mit leichtem Zorn registrierte, lag der Beschluss, der ihnen die Durchsuchung von Alisa Sandrocks Schließfach erlaubte.

Dobler hängte sich sofort ans Telefon, und seinen Reaktionen war zu entnehmen, dass er zusehends ärgerlicher wurde. Und diesmal war es nicht gespielt.

»Natürlich haben wir einen Durchsuchungsbeschluss… Ach, schon im Wochenende… So gut möchten Sie es auch mal haben, nicht wahr?… Nein, das kann nicht warten, ich brauche… Verdammt noch mal, es geht hier um einen Mordfall, Sie wollen doch nicht… Die Vorschriften, ach so… Ja, ja, ich verstehe, was wären wir ohne Vorschriften, da müssten wir ja selbst denken… Ihnen sind die Hände gebunden, natürlich… Dann also am Montag… Ich erwarte, dass der Verantwortliche Punkt 8 Uhr auf der Matte steht, haben wir uns verstanden?«

Als Dobler auflegte, seufzte er.

»Es ist immer das Gleiche, gerade mit dieser Bank. Die zieren sich aus Prinzip. Wahrscheinlich brüsten sie sich vor ihren Kunden, dass sie ein Bankgeheimnis mit Zähnen und Klauen verteidigen, das längst so löchrig ist wie ein Emmentaler. Dabei dürfte das gerade dieser Kundin herzlich egal sein.«

»Ich habe verstanden, dass wir am Montag um 8 Uhr einen Termin mit dem Verantwortlichen für die Schließfächer haben.«

Dobler grinste. »8.30 Uhr. Frühestens. Der Herr kann ruhig warten.«

»Dann ist er bestimmt schon in einem Meeting.«

»Hoffentlich. Es wird mir ein Vergnügen sein, ihn da herauszuholen. Okay, machen wir eben auch Feierabend. Du brauchst deinen Schlaf, der Nebenerwerbslandwirt braucht seine Kühe.«

»Können wir vorher noch kurz bei Liane Maxwells Haus vorbeifahren?«

»Du willst doch nicht im Ernst …«

»Nein, will ich nicht. Ich möchte mir nur anschauen, wie sie wohnt. Und du weißt, wo das ist.«

Vom Revier aus war es nur ein kurzes Stück hinauf auf den Katzenkopf. Dobler kannte die Straße, er suchte nur die Hausnummer und parkte dann am Straßenrand.

»Sagte ich's doch«, meinte Dobler. »Erste Reihe.«

»Mit dem sagenhaften Ausblick.«

»Teuer erkauft.«

Von dem Haus sah man nicht viel. Üppiges Grün, Sträucher und Bäume, durch die eine geschwungene Auffahrt führte, verstellten den Blick. Annalena verstand, was Liane Maxwell über neugierige Nachbarn gesagt hatte. Die bekamen hier nicht allzu viel mit.

Einer der Nachbarn, braun gebrannt und mit sportlicher Figur, belud vor dem nicht minder eindrucksvollen

Grundstück daneben einen monströsen SUV mit einem Golfbag. Er bemerkte sie und kam auf sie zu.

»Kann ich Ihnen behilflich sein?«, fragte er freundlich.

»Durchaus, durchaus«, antwortete Dobler, und er sprach jetzt breites Hohenlohisch. »Dobler mein Name. Das ist eine gute Freundin von mir, Julia Niedecken. Eben aus Köln hierhergezogen. Sucht jetzt eine anständige Bleibe.«

Der Nachbar musterte sie von Kopf bis Fuß. Schwarze Lederjacke und enge Jeans. Sie sah eher aus wie – nun ja, eine Kommissarin im Arbeitslook und nicht wie jemand, der sich diese Lage leisten konnte. Aber heutzutage konnte man ja nie wissen.

»Aus Köln!«, sagte der golfspielende Nachbar. »Aus der lauten Großstadt ins beschauliche Hohenlohe! Kein schlechter Tausch. Laut sind hier nur die Rasenmäher.« Er lachte.

Annalena spielte Doblers Spiel mit. »Das hier könnte mir schon gefallen. Sie wissen nicht zufällig, ob das Anwesen zum Verkauf steht, Herr …?«

»Jaschke. Oliver Jaschke«, stellte sich der Nachbar vor und streckte die Hand hin. Annalena ergriff sie und erwiderte den Händedruck genauso kräftig.

»Mir ist nichts bekannt«, sagte Oliver Jaschke. »Aber das muss nichts heißen, ich weiß ja auch nicht alles.«

»Sie haben keinen Kontakt zu Ihrem Nachbarn?«

»Nachbarin«, korrigierte Jaschke. »Liane Maxwell. Eine Unternehmerin, irgendwas mit IT, soweit ich weiß. Ich sehe sie selten. Mal übern Gartenzaun, man grüßt sich, mehr nicht. Man achtet hier sehr auf Privatsphäre.

Keine gemeinsamen Grillfeste. Das sollten Sie wissen, Frau Niedecken. Wenn Ihnen der Sinn danach steht, sind Sie hier falsch.«

»Das kommt mir sehr entgegen«, meinte Annalena. »Ich suche Ruhe und Frieden. Nach dem lauten Köln.«

»Dann ist das genau das Richtige für Sie. Aber, wie gesagt, ich habe keine Ahnung, wie der aktuelle Stand ist. Vielleicht weiß meine Frau mehr, die ist ja öfter zu Hause als ich. Die ist nur gerade nicht da. Pilates-Kurs oder so etwas.«

»Auf das Angebot komme ich bei Bedarf gerne zurück«, versprach Annalena. »Ich werde mich mal mit dieser … wie heißt sie noch? An der Einfahrt ist kein Namensschild.«

»Diskretion ist alles. Liane Maxwell heißt sie. Ich habe allerdings keine Ahnung, wann sie zu erreichen ist.«

»Ich kann hartnäckig sein«, lächelte Annalena. Man schüttelte sich zum Abschied wieder kräftig die Hände. Annalena und Dobler sahen Jaschke nach, wie er in seinem SUV davondonnerte.

»Niedecken!«, schnaubte Annalena.

Dobler grinste. »BAP, ich weiß. Wir Bauerntrampel sind auch nicht auf der Brennsuppe dahergeschwommen. Was anderes ist mir auf Anhieb nicht eingefallen.«

»Das also sind deine spontanen Assoziationen zum lauten Köln. Und was ist mit Höhner? Bläck Fööss? Cat Ballou?«

»Muss ich passen. Sonst fällt mir zu Köln nur ein fragwürdiger Erzbischof ein. Bist du jetzt wenigstens zufrieden, nachdem du das Anwesen der Liane Maxwell gesehen hast?«

»Wohnt sehr feudal und sehr zurückgezogen. Wahrscheinlich sitzt sie da, wenn sie mal zu Hause ist, und genießt den Ausblick.«

»Im Moment dürfte sie andere Sorgen haben. Was immer auch sie mit dem Fall zu tun hat, wir haben sie aufgeschreckt. In der Situation neigen manche Menschen zu unbedachten Handlungen. Auch Menschen, die sich so kontrolliert geben wie Liane Maxwell.«

»War es dann klug, sie am Montag zu ihrem Termin zu lassen?«

»Wir können es nicht verhindern. Selbst wenn sie sich bei der Gelegenheit absetzen würde, sie wird uns nicht entkommen. Eigentlich wäre es gar nicht schlecht, wenn sie es wirklich täte. Dann hätten wir einen Grund, sie zu jagen. Aber wie ich sie einschätze, weiß sie das auch. Deshalb wird sie uns brav zur Verfügung stehen.«

»Klar ist jedenfalls, dass dieser Jaschke uns nichts über die Maxwell sagen kann. Vielleicht weiß seine Frau mehr.«

»Wie hast du das so nett gesagt? Bei Bedarf werden wir darauf zurückkommen. In der Zwischenzeit kannst du dich mal umhören. Vielleicht steht das hübsche Anwesen der Liane Maxwell ja tatsächlich zum Verkauf. Wäre auch ein Erkenntnisgewinn. Ich jedenfalls gehe jetzt zu meinen Kühen. Ich setze dich in der Stadt ab.«

KAPITEL 5

Samstag. Der Tag, an dem man ausschlafen und gemütlich frühstücken konnte, ohne auf die Uhr sehen zu müssen. An dem man aufräumen konnte und all den Papierkram erledigen, der sich seit langem stapelte.

Sofern man Lust dazu hatte. Annalena Bock hatte keine. Sie wollte lieber ohne Ziel durch die Straßen bummeln. Natürlich ging sie immer noch davon aus, dass ihr Aufenthalt hier nur vorübergehend war, doch war es wohl an der Zeit, die Stadt besser kennenzulernen, ein klein wenig zumindest.

Als sie hier ankam, war sie fast verzweifelt und sah sich auf ewig eingesperrt im Zimmer ihrer Frühstückspension. Der Wohnungsmarkt in Schwäbisch Hall schien leer gefegt, und die wenigen Angebote, die sie erhielt, waren indiskutabel. Zu schäbig oder zu teuer oder zu weit außerhalb oder alles zusammen.

Und dann ging es schnell, dank der Vermittlung des Kollegen Dobler, der jemanden kannte, der jemanden kannte, der … Ohne ein weitverzweigtes Netzwerk ging wohl nichts in dieser Stadt, zumindest nicht auf dem Wohnungsmarkt. Sie fühlte sich fast wie zu Hause.

Die Wohnung war mitten in der Stadt, in der Fußgängerzone, ganz oben, zweiter Stock, zum Kommissariat war es ein kleiner Spaziergang. Neue Straße. Ein Name, so seltsam wie die ganze Stadt, nichts war neu in dieser Straße, alte Häuser links und rechts.

Doch halt, an der Ecke prangte ein Glasbau, der zu der Zeit, als er errichtet worden war, bestimmt als hypermodern galt. Die Stadtbibliothek war dort untergebracht. Ein Kontrast zu dem alten Gemäuer ringsumher. Annalena wusste nicht, dass es seinerzeit genau deswegen heftigen Streit in der Stadt gegeben hatte.

Neues in der Neuen Straße. Bestimmt hatte der Name einen historischen Hintergrund, wie alles in diesem Schwäbisch Hall.

Leise war es nicht, vor allem nicht am Abend und in der Nacht. Doch das störte sie nicht, sie war aus Köln nichts anderes gewöhnt. Das war eben der Preis, den man für die Innenstadtlage bezahlen musste. Zu dem Zeitpunkt wusste sie noch nicht, dass sie im Sommer zum unfreiwilligen Zaungast der hochgerühmten *Haller Freilichtspiele* wurde, die mit ihren Produktionen die Innenstadt beschallten. Die Saison war vorbei, es herrschte Ruhe auf der großen Treppe vor Sankt Michael.

Direkt gegenüber ihrer Wohnung befand sich eine Vinothek, wo sich allabendlich die Weinnasen trafen, schlürften und redeten und lachten. Sie sollte sich dazu gesellen und neue Bekanntschaften machen, doch Wein war nicht so ihr Ding, und blamieren wollte sie sich nicht. Sie hätte sich umgewöhnen müssen. Vielleicht war das sogar eine gute Idee. Ein anständiges Kölsch vom Fass war hierzulande ja die pure Exotik.

Als sie aus ihrem Haus trat, wurde gegenüber gerade ein Platz frei, und kurz entschlossen setzte sie sich. Um diese Zeit am Vormittag musste es noch kein Wein sein,

ein Cappuccino tat es auch. Sieh es als eine Reise, sagte sie sich. Du bist in einem fremden Land, du versuchst zu verstehen, wie die Einheimischen ticken, und lässt dich überraschen.

Ein älteres Paar kam. »Hier ist doch noch frei, oder?«, sagte der Mann. Es war keine Frage, und eine Antwort wurde gar nicht erwartet. Annalena rückte auf der Bank etwas zur Seite, damit die beiden Platz hatten. Es waren offensichtlich Stammgäste, sie sprachen die Bedienung mit Namen an.

»So lasse ich mir den Samstag gefallen«, sagte der Mann. »Erst auf den Wochenmarkt, und dann einen Kaffee trinken und vielleicht noch ein Gläschen Wein.«

»Vielleicht?« Die Frau hatte sich vorgebeugt, um besser mit Annalena reden zu können. »Immer! Er trinkt immer seinen Wein hier. Ich übrigens auch.«

»Das ist wohl eine Weinbaugegend?«, fragte Annalena und gab sich damit als Auswärtige zu erkennen. Irgendetwas musste sie ja sagen.

»Früher wurde in Schwäbisch Hall tatsächlich Wein angebaut«, entgegnete der Mann. »Heute gibt es nur noch einen Schauweinberg, der vor sich hin dümpelt. Sie sind nicht von hier, gell? Rheinland?«

»Köln.«

»Soll auch ganz nett sein. Auf der Durchreise?«

Ja! Annalena hätte es am liebsten laut geschrien. Zu ihrer eigenen Verwunderung aber sagte sie: »Ich bin vor kurzem hierhergezogen.«

»Aha. Bausparkasse?«

»Nein. Behörde.«

»Viele kommen wegen der Bausparkasse hierher.«

Annalena hatte sich angewöhnt, ihre Tätigkeit zunächst eher im Unklaren zu lassen. Nicht dass sie sich wegen ihres Berufs schämte, aber die Reaktionen darauf waren manchmal seltsam.

Die Bedienung kam, und der Mann neben ihr bestellte zu seinem Cappuccino einen Wein. Spontan schloss sich Annalena an. Irgendwann musste sie ja damit anfangen, warum nicht jetzt?

»Da haben Sie sich eine schöne Ecke ausgesucht«, sagte die Frau. »Wenn man aus der Großstadt kommt, muss man sich erst daran gewöhnen, dass es hier ruhiger zugeht. Nicht so hektisch. Aber das lernt man schnell zu schätzen.«

»Wir leben seit 33 Jahren hier«, ergänzte der Mann, »und ich möchte nicht mehr weg. Es ist alles überschaubar. Sicher, man sieht immer dieselben Leute, wenn man in der Stadt unterwegs ist, aber das hat auch seine Vorteile. Man kennt sich mit der Zeit. Und wenn man rausfährt, steht man nicht im Stau und ist ganz schnell in der Natur und hat seine Ruhe.«

»Wenn die Bauern nicht gerade Jauche ausfahren«, sagte die Frau.

Der Wein kam, und sie prosteten sich zu.

»Auf dass Sie sich schnell einleben«, sagte der Mann. Darauf trank Annalena gern, zu ihrer eigenen Überraschung. War sie etwa schon dabei, hier Wurzeln zu schlagen?

»Wenn Sie Einheimische sind …«

»Wir werden nie Einheimische werden, wir sind immer nur die Zugezogenen«, unterbrach sie der Mann. »Unsere Kinder vielleicht, die sind hier aufgewachsen.«

»Als Menschen, die schon lange hier leben«, begann Annalena nochmals neu, »können Sie mir sicher sagen, warum diese Straße Neue Straße heißt, obwohl sie doch gar nicht so neu ist.«

»Das kann Ihnen Luise erklären, die hat Stadtführungen gemacht.«

Luise beugte sich wieder nach vorne, um sich über den Bauch ihres Mannes hinweg an Annalena zu wenden.

»Beim Stadtbrand von 1728 wurden große Teile der Altstadt zerstört. Beim Wiederaufbau wurde auch diese Straße neu angelegt, deshalb Neue Straße. Sie war als Brandschneise gedacht. Sie sehen ja, dass sie schnurgerade zum Kocher und zur Henkersbrücke führt. Damit hatte man auch leichten Zugriff auf Löschwasser.«

»Sie haben hier Stadtführungen gemacht?«

»Die beste Art, eine Stadt kennenzulernen. Man muss sich richtig hineinknien und lernt viel über die Geschichte, und Schwäbisch Hall ist nun mal eine alte Stadt. Und nicht nur das, man erfährt auch viel Seltsames und Kurioses. Aber die Stadtführungen mache ich nicht mehr. Höchstens privat. Zum Beispiel für Sie.«

»Aber das kann ich doch nicht …«

»Natürlich können Sie das annehmen. Ich mache das gern. Schwäbisch Hall ist doch interessant. Man muss über die Stadt Bescheid wissen, in der man lebt. Heiner, jetzt gib der jungen Dame doch mal unser Kärtle, damit wir einen Termin ausmachen können. Wir haben ja immer Zeit, aber die Frau muss vielleicht auch mal arbeiten.«

Annalena war gerührt. Jetzt hatte sie schon zwei Einladungen zu Privatführungen, drei eigentlich. Das nette Paar wollte sie durch Schwäbisch Hall führen, Sandler durch Rothenburg, und Kathi wollte ihr den Dobler-Hof zeigen.

Sie versprach, auf das Angebot zurückzukommen, verabschiedete sich und streifte ziellos durch die Gassen. Es bestand keine Gefahr, dass sie sich verirrte, die Altstadt war klein. Widerwillig musste sie sich eingestehen, dass sie neugierig geworden war. Neue Straße, neue Heimat.

Zwangsläufig stieß sie irgendwann auf den Wochenmarkt und staunte über das vielfältige Angebot. Alles frisch von den Bauern in der Umgebung. Sie würde in diesem Schwäbisch Hall doch nicht etwa mit dem Kochen anfangen müssen, um diese Fülle auch nutzen zu können?

Ihr kam Alisa Sandrock in den Sinn, an der nach allem, was sie bisher wussten, das vorübergegangen war, die ein steriles Leben in einer sterilen Wohnung geführt hatte.

Oder ging es ihr wie ihrer ominösen Leiche, und sie wollte hier gar nicht heimisch werden? Ein Leben auf Abruf?

Sie bummelte nur über den Markt und kaufte lediglich eine Tüte Trauben, frisch vom Weinberg aus Alt Renzen, wo immer das sein mochte. Das mit dem Kochen musste sie sich noch einmal überlegen, ihr war schon klar, dass es dazu mehr bedurfte, als Karotten vom Bund klein zu schneiden und in eine Pfanne zu werfen.

Sie wollte gerade in die Obere Herrngasse einbiegen, neugierig darauf, was sie in dieser Gasse mit dem eigenartigen Namen wohl entdecken würde, als sie Nikolaus Dobler, Onkel Nick, samt Ehefrau Gretel in die Arme lief.

Im Wortsinne. Die Begrüßung war herzlich, überschwänglich, geradezu familiär.

In Wahrheit war es der Hund gewesen, der Annalena

zuerst entdeckt und wiedererkannt hatte und freudig hechelnd auf sie zugerannt kam.

Ein scharfes »Prinz von Hohenlohe, Platz!« stoppte ihn. Er legte sich sofort auf das Pflaster, sein Kopf ging hin und her zwischen Annalena und seinem Herrchen, der seine Wiedersehensfreude so jäh unterbrochen hatte. Er wartete auf das Kommando, wieder aufspringen zu dürfen.

Annalena tätschelte den Kopf des Border Collie.

»Der gehorcht ja aufs Wort«, sagte sie anerkennend.

»Der Einzige im Haus«, kommentierte Gretel trocken.

Nick bestimmte, dass sie sich zu einem Glas Wein zusammensetzen müssten, jetzt, da sie sich endlich mal in der Stadt über den Weg gelaufen waren, eine Widerrede dulde er nicht, basta.

»Nicht noch mehr Wein«, sagte Annalena lachend, »ich hatte schon einen. Aber einen Kaffee vertrage ich schon noch.«

Nick lugte in ihre Tüte Trauben. »Mädle, du wirst schon noch herausfinden, in welcher Form Weintrauben genießbar sind.«

Als sie am Tisch saßen, die Doblers mit einem Wein, Annalena mit einem Kaffee, sagte die Kommissarin: »Ich habe mal eine Frage an den Historiker …«

»Dann bist du bei mir an der falschen Adresse«, unterbrach sie Nick. »Ich bin kein Historiker, ich war nur Archivar. Allerdings am Institut für Landesgeschichte, insofern bin ich schon vorbelastet.«

Gretel, seine Frau, beugte sich zu Annalena. »Und jetzt arbeitet er an einer großen Monografie über Hohenlohe, die nie fertig werden wird.«

Gretel Dobler war im Gegensatz zu ihrem Mann gertenschlank. Eine Schönheit mit ebenmäßigem Gesicht und dichtem, kurz gehaltenem grauem Haar. Sie mochte Mitte, vielleicht gar Ende 50 sein. Aus ihren Augen blitzte der Schalk.

Auf der Familienfeier hatte Annalena mit ihr nur einige belanglose Worte gewechselt, von Karlheinz Dobler wusste sie, dass Gretel eine eigene kleine Steuerkanzlei in Stuttgart gehabt hatte. Als Nick nach seiner Pensionierung ein altes Haus in Herlebach erworben hatte und seitdem mit den Renovierungsarbeiten beschäftigt war, folgte sie ihrem Mann und arbeitete jetzt in einem Steuerbüro in Schwäbisch Hall, die paar Jahre noch bis zur Rente.

Nick nahm ihre Spitze gelassen. »Vor der eigentlichen Arbeit, meine Liebe, steht die Recherche. Dann kommt die Überlegung, wie mache ich es meinen Lesern plausibel. Das ist gerade in diesem Fall besonders kompliziert. Das fängt schon beim Geschlecht derer von Hohenlohe an, von denen diese Region ja ihren Namen hat, ein fränkisches Geschlecht übrigens. Die ursprüngliche Linie wurde früh schon, 1209 nämlich, aufgeteilt in Hohenlohe-Weikersheim und Hohenlohe-Brauneck, und durch weitere Erbteilungen gab es eine Vielzahl von Häusern, zum Beispiel Hohenlohe-Haltenbergstetten, Hohenlohe-Neuenstein, Hohenlohe-Langenburg, und gerade die sind hochinteressant, denn ...«

»Es reicht, Nick«, unterbrach ihn Gretel. »So genau will es Annalena gar nicht wissen.«

»Sie kann es sich vor allem nicht merken«, lachte Annalena.

»Du siehst schon«, meinte Gretel, »frage ihn nie etwas Historisches, er findet kein Ende. Du hattest ein bestimmtes Anliegen.«

»Habe ich schon vergessen vor lauter Hohenlohes«, sagte Annalena. »Ach ja, jetzt weiß ich es wieder. Warum heißt diese Stadt eigentlich *Schwäbisch* Hall, obwohl wir uns in Hohenlohe befinden, wie ich gelernt habe?«

»Kurzfassung, Nick!«, mahnte Gretel.

»Kurzfassung? Wenn es denn sein muss!«, maulte Nick. »Dabei ist das so interessant! Offiziell *Schwäbisch Hall* heißt die Stadt seit 1934, von 1802 bis dahin war der offizielle Name nur Hall. In der langen Zeit davor sprach man manchmal ebenfalls allein von Hall, meist aber von Schwäbisch Hall, auch von Schwebischen Hall – Hall im Schwäbischen, im Unterschied zu den anderen Halls, zum Beispiel Hall in Tirol oder der Steiermark. Schwäbisch deshalb, weil die Stadt zum Herrschaftsbereich der Staufer gehörte, und die waren nun mal Schwaben. Wenn ich noch hinzufügen darf, um dich zu verwirren: Die Ansiedlung lag in Franken, man sprach fränkischen Dialekt. Zufrieden?«

Auf Nicks Drängen ließ sie sich zu einem kleinen Mittagessen überreden, und niemand protestierte, als er Maultaschen für alle bestellte. Nur dem Wein verweigerte sie sich, ihr war ohnehin schon ganz durmelig im Kopf.

»Maultaschen!«, schwärmte Nick. »Schwäbische Maultaschen! Das Nationalgericht. Wie Brezeln.«

Jetzt war Annalena wirklich verwirrt. »Schwäbische Maultaschen? Auf der Speisekarte war nur von Maultaschen die Rede.«

»Das sind so die Feinheiten heutzutage«, erklärte Nick. »Schwäbische Maultaschen sind mittlerweile eine von der EU geschützte Herkunftsbezeichnung. Gut so. Geschützt sind damit auch die Zutaten, zum Beispiel Schweinefleisch. Da haben sich wohl die Schweinezüchter durchgesetzt, die sind ja in unserer Region stark vertreten. Meiner Meinung nach allerdings hat Schweinefleisch in einer Maultasche nichts, aber auch gar nichts zu suchen. Nur Rindfleisch, allenfalls noch Kalbsbrät, darüber kann man streiten. Deshalb dürfen sich die hier nur Maultaschen nennen. Weil kein Schweinefleisch drin ist«

Annalena stöhnte. »Schwäbisch, fränkisch, hohenlohisch, dazu noch Schwäbisches in Hohenlohe, das sich aber nicht so nennen darf – ich blicke da nicht mehr durch!«

Gretel lachte. »Vergiss das alles. Vergiss vor allem die Geschichte, wenn dir das auch ein alter Mann mit dickem Bauch einreden will …«

»Die Geschichte darf man nicht vergessen!«, empörte sich Nick. »Außerdem habe ich keinen dicken Bauch. Ich bin nur gut gepolstert.«

»Du lebst in Hohenlohe, und damit basta!«, fuhr Gretel unbeirrt fort. »Wir Hohenloher sind weltoffen genug, dass wir auch Schwäbisches akzeptieren können. Nicht nur akzeptieren, auch goutieren.«

Annalena dachte an die Brezeln, mit denen Dobler sie verwöhnt hatte. Die wollte sie inzwischen nicht mehr missen. Ob das auch für Maultaschen galt, musste sich noch herausstellen.

»Was macht eigentlich euer Fall?«, fragte Nick und wechselte damit das Thema. »Kommt ihr voran?«

»Nick, du solltest wissen, dass ich dir darüber nichts sagen darf«, antwortete Annalena.

Nick zuckte mit den Schultern. »Na ja, muss ich mich eben an Karli halten.« Als er bemerkte, dass Annalena die Augenbrauen hochzog, fügte er hastig hinzu: »Der sagt natürlich auch nichts.« Er grinste. »Freiwillig wenigstens nicht. Ich bin ganz gut im Leute Ausfragen.«

Annalena ließ das unkommentiert, doch sie nahm sich vor, mit ihrem Kollegen mal ein eingehendes Gespräch zu führen. Über Ermittlungsergebnisse zu plaudern, das ging einfach nicht, auch wenn es Familie war. In Köln wäre es so etwas undenkbar gewesen.

»Die Wohnung dieser Alisa Sandrock ist schon sehr seltsam«, sagte Nick. »Ich sage dir, die hat dort nicht wirklich gelebt, das sollte nur den Anschein erwecken, als ob. Ein Fake. Das deckt sich auch mit dem, was die Nachbarin – wie heißt sie noch gleich? – beobachtet hat. Nach ihrer Aussage nämlich …«

»Wie kommt es, dass du mit der Nachbarin geredet hast?«, unterbrach ihn Annalena.

»Och«, machte Nick unschuldig, »ich war zufällig dort, und da habe ich gedacht, ich klingle einfach mal.«

»Zufällig, ja?«

»Reiner Zufall, natürlich.«

»Und die Nachbarin hat einfach so mit dir geplaudert?«

»Natürlich nicht. Ich habe ihr eine nette Geschichte erzählt, der Onkel, der zufällig in der Gegend ist, und der …«

»Zufällig, ja?«

»Ist ja auch egal jetzt. Jedenfalls, diese Frau Wie-heißt-sie-noch-gleich hat sehr genau beobachtet, was sich in der

Nachbarwohnung getan hat, auch wenn sie das Gegenteil behauptet. Klar, niemand möchte als entsetzlich neugierig dastehen.«

»Du schon gar nicht, nicht wahr, Nick?«

»Ich bin nicht neugierig, nur wissbegierig. Jedenfalls, aus dem Kommen und Gehen dieser Alisa Sandrock lässt sich keinerlei Muster ableiten. Mal war sie da, mal nicht, und nicht waren manchmal mehrere Tage. Termine? Dass ich nicht lache! Das kann sie der Nachbarin erzählen, aber mir nicht. Daraus ergeben sich zwei grundlegende Fragen.«

Annalena hatte mittlerweile ihre Maultaschen vertilgt, schwäbisch hin oder her, und widerwillig musste sie zugeben, dass diese seltsamen Teigtaschen schon etwas hatten. Wie Ravioli, nur ganz anders. Aber bevor sie in Begeisterungsstürme ausbrach, mussten sich diese Dinger erst noch beweisen.

Hätte sie Nick gefragt, hätte der ihr sagen können, dass es ein dornenreicher Weg war, auf dem sie manche Enttäuschung hinunterschlucken musste, bis sie zum Maultaschen-Fan werden konnte. Denn wie bei den Brezeln kam es darauf an, wer sie machte und wie viel Engagement derjenige dabei investierte. Nun ja, das war in der Domstadt am Rhein auch nicht anders. Der *halve Hahn* schmeckte auch nicht überall gleich, vom *Kölschen Kaviar* ganz zu schweigen.

Doch sie fragte nicht, vielmehr lauschte sie, welche Theorien der Hobbykriminologe Nick Dobler sich zurechtgelegt hatte.

»Erstens«, sagte der jetzt, »für wen war diese Legende gedacht? Einbruchsspuren wurden nicht festgestellt, wie ich erfahren habe, aber ich habe mir das Schloss angesehen. Ich bin ja nicht vom Fach, doch ich denke, es war ein Kinderspiel für jemanden, der etwas vom Geschäft versteht. Und hat derjenige, und das bitte als generisches Maskulinum zu verstehen, es hätte genauso gut eine Frau sein können oder sonst jemand, den man heutzutage berücksichtigen muss, Transmann, Transfrau oder sonst was, ich weigere mich, das Gendersternchen zu denken, geschweige denn, es mitzusprechen, ich bin ein altmodischer Mensch, ich ... was wollte ich eigentlich sagen? Ach ja, hat derjenige die Legende als solche erkannt? Ich denke schon, was uns dann zur Unterfrage eins b führt, wenn ich richtig gezählt habe: Was hat es ihm gesagt? Was hat er dann getan?«

Nick leerte den Rest seines Glases Wein, immerhin noch die Hälfte, in einem Zug, und so gestärkt konnte er fortfahren.

»Zweitens. Wo hat Alisa Sandrock wirklich gelebt? In dieser Wohnung ganz bestimmt nicht. Wo hat sie sich die Zähne geputzt, wo hat sie ihre Sachen gewaschen, wo hat sie geträumt, wo geweint? Es muss noch eine andere Wohnung geben, die wirklich ihre war. Kein Mensch hält es vier Jahre in einer Wohnung aus, die nur eine Fassade ist. Es sei denn natürlich, er ist entsprechend geschult, aber so weit mag ich gar nicht denken.«

Die Bedienung hatte den zwischenzeitlichen Wink Nicks verstanden und stellte ein weiteres Glas Wein hin.

»Danke«, sagte Nick und nahm einen Schluck. »Noch etwas. Sie hatte ja einen Lebensgefährten oder Freund oder so, wie hieß er noch gleich? Wenn ich mir nur Namen merken könnte! Ist ja auch egal. Jedenfalls, der ging natürlich aus und ein. Nach den Beobachtungen der

Frau Wie-heißt-sie-noch hat Alisa Sandrock ansonsten jedoch nie Besuch gehabt. Nie. Wo gibt's denn so was?«

Bei mir, dachte Annalena. Aber sie lebte ja auch erst vier Wochen hier, keine vier Jahre.

»Mit einer Ausnahme«, redete Nick weiter. »Das muss so drei oder vier Wochen her gewesen sein. Eine Frau. Eine streng wirkende Frau, soweit das durchs Guckloch zu beurteilen war, Business-Kostüm, elegant, aber streng. Alisa Sandrock schien nicht erfreut über den Besuch, aber wie gesagt, Guckloch-Perspektive, da kann man viel hineinlesen. Später wurde es dann laut in der Nachbarwohnung, verhalten laut, immer wieder eingebremst. Hast du eine Ahnung, wer das gewesen sein könnte?«

»Nein«, sagte Annalena, obwohl sie diese Ahnung durchaus hatte.

Was Nick da zusammenfantasierte, war gar nicht blöd. Er fasste unreife Gedanken, die in Annalenas Kopf vagabundierten, in Worte, und es half, wenn diese Worte aus einem anderen, unbeteiligten Mund kamen.

Andererseits: Er tat sich leicht, er konnte herumspinnen, wie er wollte. Sie hingegen brauchte Fakten, Fakten, Fakten. Gerichtsverwertbare Fakten, die jemanden festnagelten. Vielleicht aber war genau das der richtige Ansatz. Sich leiten lassen von seinen Gedanken und seinen Gefühlen, seinen vagen Vermutungen, und dann sehen wir mal weiter.

Gretel hatte gemerkt, dass Annalena in Gedanken ganz weit weggedriftet war. Sie stupste Nick in die Seite. »Trink aus, wir müssen weiter.«

Nick kapierte nichts und fragte teils verwundert, teils gekränkt: »Wieso, habe ich etwas Falsches gesagt?«

Annalena erwachte so halb und halb. »Im Gegenteil, Nick, du hast mir sehr geholfen.«

Innerlich verdrehte Gretel die Augen. Es war lieb gemeint von Annalena, vielleicht sogar wahr, doch es konnte verheerende Folgen haben. Nick, so sensibel wie eine Zahnbürste, würde fortan mit stolzgeschwellter Brust herumlaufen und jedem verkünden, der es gar nicht hören wollte, dass die Kripo nur dank seiner genialen Gedanken ... Nicht auszudenken!

Nick pumpte sich schon auf. »Das freut mich! Ich helfe doch immer gern ...«

Resolut stand Gretel auf. »Los jetzt, auf geht's! Nikolaus Dobler, hast du alles, Hut, Stock, Regenschirm?«

Endlich verstand auch Nick. Das hieß, eigentlich verstand er überhaupt nichts, doch er wusste aus langer Erfahrung, wenn seine Gretel in Nikolaus nannte, nicht Nick, und obendrein mit Nachnamen, dann war Gefahr im Verzug und er machte besser, was sie sagte, und fragte erst später.

Er stand ebenfalls auf, und als vollendeter Gentleman (oder was er dafür hielt) ergriff er Annalenas Hand, deutete einen Handkuss an und sagte: »Meine liebste Annalena, du ahnst nicht, wie es mich gefreut hat. Auf bald mal wieder!« Dann stolperte er seiner Frau hinterher.

Annalena sah dem Paar nach, ohne es wirklich wahrzunehmen. Gretel hatte den Arm ihres Mannes gepackt und zog ihn vorwärts.

In Annalena rumorte es. Nicks Theorien hatten in ihr etwas zum Schwingen gebracht, das sie nicht fassen konnte.

Irgendwie beneidete Annalena ihren Kollegen Dobler.

Der beschäftigte sich mit seinen Kühen, und alles andere hatte keinen Platz mehr in seinem Kopf.

Im Prinzip hatte Annalena recht. Allerdings war Dobler nicht bei seinen Kühen, sondern stand fluchend in der Scheune. So konnte nur ein Hohenloher Bauer fluchen. Ausdauernd und alles andere als druckreif.

In der Tat, für Alisa Sandrock, Kevin Klotz oder Liane Maxwell oder sonst wen war im Moment kein Platz in seinem Kopf. Im Moment hatte er das Problem, dass der Traktor, mit dem er hinaus zum Pflügen fahren wollte, nicht ansprang, und sein Schwager, der den Fehler bestimmt im Handumdrehen entdeckt hätte, nicht greifbar war.

Tank? Voll. Batterie? In Ordnung. Zündkerzen? Wieder sauber, nachdem er lange georgelt hatte. Er probierte es noch einmal.

Nichts.

»Himmelherrgottsakramentaberauch«, fing Dobler wieder an und suchte weiter.

Mit den Rätseln, die der aktuelle Fall aufgab, würde er sich später befassen, jetzt war erst einmal der Traktor dran.

Alles zu seiner Zeit.

Annalena schlenderte derweil ziellos durch die samstäglich belebte Stadt. Irgendwann fand sie sich auf der Henkersbrücke wieder und sah hinab in die braunen Fluten des Kochers, die träge unter ihr dahinflossen.

Wenn sie sich im Kreis drehte, hatte sie einen schönen Rundumblick entlang des Kochers in beiden Richtungen. Wo war denn diese schöne überdachte Brücke, über die sie mit Dobler gegangen war? Von hier aus nicht zu sehen. Wie hieß sie noch gleich? Irgendwas mit Steg. Oder Stieg? Nein, das war ein Wanderweg, wenn man den nicht Trail nannte.

Irgendwo dort hinten, das wusste sie mittlerweile, auch wenn es von ihrem Standpunkt aus nicht zu sehen war, stand dieses mächtige Gebäude, das alles andere überragte und »Neubau« genannt wurde, obschon es ein ziemlich altes Gemäuer war. Und dann die Türme dieser Kirche mit der großen Treppe und der Turm des Rathauses mit seinem filigranen Aufsatz, von einer goldenen Sonne gekrönt.

Sie betrachtete das Gewusel in der Fußgängerzone, Neue Straße, deren Bedeutung sie ja jetzt kannte. Die alten Häuser der Stadt, die keinem System zu folgen schienen, sondern hingebaut, aneinandergebaut worden waren, wie es gerade kam. Unter der steinernen Brücke, auf der sie gerade stand, führte eine Straße hindurch zum Haalplatz, der irgendetwas mit der Geschichte der Stadt zu tun hatte.

Ja, schon ganz nett, dieses Dorf in der hohenlohischen Pampa, mit vielen Geschichten, die sie noch nicht kannte. Vielleicht sollte sie sich doch einmal einlesen. Oder Nick fragen, der wusste alles.

Heimisch allerdings würde sie hier nie werden, nie. Allenfalls konnte sie es ertragen. Eine kleine Auszeit, bevor sie wieder zurück nach Köln konnte, ihre wahre und einzige Heimat.

Später dann kam ein Anruf von Erich Sandler aus Rothenburg, der sein Angebot einer Stadtführung erneuerte, und ohne langes Überlegen sagte sie zu. Sie war jetzt ganz wild auf alte Städte. Vielleicht lag darin ja der Schlüssel zu den Geheimnissen der Alisa Sandrock, rechtfertigte sie sich, auch wenn ihr längst klar war, dass dieser Schlüssel mit der Persönlichkeit dieser Alisa Sandrock zu tun hatte. Doch hatten nicht auch Städte, alte zumal, so etwas wie eine Persönlichkeit?

Wirre Gedanken. Zeit, ins Bett zu gehen und sich den Träumen zu überlassen.

KAPITEL 6

Annalena hatte bei ihrem Spaziergang auch eine Karte der Region erstanden und suchte nach einer Strecke abseits der Autobahn. Viele Wege, erkannte sie, führten nach Rothenburg.

Dem Navi misstraute sie. In einer Stadt mit dem Gewirr an unbekannten Straßen mochte es seinen Sinn haben, doch auf Überlandfahrten führte es leicht in die Irre. Sie hatte sich für eine Strecke entschieden, die ihr als passionierte Autofahrerin reizvoll erschien, auf der Karte sah sie viele Kurven.

Hinab, hinauf. Die Steige bei Cröffelbach kannte sie bereits von der nächtlichen Heimfahrt aus Rothenburg. Jetzt konnte sie die Spitzkehren aus der anderen Richtung bei Tag nehmen und war entzückt. Ihr roter Mini lag gut auf der Straße, sie gab Gas.

Hinter Wolpertshausen, daran erinnerte sie sich, ging es links ab. Sie kam durch kleine Dörfer und größere Dörfer, die Ortsschilder flitzen an ihr vorbei: Hörlebach, Dünsbach, Morstein, die Namen sagten ihr allesamt nichts.

Das alles war ihr Revier, rief sie sich ins Bewusstsein, und trotzdem unbekanntes Land. In jedem Bauernkaff ein Mord, und bald wäre ihre innere Landkarte gerichtet.

Langsam, langsam, ermahnte sie sich immer wieder, sie wollte die Fahrt genießen. Ihre erste Landpartie, seit sie im Hohenloher Exil war. Eine Landpartie, das wäre ihr früher nie in den Sinn gekommen, obwohl die Eifel und das Bergische Land quasi vor der Haustür lagen. Allein der Aufwand, aus der Großstadt Köln herauszukommen!

Manchmal vergaß sie ihren Vorsatz, wenn sie eine kurvenreiche Straße vor sich hatte. Dann drückte sie aufs Gas, schnitt die Kurven, schlitterte über den Asphalt. Hier war das möglich, selten kam ihr jemand entgegen.

Wälder und Wäldchen passierte sie, und schon wieder ging es hinab, hinauf. Als sie das Jagsttal hinter sich gelassen hatte, empfing sie die weite Hochfläche mit Wiesen und abgeernteten Feldern. Nur noch der Mais stand und formte eine grüne Mauer neben der Straße. Gerabronn, Blaufelden, Schrozberg, das waren laut Karte die Fixpunkte, an denen sie sich orientieren musste. Die unbekannten Orte nahmen keine Ende.

Einmal bog sie falsch ab, weil ihr Gedächtnis sie im Stich ließ und die Straßenbeschilderung nicht eindeutig war. Sie verließ sich auf ihren Orientierungssinn und fand bald wieder Rothenburg angeschrieben. Jetzt konnte nichts mehr passieren.

Sie passierte andere Orte, die ihr nichts sagten. Rot am See. Von einem See war, trotz des Namens, weit und breit nichts zu sehen, lang war es her mit dem See. Brettheim. Auch so ein Ort mit einer Geschichte, von der Annalena nichts wusste, einer Geschichte, die in die jüngere, die braune Vergangenheit zurückreichte. Hausen am Bach. Es gab viele Hausen, die man irgendwie unterscheiden musste. Durch die meisten von ihnen, konnte man annehmen, floss ein Bach. Warum war ausgerechnet diesem Hausen ein Bach als Alleinstellungsmerkmal zugekommen? Ortsnamen waren schon eigenartig.

Durch Zufall war sie auf jene Strecke gekommen, die einen kurzen Moment eine prachtvolle Sicht auf Rothenburg bot. Ein Dorf nahm schnell wieder den Ausblick, danach tat es ihm ein Wäldchen gleich, und dann lag die Skyline wieder vor ihr.

Annalena bremste abrupt und ignorierte das Hupen hinter ihr und ebenso das wütende Gestikulieren des SUV-Fahrers. Sie wollte den Blick genießen auf die Stadt, die lang dahingestreckt lag auf ihrem Bergrücken. Sie verfolgte die alles umspannende Stadtmauer, hinter der sich eine Vielzahl von Türmen erhob. Beeindruckend, in der Tat.

Sie erkannte, wie dicht hinter der Kreisgrenze dieses Rothenburg tatsächlich lag. Nichts hatte sich verändert, und doch war alles anders, zumindest in verwaltungstechnischer Hinsicht. Die Bürokratie erzwang Verrenkungen, sofern man nicht die Verbindungen besaß, um unter der Hand operieren zu können.

Solche Verbindungen freilich konnte man nicht aufbauen, wenn man nur auf die Rückkehr in die wahre Heimat wartete, wenn man nur auf Abruf lebte. Wie möglicherweise auch Alisa Sandrock gelebt hatte? Und außerdem müsste man diesen fürchterlichen Dialekt beherrschen, den man hier sprach.

Sie hatten sich im selben Café verabredet wie neulich, und obschon sie schneller war, als sie gedacht hatte, saß er bereits am Tisch. Jetzt, mit ihrem neu gewonnenen Wissen, drang ihr auch so richtig ins Bewusstsein, dass das Café ja in der Herrngasse war, die es in Schwäbisch Hall ebenfalls gab. Ob die wohl in allen mittelalterlichen Städten anzutreffen war? Sie musste, wenn sie einmal viel

Geduld für ausufernde Erläuterungen hatte, Nick fragen, der wusste das bestimmt.

Ein Cappuccino tat jetzt gut, und dann führte Sandler sie auf verschlungenen Pfaden zu interessanten Stellen und erzählte Geschichten aus der Vergangenheit und der Gegenwart. Ein Stück weit gingen sie auch auf dem Wehrgang der Stadtmauer, das gehörte zum obligatorischen Besuchsprogramm. Die ganze Runde um die Stadt blieb ihr erspart, es waren immerhin zweieinhalb Stunden.

Sandler hatte sich für sie wirklich ins Zeug gelegt. Der Himmel war strahlend blau, einige kleine Wölkchen, schneeweiß, trieben träge dahin, die Temperaturen waren angenehm, nicht zu heiß, nicht zu kalt, kaum ein Wind war zu spüren. Kurz, ein Frühherbsttag wie aus dem Bilderbuch.

Es war eine entspannte Zeit, sie lachten viel. Kurz erwähnte sie, dass sie nicht aus freien Stücken von Köln ins Hohenlohische geraten war, ohne freilich den Grund dafür zu nennen, und machte kein Hehl daraus, dass ihre Anwesenheit in Schwäbisch Hall nur vorübergehend war und sie ihre Rückkehr an den Rhein herbeisehnte. Von ihm erfuhr sie, dass er in Rothenburg geboren und aufgewachsen war und nicht die Absicht hatte, die Stadt jemals wieder zu verlassen.

Zum Mittagessen wählte er ein stilles Lokal fernab der touristischen Trampelpfade. Für sie gab es schwäbische Kässpätzle, und er versuchte, ihr den Unterschied zwischen Schwaben, Hohenlohe und Franken zu erklären. Hohenlohe, erklärte er, sei ein diffuses Gebilde, eingeklemmt zwischen Schwaben und Franken, und da die Franken eine geschlossene Mauer bildeten, siehe der

Wehrgang, den sie eben bestiegen hatten, die Schwaben aber mit Macht drängten, würde Hohenlohe allmählich von ihnen zerrieben. Die alte Stadtmauer von Rothenburg allerdings würde sie aufhalten.

Annalena verstand kein Wort, und außerdem klang ihr das zu kriegerisch.

Im Wettstreit der alten Städte hätte sie jetzt argumentieren können, dass in Köln immerhin schon die Römer zugange waren, was man von Rothenburg nicht sagen konnte, doch sie unterließ den Hinweis, weil sie sich beschämt eingestehen musste, dass sie sonst nicht viel wusste über die Vergangenheit ihrer Stadt. Und von den Römern zum Karneval heutiger Tage war es doch ein arg weiter Sprung.

»Hast du noch etwas über diesen Kevin Klotz herausgefunden?«, fragte sie stattdessen.

Er protestierte. »Annalena, heute ist Sonntag! Wochenende. Auf Verbrecherjagd gehen wir morgen wieder.«

»Mir lässt das keine Ruhe.«

»Bist du immer so? In einen Fall verbissen, selbst wenn du frei hast?«

»Ich kann nun mal nicht anders.«

Er seufzte. »Aktenkundig ist dieser Kevin Klotz nicht, aber das wisst ihr sicher selbst schon, abgesehen von einer unbedeutenden Drogensache vor langer Zeit. Wer macht sich heutzutage schon wegen ein paar Krümeln Hasch ins Hemd? Es sei denn, du findest sie im Schulranzen.«

»Es soll ja sogar Lehrer geben, die sich vor ihren Schülern einen Joint anzünden.«

»Schon etwas provokant, finde ich, wo bleibt denn da die Vorbildfunktion? Ich dreh mir auf dem Revier ja auch keine Tüte, das mache ich nur zu Hause.« Er lachte. »Ja, es gibt Neuigkeiten. Ich wollte es euch erst morgen sagen, hochoffiziell auf dem kleinen Dienstweg, aber du gibst ja doch keine Ruhe.«

»Du siehst das ganz richtig.«

»Ich habe mich an Kevin Klotz gehängt, ich hatte gerade nichts anderes zu tun.«

»Du hast was? Bist du verrückt? Er kennt dich!«

Sandler grinste. »Ich bin eine Meister der Verkleidung. Ich mache dir, was du willst. Den tattrigen alten Mann, den zerlumpten Obdachlosen, den braven Kleinbürger, sogar den jugendlichen Liebhaber. Nicht mal meine Mutter erkennt mich, wenn ich es darauf anlege. Alles schon ausprobiert.«

»Der Kommissar als verhinderter Schauspieler.«

»Kein verhinderter! Ich bin an Pfingsten immer dabei.«

»Was ist an Pfingsten?«, fragte Annalena.

»Das große Festwochenende in Rothenburg. Historische Gruppen in der Altstadt, Lagerleben, Umzug und natürlich das Historische Festspiel *Der Meistertrunk*, bei dem eine Begebenheit von 1631 nachgespielt wird, als Tillys Truppen die Stadt besetzt hatten. Ganz Rothenburg ist auf den Beinen, und jeder macht mit.«

»Und du spielst die Hauptrolle.«

Er lachte. »Gott bewahre, das wäre mir zu langweilig, immer das Gleiche. Nein, ich gehöre zum Volk, das sich in der Stadt und im Lager austobt. Jedes Jahr eine andere Rolle.«

»Aha.« Annalena schüttelte den Kopf. Seltsame Gebräuche herrschten hier, und das alles nur, um noch ein paar Touristen mehr anzulocken. Ob es in Schwäbisch Hall auch so etwas gab?

War das wie der Karneval im Rheinland, wobei der in Köln selbstverständlich als die Krönung angesehen werden musste, dem nichts anderes gleichkam? Für ein paar Tage in eine andere Rolle schlüpfen, den Alltag vergessen, alle Hemmungen (oder fast alle) fallen lassen?

Ach, der Kölner Karneval! Die wichtigste Zeit im Jahr. Vorsichtshalber hatte sie für die heißen Tage schon mal Urlaub eingereicht, auch wenn das noch fast ein halbes Jahr hin war. Mal allem den Rücken kehren, zurück zum Nabel der Welt.

Schlagartig wurde ihr bewusst, was das bedeutete. Sie rechnete also damit, ohne sich das eingestanden zu haben, dass sie zu dieser Zeit immer noch in der Hohenloher Provinz festsaß. Ein erschreckender Gedanke.

Annalena seufzte. Sandler missverstand das und sagte: »Das musst du unbedingt mal mitgemacht haben. Da ist was los in der Stadt! Ich verkleide dich schon entsprechend und nehme dich unter meine Fittiche.«

So hatte er sich das also vorgestellt? Sie merkte, wie sich auf ihrer Stirn eine Falte des Missmuts zu bilden begann. Zurück zum Alltag!

»Was war nun mit Klotz?« Sie bemühte sich um einen professionellen Ton und stocherte im Rest ihrer Kässpätzle. Musste man auch mögen, diese Pampe aus Teig, Käse und Zwiebeln, die schwer im Magen lag.

»Am Donnerstag, also am Tag, nachdem ihr ihn besucht habt, ist er in aller Frühe zur Bank gegangen und hat Bargeld abgehoben. Viel Bargeld.«

»Das hast du gesehen?«

»Logische Schlussfolgerung. Er ging nicht zum Geldautomaten, da hätte er ja nur eine bestimmte Summe holen können, sondern um die Ecke zur Kasse. Wie viel es war, weiß ich natürlich nicht, und für eine Datenabfrage habe ich keinen Grund. Auch nicht auf dem kleinen Dienstweg.«

»Was hast du gegeben? Den tattrigen Greis?«

Er grinste. »Den leicht verwirrten Rentner, der nicht weiß, wie er sein bisschen Erspartes anlegen soll und deshalb viele Prospekte umständlich durchschauen muss. Der dann unverrichteter Dinge wieder abgezogen ist und langsam, wie eben ein Rentner, durchs Städtchen schlendert. Zufällig auf der gleichen Route wie Kevin Klotz, doch mit gebührendem Abstand. War nicht schwer, unser Freund hat keine Haken geschlagen, sondern ist auf direktem Weg nach Hause gegangen. Wo sich der Rentner in sein Auto gesetzt und in den seriösen Vertreter verwandelt hat, der immer dann seine Unterlagen studierte, wenn jemand vorbeikam.«

»Du bist sicher, dass er dich nicht bemerkt hat?«

»Ganz sicher. Ich bin gut.«

»Und dann?«

»Dann kam der langweilige Teil des Unternehmens. Klotz ist den ganzen Tag nicht mehr aus dem Haus gekommen. Nur seine Frau ist am Nachmittag etwa für eine halbe Stunde zum Einkaufen gegangen.«

»Anfängerfehler«, rügte Annalena. »Er hat seine Frau vorgeschickt und dich ans Haus gefesselt. Du kannst nicht an zwei Stellen gleichzeitig sein. Wenn eine solche Überwachung funktionieren soll, braucht man mehrere Leute.«

Sandler war sichtlich verstimmt. »Meinst du, das weiß

ich nicht? Wo hätte ich die zusätzlichen Leute hernehmen sollen? Mit welcher Begründung? Dass er für eure Leiche gearbeitet hat, ist noch kein hinreichender Tatverdacht. Das war eine private Einzelaktion, um euch einen Gefallen zu tun. Und sie hat sich gelohnt. Am nächsten Vormittag nämlich, also am Freitag, ist Klotz weggefahren, und ich bin ihm gefolgt. Was glaubst du, wohin?«

»Ich habe keine Lust auf Ratespielchen«, antwortete Annalena vergrätzt.

»Nach Schwäbisch Hall«, sagte Sandler triumphierend. Er sah sie an, als erwarte er, vor lauter Bewunderung den Bauch gekrault zu kriegen. Bravo, Sandler, hast du gut gemacht, du hast uns einen Riesenschritt weitergeholfen.

In der Tat blieb Annalenas Mund offen stehen, allerdings nicht aus Bewunderung, sondern aus Fassungslosigkeit.

»Du hast ihn von Rothenburg nach Schwäbisch Hall verfolgt? Allein? Die Strecke ist nicht gerade viel befahren. Das merkt selbst der Dümmste, wenn du dich an ihn dranhängst.«

Sandler grinste selbstgefällig. »Ich bin doch kein Anfänger! Ich habe ausreichend Abstand gehalten. Er hat mich nicht gesehen. Weißt du, es gibt da dieses nette kleine Kästchen, das man unter dem Kotflügel anheftet, und mein Smartphone zeigt mir seinen genauen Standort.«

»Ein Ortungssender? Wo hast du den her?«

Er zuckte mit den Schultern. »Lag bei uns so herum und wurde gerade nicht gebraucht. Er hat anfangs noch ein paar Haken geschlagen, was zeigt, dass er durchaus mit einer Verfolgung gerechnet hat, aber als er dann nichts bemerkt hat, ist er zügig und auf direktem Weg weitergefahren.«

In der ohnehin etwas düsteren Gaststube zog eine dunkle Wolke auf.

Auf Annalenas Stirn hatte sich nunmehr tatsächlich eine steile Falte gebildet. Diese Aktion war bei wohlwollender Betrachtung grenzwertig, und bei nicht so wohlwollender – darüber wollte sie lieber nicht nachdenken. Sie spielten doch nicht James Bond!

Kevin Klotz konnte sich durchaus als Verdächtiger herausstellen, doch im Moment war er es noch nicht. Sie lebten in einem Rechtsstaat, und es gab aus gutem Grund Regeln und Vorschriften, die die Bürger schützten. Nun, das war Sandlers Sache, er musste sich notfalls dafür rechtfertigen. Musste sie jetzt alle weiteren Diskussionen abbrechen?

Die Neugier siegte. Ihre Stimme klang gepresst, als sie das fragte, worauf Sandler gewartet hatte: »Und wo in Schwäbisch Hall war er nun?«

»Mietshaus. Er hatte einen Schlüssel. Ging mit einer leeren Tasche hinein und kam nach einer halben Stunde wieder heraus, seine Tasche war sichtlich schwerer als vordem. Dann ist er auf direktem Weg wieder nach Rothenburg zurück. Hier ist die Adresse.«

Annalena nahm den Zettel kommentarlos entgegen. Sie hatte keine Ahnung, wo das war, und diese Blöße wollte sie sich vor Sandler nicht geben.

»Wessen Wohnung?«, fragte sie mühsam beherrscht.

Sandler wirkte verlegen. »Das war nicht klar. Ich habe die Klingelschilder fotografiert. Keiner der Namen sagt mir etwas.«

Jetzt explodierte Annalena, und obwohl sie sich bemühte, leise zu sein, hoben sich im spärlich besetzten Lokal einige Köpfe. »Warum hast du uns nicht Bescheid gesagt, verdammt noch mal? Wir hätten ihn abfangen und in die Mangel nehmen können.«

Du bist ein Idiot, hätte sie am liebsten hinzugefügt, ein so ausgemachter Idiot, wie es zwischen hier und Köln wahrscheinlich keinen zweiten gab, doch sie konnte sich gerade noch beherrschen. Sandler hatte einen Bock geschossen, einen gewaltigen, aber sie durfte ihn nicht vergrätzen, vielleicht brauchten sie ihn noch.

»Hätte ich tun sollen, ja, gebe ich zu«, verteidigte sich Sandler. »Ich wollte euch nur einen Gefallen tun.«

Uns? Oder mir? Annalena erinnerte sich daran, was Dobler über Sandlers Interesse an dieser Geschichte gesagt hatte. Dass ihn nämlich vor allem eine bestimmte Kriminalhauptkommissarin interessierte, die mit dem Fall befasst war und mit der man sich austauschen konnte, notfalls sogar über neue Erkenntnisse.

Er wollte sie beeindrucken, ganz klar, und weil er ein Mann war, wählte er dafür nicht schöne Worte, sondern protzte mit Tatkraft. Am Stammtisch konnte er das ruhig tun und sogar noch einige Schippen drauflegen, aber das hier, lieber Sandler, war das wirkliche Leben. Erst denken, lieber Sandler, dann handeln.

Sie packte ihr Messer fester. Am liebsten würde sie ihn damit …, diesen Mann, aber das war auch keine Lösung.

Sie schluckte ihren Ärger hinunter, was ihr nicht leichtfiel.

Schweigend aßen sie fertig.

Schweigend gingen sie nebeneinander her, als sie das Lokal verlassen hatten.

Sandler versuchte, die miese Stimmung aufzulockern, und gab weiterhin den Fremdenführer, und allmählich bekam auch Annalena sich wieder in den Griff, wenigstens nach außen hin.

Später spazierten sie durch den Burggarten und verfolgten tief unten im Tal den Lauf der Tauber. Daher also Rothenburg *ob* der Tauber, jetzt war ihr das klar.

Sandler lehnte sich gegen die dicke Mauer und sah sie an.

»Ich muss dir etwas sagen. Dass meine Freundin auf Fortbildung ist, stimmt nicht. Wir haben uns getrennt. Sie hat mich verlassen. Ich bin wieder Single.«

»Warum diese Geheimnistuerei? Verletzter männlicher Stolz?«

»Ich wollte dich erst etwas näher kennenlernen. Und ich wollte dir nicht das Gefühl geben, dass ich dich anbaggern will.«

»Und jetzt willst du? Mich anbaggern?«

Er sah ihr in die Augen: »Wenn du so direkt fragst: ja.«

Sie hatte es geahnt. Es waren seine Blicke und die leisen Andeutungen. Sie hätte geschmeichelt sein sollen, immerhin interessierte er sich für sie. Als Frau.

Doch sie war ganz und gar nicht geschmeichelt, sie war eher missgestimmt und sagte: »Wenigstens eine ehrliche Antwort. Jetzt hör mal gut zu, Erich Sandler. Mein Leben ist gerade kompliziert genug, da kann ich eine Beziehung nicht gebrauchen. Nicht mal ein kleines Abenteuer. Du bist ein netter Kerl, ich habe den Tag mit dir genossen, wirklich. Aber mehr ist nicht, klar? Sollte ich meine

Meinung ändern, lasse ich es dich wissen. Aber mach dir keine Hoffnungen, okay?«

Sandler war nicht erfreut, das war ihm anzumerken, aber er sagte: »Ich habe verstanden. Nein heißt nein. Freunde?«

Er streckte ihr die Hand hin, sie schlug ein. »Freunde.« Und in einer spontanen Aufwallung fügte sie hinzu: »Ich bin gut im Zuhören.«

Im selben Moment hätte sie sich auf die Zunge beißen können. Was hatte sie da nur wieder gesagt! Manchmal war sie zu spontan und überdies zu hilfsbereit. Auf das Beziehungsgejammer eines anderen konnte sie verzichten.

Zu ihrer grenzenlosen Erleichterung antwortete Sandler: »Ein großherziges Angebot, ich weiß das zu schätzen. Aber lass mal. Ich fürchte, ich habe mir diese Sache selbst eingebrockt, ich muss auch allein damit fertig werden. Noch ein kleines Vesper zum Abschluss?«

»Ein schnelles. Ich möchte beizeiten zu Hause sein. Ich brauche meinen Schönheitsschlaf.«

»Wenn's nur um die Schönheit geht, brauchst du gar keinen Schlaf.« Als sie das Gesicht verzog, schob er schnell nach: »Entschuldigung, man wird ja noch ein Kompliment machen dürfen.«

Annalena rang sich ein gequältes Lachen ab. »Wer nimmt nicht gern ein Kompliment entgegen.«

Sandler führte sie in eine kleine Kneipe zu einem fränkischen Vesper, Pressack und Geräuchertes, dazu ein Holzofenbrot. Das vegetarische Element verkörperten Essiggürkchen, Radieschen und Zwiebelscheiben.

Ein weiteres Mal sah sich Annalena genötigt, ihren Essprinzipien abzuschwören. Sie wollte die gespannte, aber halbwegs friedliche Stimmung, die sich wieder eingestellt hatte, trotz ihres Ärgers über Sandlers Alleingang, trotz ihres ruppigen Korbes nicht mit der Diskussion über Fleisch und Nicht-Fleisch beeinträchtigen.

Zum Abschied sagte Sandler: »Wir sollten einen solchen Tag mal wiederholen.«

»In aller Freundschaft«, bekräftigte Annalena.

»Ja«, sagte Sandler. »Du kannst mir natürlich auch einmal Schwäbisch Hall zeigen.«

»Wahrscheinlich kennst du Schwäbisch Hall besser als ich.«

»Dann solltest du dich damit mal ernsthaft befassen, Annalena. Schließlich ist das die Stadt, in der du lebst. Vorübergehend natürlich.«

Auf der Rückfahrt hatte sie viel Zeit zum Nachdenken. Es war wenig Verkehr, und sie fuhr gemächlich. War es ein Fehler gewesen, Sandler abzuweisen? Warum sollte ein Mädchen nicht auch ein wenig Spaß haben? Nein, entschied sie, war es nicht. Sie musste erst einmal mit sich selbst ins Reine kommen. Und dazu gehörte auch ihre neue Heimat, diese Stadt, der sie sich mehr und mehr näherte.

Während Annalena nach dem Mittagessen mit den schwer verdaulichen Kässpätzle kämpfte, saß Karlheinz Dobler entspannt auf seinem Traktor, der dank Siggis Zauberkünsten wieder lief, und pflügte ein abgeerntetes Getreidefeld um. Für die nächsten Tage hatten sie wieder Regen angekündigt, da war es gut, wenn er etwas vorarbeitete.

Üblicherweise wurden heutzutage die Getreidefelder gleich nach der Ernte gegrubbert, damit der Boden gelockert und die Pflanzenreste eingearbeitet wurden. Der Mähdrescher war noch nicht ganz fertig, da stand schon der Grubber am anderen Ende des Ackers.

Die Doblers hielten es meistens genauso. Dieses Verfahren hatte seine Vorteile, die Zwischenfrucht, die ausgebracht werden konnte, diente der Bodenverbesserung.

Bei einem Teil der Äcker jedoch wirtschafteten sie noch auf althergebrachte Weise, darauf hatte Dobler bestanden, und seine Schwester hatte es eingesehen, ohne dass es langer Überredung bedurfte. Das Stoppelfeld blieb bis in den Herbst stehen, zum Entzücken der Hühner, die sich in mobilen Ställen über die ausgefallenen Körner des gedroschenen Getreides hermachten.

Dobler hoffte, auf diese Weise auch wieder Rebhühner anlocken zu können. Auf dem Teller würde er sie trotzdem nicht sehen. Ihr Lebensraum war durch die intensive Landwirtschaft mittlerweile so eingeschränkt, dass ihr Bestand gefährdet war. In Baden-Württemberg durften sie deshalb nicht bejagt werden.

Wenn Dobler auf dem Acker arbeitete, war die Welt in Ordnung. Alles, was ihn sonst beschäftigte, war weit weg. Er musste sich konzentrieren, dass er die Furchen richtig setzte, da blieb kein Raum für andere Gedanken. Weg waren sie deswegen nicht, er hatte nur auf Unterbewusstsein geschaltet. Das durfte auch arbeiten, wenn er arbeitete.

Er sog den Duft der frisch gewendeten Erde ein, der sich mit Diesel und Schmieröl mischte, und war einfach nur glücklich. Was das bedeutete, konnte man niemandem begreiflich machen, der das nicht selbst erlebt hatte.

Eigentlich wollte Kevin Klotz nur schnell ein Brot kaufen. Das war der Vorteil einer Touristenstadt, da hatten viele Geschäfte auch sonntags geöffnet. Dann sah er sie, wie sie eben aus Richtung Burggarten kamen. Sandler musste den Korb, den er sich von Annalena eingehandelt hatte, erst noch verdauen und schaute etwas verbiestert, so sehr er sich auch bemühte.

Das Brot war vergessen, Kevin Klotz eilte nach Hause.

»Sie sind wieder da«, rief er, kaum dass er die Tür hinter sich zugeschmettert hatte.

»Wer?«, fragte seine Frau.

»Zwei von den Kommissaren. Die Frau und der mit den langen Haaren.«

»Bock und Sandler«, nickte Julia. »Damit hast du doch gerechnet.«

»Aber nicht so schnell! Was machen wir denn jetzt?«

»Vor allem dürfen wir nicht in Panik geraten. Vielleicht ist es das Beste, ihnen alles zu sagen, dann hat das ein Ende.«

»Alles?«

»Ja, alles. Denk nicht nur an dich, denk auch an mich und an unser Kind.«

»Ich muss mir das alles durch den Kopf gehen lassen«, murmelte Klotz.

KAPITEL 7

Es war zehn Minuten nach 8 Uhr, als Annalena ins Büro stürmte und rief, noch ehe die Tür wieder geschlossen war: »Es gibt neue Erkenntnisse. Die könnten uns weiterbringen.«

Dobler hatte eben mit dem neu erstandenen Wasserkocher das Wasser heiß gemacht, bedächtig in den Filter getan und sah nun zu, wie der Kaffee langsam in die Kanne tropfte. Dieser herrliche Duft!

»Welche Erkenntnisse?«, fragte er, ohne sich zu ihr umzudrehen.

»Alisa Sandrock oder Kevin Klotz haben noch eine zweite Wohnung in Schwäbisch Hall.«

Jetzt sah Dobler sie doch an. »Woher weißt du das?«

»Sandler. Er hat Klotz beschattet.«

Dobler Gesicht verdüsterte sich. »Und warum weiß ich nichts davon?«

»Ich war gestern in Rothenburg, die versprochene Stadtführung. Da hat er mir's gesagt.«

»Stadtführung oder Bettführung?«

Sie brauste auf. »Also hör mal! Nein, und außerdem geht dich das nichts an.«

»Man soll ja nicht alles glauben, wenn Männer prahlen, aber er scheint das mit der Treue etwas locker zu sehen. Stimmt, es geht mich nichts an. Ich wollte dir nur eine Enttäuschung ersparen.«

»Ist angekommen. Aber mische dich nie mehr in mein Privatleben ein, okay? Da bin ich empfindlich. Ich frage dich ja auch nicht über dein Liebesleben aus.«

»Da gäbe es auch nicht viel zu erzählen.«

»Und dieses Wenige will ich gar nicht wissen.«

Annalena war sauer. Sicher, ihr Liebesleben in letzter Zeit war wirklich nicht übermäßig gut gelaufen, und sie *war* empfindlich, aber war das ein Grund, den Kollegen so anzuraunzen?

»Entschuldige«, murmelte sie.

»War was?«

Annalena versuchte einen Scherz. »Typisch Mann. Erst bringt er die Frau mit seinem Gerede auf die Palme, und dann weiß er nicht mehr, was er gesagt hat.«

Plötzlich überfiel sie ein Verdacht, und sie platzte heraus: »Bist du etwa eifersüchtig?«

Dobler sah sie an und wählte seine Worte mit Bedacht. »Annalena, wir kennen uns erst seit kurzer Zeit, und ich mag dich. Du bist eine gute Kriminalistin, du bist gründlich, du denkst schnell, du denkst voraus. Wir arbeiten gut zusammen. Wir haben manchmal die gleichen Ideen, wir verstehen uns oft genug auch ohne Worte, und ansonsten ergänzen wir uns. Als Mensch bist du mir genauso lieb, ich mag auch deine Macken. Aber als Frau – nein. Auch wenn das jetzt für dich uncharmant klingen mag. Definitiv nein.«

Annalena wagte nicht, ihm in die Augen zu schauen, sondern sah verlegen auf ihren Schreibtisch. »Das war dumm von mir.«

»War es nicht. Das musste mal geklärt werden. Und jetzt ist es geklärt. Haben wir einen Deal?«

»Haben wir.«

Dobler stand auf, ging zu ihr hinüber und streckte ihr die Hand hin. Na gut, dachte Annalena, wenn er es so förmlich haben wollte, und schlug ein.

»Was du privat machst, ist deine Sache, das geht mich nichts an«, sagte Dobler. »Ich habe dich zu meiner Familie mitgenommen, weil ich gemerkt habe, wie kreuzunglücklich und einsam du bist. Du solltest sehen, dass es in Hohenlohe auch nette Menschen gibt, mit denen man reden und fröhlich sein kann. Dass du Freunde hast, zu denen du immer kommen kannst, um dich auszuweinen oder einfach so. Und nun zu den Erkenntnissen des Kollegen Sandler.«

Sie erzählte.

Dobler schüttelte den Kopf. »So ein Idiot! Warum hat er uns nicht verständigt, als er vor dem Haus war?«

»Ich fürchte, du hattest recht, was seine Motivation anbelangt, sich in unseren Fall zu knien. Er wollte mich beeindrucken, das hat ihn blind gemacht.«

Dobler zuckte mit den Schultern. »Es ist passiert, das kann man nicht mehr ändern.«

Annalena platzte heraus: »Wie siehst du mich?«

Dobler musste nicht lange nachdenken. »Sehr cholerisch, sehr spontan, sehr emotional. Manchmal auch chaotisch.«

»Eigentlich hatte ich auf etwas Aufmunterung gehofft. Nicht auf die Aufzählung meiner schlechten Eigenschaften.«

»Ich sehe sie anders. Das ist manchmal etwas anstrengend, das gebe ich zu, aber durchaus positiv. Vielleicht auch, weil mir diese Eigenschaften abgehen.«

»Oder weil du sie unterdrückt hast?«

»Sei nicht so widerlich altklug.«

»Altklug. Das muss ich mir merken. Das entschuldigt vieles, oder nicht?«

Dobler sinnierte: »Irgendjemand hat mal gesagt, es könnte sogar eine Frau gewesen sein, ich sei altmodisch.«

»Manchmal ist das ganz gut so.«

»Sagt eine moderne, emanzipierte Frau aus der Großstadt.«

»Wer muss das wissen, wenn nicht eine solche?«

»Hast du die Adresse von dieser Wohnung?«, fragte Dobler.

Annalena gab sie ihm und zeigte ihm auch das Foto der Klingelschilder, das Sandler ihr geschickt hatte.

»Leonhard-Kern-Weg«, sagte Dobler. »Kreuzäcker. Hm. Soviel ich weiß, sind das Eigentumswohnungen.«

»Das würde eher auf Alisa Sandrock hindeuten als auf Klotz. Wozu braucht Kevin Klotz eine Eigentumswohnung in Schwäbisch Hall? Er hat ein Haus in Rothenburg, das ihm, nebenbei gesagt, auch gehört. Vor zwei Jahren gekauft und vollständig bezahlt. Hat Sandler ebenfalls herausgefunden.«

»Auf den Klingelschildern deutet nichts auf sie hin.«

»Vielleicht passen ja die anderen Schlüssel an ihrem Schlüsselbund, die wir bisher nicht zuordnen konnten«, überlegte Annalena.

»Wir können schlecht von Tür zu Tür gehen und sie aufs Geratewohl ausprobieren«, wandte Dobler ein. »Das gäbe ziemlichen Erklärungsbedarf. Was sagen wir den Nachbarn? Entschuldigung, wir sind keine Einbrecher, nur die Kripo, die einem vagen Verdacht nachgeht. Und wenn die Schlüssel nirgends passen, stehen wir ganz schön blöd da.«

»Notfalls müssen wir es so machen. Vielleicht bringt uns das Schließfach weiter.«

»Nun, wir werden es herausfinden. Jetzt kommen erst einmal die Helden von der *Limax* zum Test. Am besten, wir teilen uns auf.«

»Fingerabdrücke und DNA-Test kriegen die Kollegen wohl auch ohne unsere Aufsicht hin.«

»Ganz sicher. Allerdings möchte ich mir die Herren mal ansehen. Besonders die Herren. Und besonders einen Herrn um die 50 mit grau meliertem Haar.«

»Den Nick mit der Sandrock gesehen haben will?«

Dobler nickte. »Genau den. Nick redet zwar viel, wenn der Tag lang ist, aber wir müssen für jeden Hinweis dankbar sein, so abstrus er auch scheinen mag. Klar, es kann jeder gewesen sein, auch jemand, den wir noch gar nicht auf dem Schirm haben. Aber irgendwo müssen wir anfangen. Warum nicht bei der Firma, für die Alisa Sandrock gearbeitet hat? Nenne es von mir aus Intuition, diese Anwandlung haben auch Männer manchmal. Kevin Klotz ist jedenfalls nicht der Mann, von dem die Sandrock schwanger war. Inoffizielle Mitteilung der Gerichtsmedizin, Bericht folgt.«

»So früh schon?«, staunte Annalena.

»So spät«, sagte Dobler. »Das Fax kam am Freitagabend, als wir schon nicht mehr im Büro waren.«

»Also gut. Du die *Limax*-Leute, ich Schließfach. Dann müssen wir den Staatsanwalt beschäftigen. Wir brauchen Rückendeckung, und wir brauchen die entsprechenden Beschlüsse. Die Wohnung, in der Kevin Klotz war, muss durchsucht werden, sobald wir sie identifiziert haben, seine eigene auch, er hat ja wohl einiges mitgenommen, außerdem möchte ich Klotz vorladen lassen, vielleicht müssen wir ihn auch eine Zeit lang hier behalten.«

»Mit welcher Begründung?«

»Wichtiger Zeuge, eventuell auch Verdächtiger. Fluchtgefahr. Immerhin hat er viel Bargeld abgehoben.«

»Fluchtgefahr? Seine Frau ist hochschwanger.«

»Seine Frau schon. Er nicht.«

Dobler war einverstanden. »Den Staatsanwalt übernehme ich.«

»Nein, diesmal ist das meine Aufgabe«, sagte Annalena. »Wir haben schon die ersten zarten Bande geknüpft wegen des Schließfaches, es wird Zeit, dass wir das vertiefen. Wir werden ja in Zukunft häufiger miteinander zu tun haben. Es geht nicht an, dass das immer nur über dich läuft.«

Innerlich musste Dobler lächeln. Anerkennend lächeln. Es war das erste Mal, dass Annalena sich nicht nur als vorübergehenden Gast sah, sondern sich als Teil des Teams begriff. Von der Zukunft hatte sie gesprochen. Von der Zukunft, die zumindest in nächster Zeit hier in Schwäbisch Hall lag.

Wird schon, dachte er, wenngleich er bezweifelte, dass sie schon wirklich angekommen war. Sie würde noch lange ihrem geliebten Köln hinterhertrauern, das dabei immer mehr überhöht werden würde.

Mit der Zeit werden wir sie schon herunterholen, dachte er.

Annalena ging zu Fuß zur Bank. Das zumindest war ein Vorteil der Kleinstadt. Man musste nicht ständig das Auto benutzen und sich durch die Staus quälen.

Sie war versucht, sich bei einem Cappuccino eine Auszeit in einem der Cafés zu nehmen. Das Herbstwetter war akzeptabel, und Stoff genug zum Nachdenken hatte sie. Nicht nur, was den Fall betraf, auch die privaten Angelegenheiten, in die sie sich zu verwickeln drohte, wenn sie nicht aufpasste.

Das Pflichtbewusstsein siegte dann doch, und sie betrat die Bank.

Natürlich musste sie erst einmal warten, bevor sich der Bewahrer der Schließfächer, ein Herr Benkhofer, herabließ. Machtspielchen.

Anklagend wies er auf seine Uhr. »Um 9 Uhr war verabredet. Jetzt ist es zehn nach. Als ob ich sonst nichts zu tun hätte.«

So einer war das also. Annalena bemühte sich um Doblersche Gelassenheit, lächelte ihn nur an und erwiderte nichts.

Es wirkte. Er verlangte nach dem richterlichen Beschluss, an dem zu seinem Kummer nichts auszusetzen war. Mit missmutiger Miene ging er ihr voran in die Katakomben, und dann war das ominöse Schließfach offen.

Es enthielt lediglich einen Aktenordner und eine Metallkassette, verschlossen und mutmaßlich feuersicher, soweit Annalena das beurteilen konnte.

»Kann ich das Schließfach jetzt weitervermieten?«, fragte der Herr Benkhofer. »Schließfächer sind rar, und wir haben Kunden, die schon lange auf ein freies Fach warten.«

Mit stiller Genugtuung erklärte Annalena ihm, dass dies außerhalb ihrer Kompetenz läge, das müssten die

Erben entscheiden. Was sie ihm nicht sagte, war, dass sie keinerlei Ahnung hatte, wer diese Erben sein könnten.

Herr Benkhofer nahm es mit Fassung. Annalenas Mitteilung musste für ihn nichts Neues gewesen sein.

Einer weiteren Versuchung konnte Annalena nicht widerstehen. Noch auf den Stufen der Bank blätterte sie in dem Aktenordner und bekam große Augen.

Dobler stellte sich den Angestellten der *Limax GmbH* vor. Er erklärte ihnen, dass dies reine Routine sei und absolut schmerzfrei, haha, ein Scherz. Das Übliche eben.

Er bemühte sich, die Prozedur tatsächlich als Routine darzustellen, lästig zwar, aber man musste es eben über sich ergehen lassen. Er hatte einen gelangweilten Gesichtsausdruck aufgesetzt, der verbergen sollte, dass er in Wahrheit die sechs genau beobachtete.

Niemand wirkte nervös, ihr Verhalten schwankte zwischen leichtem Unmut über diese Zumutung und schicksalhafter Ergebenheit. Musste eben sein, wenn die Kripo das fand.

Er konnte es ihnen nicht verdenken. Routine, das war es, was seinen Beruf ausmachte. Geduldig einen Stein nach dem anderen umdrehen, in der Hoffnung, dass sich unter einem der Steine ein Fitzelchen von irgendwas verbarg, das sie weiterbrachte.

Vier Männer und zwei Frauen. Eine von ihnen kannte er bereits, die junge, ganz nett anzusehende Lisa Weckner, die ihm diese Liste zusammengestellt hatte, Sekretärin und als Empfangsdame im Nebenberuf heillos überfordert. Er hatte ihren Namen schon wieder vergessen.

Einer der Männer kam auf ihn zu, schätzungsweise

Ende 40, mit grau meliertem Haar. Er stellte sich als Gert Ahlgrimm vor, Buchhaltung, und übergab ihm einen verschlossenen Umschlag.

»Die Aufstellung, um die Sie Frau Maxwell gebeten haben«, sagte er.

»Ach ja«, antwortete Dobler, als habe er auch das längst schon wieder vergessen, und legte den Umschlag ungesehen auf einen Tisch. »Tut mir leid, dass ich Ihnen so viel Mühe bereitet habe.«

Gert Ahlgrimm zuckte leichthin mit den Schultern. »War halb so schlimm. Und wenn es sein muss.«

Dobler war überrascht. Einen freundlichen Buchhalter hatte er noch nicht erlebt. In der Regel entsprachen sie voll und ganz dem Klischee, das man ihrem Berufsstand zuschrieb.

Auch seine Schwester wurde immer verkniffen, wenn es um Zahlen ging. Das war einer der Gründe, weshalb er den Hof nicht hatte übernehmen wollen. Zahlen, immer nur Zahlen. Er sah ein, dass sie wichtig waren, doch er wollte sich von ihnen nicht die Lebensfreude nehmen lassen. Es war gut so, wie es war. Er hat gelinden Einfluss auf dem Hof, er hatte einen Nebenjob, der ihn befriedigte, doch er trug nicht die Verantwortung.

Er ging reihum und plauderte mit allen, während sie warteten, dass sie an die Reihe kamen.

Die andere Frau war in den 30ern, wie Dobler schätzte, genau war das nicht zu bestimmen. Sie war stark geschminkt, das Gesicht bleich, viel um die Augen, schwarzer Lippenstift, genauso schwarz wie ihre Fingernägel. Allerdings waren sie kurz gehalten, im Gegensatz zu denen der unglücklichen Empfangsdame, mit denen sich ein Nagelstudio viel Mühe gegeben hatte. Adele Zwenker, Programmiererin. Sie malträtierte so heftig ihren Kaugummi, als würde sie dafür bezahlt.

Zwei jüngere Männer, ungefähr im selben Alter, Klaus Wondra und Olaf Tabert, beide ebenfalls Programmierer, beide unauffällig. Die einzige Besonderheit war, dass auch sie nicht dem Klischee entsprachen, das Dobler Programmierern zuschrieb. Beide waren leger gekleidet, das schon, und nicht sehr geübt in belangloser Konversation. Olaf Tabert war intensiver Besucher eines Fitnessstudios, wie seine Figur vermuten ließ, und das braun gebrannte Gesicht von Klaus Wondra deutete darauf hin, dass er sich viel im Freien aufhielt.

Mit Klischees musste man vorsichtig umgehen, das hatte Dobler eigentlich schon bei Kevin Klotz in Rothenburg lernen können. Ob er dem Bild des Bauern entsprach, den es nur durch seltsame Fügungen in ein Kriminalkommissariat verschlagen hatte?

Blieb schließlich noch der vierte Mann, auch ein grau Melierter, auch Ende 40, vielleicht Anfang 50. Christopher Bensch, seines Zeichens Verkaufsleiter.

»Hat nicht viel zu sagen in einer kleinen Firma wie der unsrigen«, wie er Dobler bei der Vorstellung erklärte. »Aber ein Titel ist gut im Lebenslauf und macht was her bei den Kunden. Die wollen ja nicht mit jedem x-Beliebigen reden, nicht wahr?«

»Und was macht ein Verkaufsleiter in einer so kleinen Firma?«, fragte Dobler höflich.

»Akquise natürlich, sofern das nicht die Chefin selbst übernimmt, was meistens der Fall ist. Ansonsten Kontakt halten zu den Kunden, ihnen Honig ums Maul schmieren, wenn etwas nicht klappt, wenn zum Beispiel der Termin nicht eingehalten werden kann. Solche Sachen eben.«

»Dann hatten Sie wohl häufig Kontakt zu Alisa Sandrock? Sie war ja sozusagen eine Ihrer Lieferantinnen.«

»Klar, hatte ich, genauso wie unsere Programmierer. Schreckliche Geschichte, das. Wer macht denn so was?«

Du vielleicht, dachte Dobler und folgte damit erneut einem Vorurteil, einem Klischee, wie ihm sehr wohl bewusst war. Christopher Bensch war eloquent, gut gekleidet, trug einen Anzug, doch ohne Krawatte, und war zudem für sein Gefühl ein durchaus attraktiver Mann. Im Vergleich zu ihm wirkte Gert Ahlgrimm, der Buchhalter, doch etwas bieder und steif.

Nun, sie würden es bald wissen. Dobler nahm sich vor, im Labor gehörig Druck zu machen, damit sie möglichst schnell etwas in der Hand hatten, mit dem sie arbeiten konnten.

Annalena hatte sich doch ins nächstbeste Café begeben, schlürfte gedankenlos ihren Cappuccino, rauchte genauso gedankenlos eine Zigarette nach der anderen und las den Aufschrieb, der in dem Schließfach-Ordner gewesen war, noch einmal von vorn und dann zu Ende.

Wenn dies jemand liest, wer immer es sein mag, dann bin ich tot. Und wenn nicht, hat mein so sorgfältiges geknüpftes Sicherheitsnetz versagt. Die Demütigung ist schlimmer als der Tod.

Mein richtiger Name ist Dagmar Sick. Der Name ist amüsant und fast Programm. Er erinnert an die ›Schäl

Sick‹, die rechtsrheinische, falsche Seite von Köln, wo ich aufgewachsen bin; doch kein Wort über meine Familie, über meine Kindheit und Jugend, sie sind uninteressant. Auf der falschen Seite war ich auch lange genug, vielleicht bin ich es immer noch, je nach Betrachtungsweise.

Ich lernte Alisa Sandrock kennen, als sie an einem Kölner Büdchen eine Currywurst mit Pommes Schranke in sich hineinschlang. Ein verwahrlostes, ausgehungertes Wesen. Irgendetwas an ihr berührte mich.

Sie war ein seltsames, zerrissenes Mädchen. Schüchtern und lebenslustig gleichermaßen. Verschreckt, verstockt und zugleich mit einem eisernen Willen. Bedürftig nach Anerkennung, Zuwendung und Liebe. Absolut ungeeignet für die Straße. Ich nahm sie unter meine Fittiche und bald auch in mein Bett.

Ja, seit langem schon stand ich eher auf Mädchen, aber ich machte keine Lebensanschauung daraus. Ich hatte keinerlei Bedenken (und manchmal sogar Lust), auch mit einem Mann ins Bett zu gehen, wenn es meinen Plänen diente, und das sollte sich noch als Vorteil erweisen. Heute würde man das ›bi‹ nennen, ein Begriff, den ich zu der Zeit noch nicht kannte. Grundsätzlich freilich ertrug ich lieber die Zickigkeit der Mädchen als das testosterongesteuerte Imponiergehabe der Jungs. Alisa war eine gelehrige Schülerin, in jeder Beziehung.

Damals wohnte ich in einer miefigen Einzimmerwohnung und hatte einen Aushilfsjob in einem Supermarkt. Also Mädchen für alles, vorzugsweise für das Einräumen von Regalen und die ›unabsichtlichen‹ männlichen Griffe an Arsch und Busen. Mehr als einmal zuckte mein Knie nach oben, doch ich beherrschte mich. Um nichts in der

Welt wollte ich auffallen. Die Wohnung wie der Job waren Bewährungsauflagen.

Ja, ich war einmal zu oft erwischt worden. Ich lebte von Taschen- und Ladendiebstählen kleineren Ausmaßes, und ich dealte ein wenig. Man schnappte mich glücklicherweise am Ende meiner Tour, und was ich bei mir trug, konnte noch als Eigenbedarf durchgehen. Man verknackte mich trotzdem zur Bewährung, damit das irregeleitete Mädchen etwas lernte. Ha! Das Einzige, was das irregeleitete Mädchen lernte, war, dass es sich nie mehr erwischen lassen durfte.

Die miefige Wohnung hatte miefige Möbel, und von dem Geld für den Job konnte man vielleicht existieren, doch nicht leben. Was nicht so recht dazu passen wollte, war meine Computerausrüstung. Nie und nimmer hätte ich mir das von meinem mickrigen Verdienst leisten können.

Meinem Bewährungshelfer, der mich regelmäßig besuchte, fiel das nicht auf. Ach, er war süß, der Knabe, und redlich bemüht. Doch er hatte keine Ahnung, von nichts und vor allem nicht vom Leben.

Seit einiger Zeit schon hatte ich Kontakt zu Typen aus der Hackerszene. Mich interessierte das, und es stellte sich heraus, dass ich ein Gespür dafür hatte und schnell lernte. Ich lernte auch, dass man mit dem Hacken nicht nur Spaß haben, sondern auch ganz nett Kohle abgreifen konnte, wenn man begabt und skrupellos genug war. Ich war beides, wenn auch, wie sich später herausstellen sollte, nicht begabt genug für den ganz großen Reibach. Für unsere Bedürfnisse damals reichte es jedoch. Natürlich hatte mein Bewährungshelfer auch davon nicht den leisesten Schimmer.

Ich schwöre, dass ich mit Alisa Sandrock keinerlei finstere Absichten hatte, als ich sie zu mir nahm. Das änderte sich erst mit ihrem Tod.

Ich habe ihn live miterlebt. Es war früher Abend, wir waren in einer Kneipe verabredet, die keine Probleme hatte mit solchen Freaks wie uns. Es war auch ein bevorzugter Treffpunkt meiner Hacker-Freunde. Was Alisa den ganzen Tag getrieben hatte, wusste ich nicht. Sie rastete aus, wenn sie das Gefühl hatte, dass sie kontrolliert wurde. Für mich war das okay. Ich war nicht ihr Kindermädchen.

Sie war auf der Straßenseite gegenüber. Ich sah, wie sie die Straße betrat, und dann kam ein dicker BMW herangeschossen und nahm sie auf die Motorhaube. Ich habe vor mir diese Szene wieder und wieder ablaufen lassen, und ich bin überzeugt, dass es keine Absicht war. Es war Dummheit, schlichte Dummheit.

Seltsamerweise hatte sich mir die Autonummer eingebrannt. Eine Nummer aus Düsseldorf. Was nur wieder mal zeigt, dass sich Düsseldorfer nicht in Köln herumtreiben sollten.

Alisa muss sofort tot gewesen sein. Als ich sie auf der Straße liegen sah, reifte ein Plan in mir. Ich weiß, ich hätte mich mit der Autonummer sofort an die Polizei wenden müssen. Ich könnte mich damit herausreden, dass ich, auf Bewährung, mit der Polizei nichts zu tun haben wollte. Wahrscheinlicher allerdings ist, das meine kriminelle Energie weitaus ausgeprägter ist als mein soziales Gewissen.

Ich machte den Halter des Wagens ausfindig, was nicht einfach war, und machte zugleich die Erfahrung, was man als Hacker erreichen konnte, wenn man sein Geschäft verstand.

Ich recherchierte die Lebensumstände des Fahrers. Mitte 40, guter Job in der IT-Branche, Frau und zwei Kinder, sehr von sich eingenommen, sehr darauf bedacht, sein komfortables Leben und seine gesellschaftliche Stellung nicht zu gefährden (nein, seinen Namen nenne ich nicht).

Dann machte ich mich an ihn heran, und das war verblüffend einfach. Vielleicht gehörte in seinen Kreisen eine Geliebte zum guten Ton. Die Männer sind ja so einfach zu lenken, wenn man ihnen die Hose aufmacht (manche Frauen auch).

Zwischenzeitlich war meine Bewährung ausgelaufen, so lange hatte ich gewartet, ich konnte den bescheuerten Job im Supermarkt kündigen. Meine miefige Wohnung behielt ich, als Alibi. Ich pendelte zwischen den Welten, zwischen meinen Hacker-Kumpeln und meinem wohlhabenden ›Freund‹ in einer kleinen, aber gemütlichen Wohnung.

Ich lernte viel in jener Zeit, in Köln von meinen Kumpels wie in Düsseldorf von meinem ›Freund‹, der in seiner postkoitalen Trägheit so manches aus seinem Berufsleben erzählte. Ich arbeitete hart daran, meine Programmierkenntnisse zu erweitern, und hatte bei meinen Kumpels genügend Gelegenheit, sie auszuprobieren.

Ich lernte auch viel über mich selbst. Ich erkannte meine Grenzen als Programmiererin. Und ich machte die Erfahrung, dass ich ohne große Mühe andere überzeugen und für mich einnehmen, gar an mich binden konnte, wenn ich es nur darauf anlegte.

Anfangs hatte ich bei meinem ›Freund‹ eine simple Erpressung im Sinn, doch dann hatte ich eine bessere Idee. Ich konnte ihn dazu überreden (mit sanftem Nachdruck, versteht sich), mir gewissermaßen ein Haushaltsgeld zu zahlen. Von netten Kleidern, die man ab und zu geschenkt bekommt, kann man ja nicht leben. So hatte ich wenigstens ein Grundeinkommen, wenn man so will, für die Nebeneinkünfte sorgte ich bei meinen Hacker-Kumpels in Köln. So bekam ich das Startkapital für mein neues Leben zusammen.

Dann war es an der Zeit, dass Dagmar Sick mit ihrem schlechten Führungszeugnis verschwand und als unbescholtene Alisa Sandrock wieder auferstand. Es war ganz einfach. Unter Alisas Hinterlassenschaften hatte ich auch ihre Geburtsurkunde gefunden.

Dagmar Sick hinterließ ihrem Liebhaber einen Brief, in dem sie ihm sagte, was sie von seinem Unfall und seiner Fahrerflucht wusste. Er lebt hoffentlich seitdem in der beständigen Angst, dass doch noch die Polizei bei ihm auftaucht. Alisa Sandrock, die neue Alisa Sandrock, ging ihren Weg.

Das also ist die Geschichte, wie aus Dagmar Sick Alisa Sandrock wurde. Die Fortsetzung werde ich schreiben, wenn ich, älter, aber noch nicht grau geworden, auf einer griechischen Insel (nein, nicht Lesbos) in der Sonne am Meer sitze.

Sofern ich das noch erlebe.

Der Rest des Ordners, das ergab ein flüchtiges Durchblättern, enthielt den Kaufvertrag für die Eigentumswohnung, den Grundbuchauszug und allerlei anderen bürokratischen Kram.

Annalena hatte es den Atem genommen. Sie war verstört. Wie armselig musste es in einem Menschen aussehen, der so kaltschnäuzig durchs Leben ging, der so skrupellos alles den eigenen Plänen unterordnete? Das Bewusstsein bestimmt das Sein. Hatte sie ihr Schicksal verdient, weil sie es herausgefordert hatte?

Egal, Mord war Mord.

Abrupt stand sie auf und hätte sich der Zechprellerei schuldig gemacht, wenn ihr nicht die Kellnerin hinterhergerannt wäre. Annalena entschuldigte sich und gab ein großzügiges Trinkgeld.

»Kann ja mal passieren«, sagte die Kellnerin. »Als Kommissarin ist man mit den Gedanken oft woanders, gell? Die Leiche im Einkornwald, nicht wahr?«

Annalena war verblüfft. Man kannte sie? Dabei war sie erst das zweite Mal hier gewesen. Kleinstadt!

Sie hastete zurück ins Revier, schaute bei den Jungs vorbei, die die Kassette öffnen sollten, was in Sekundenbruchteilen geschehen war, und sah den Inhalt flüchtig durch: Geburtsurkunden, auch die von Alisa Sandrock, die Papiere von Dagmar Sick, noch gültig, mit einer Anschrift in Frankfurt.

Wie eine spätere Recherche ergab, war die echt, eine Einzimmerwohnung. Allerdings war es eher eine Absteige in einem heruntergekommenen Viertel, die nichts weiter enthielt als ein Bett, einen kleinen Tisch und einen wackligen Stuhl, die beide wie vom Sperrmüll wirkten. Über die Mieterin wusste keiner Bescheid (»Wenn Sie mich so direkt fragen, ich glaube, ich habe die noch nie gesehen.«).

Dann stürmte Annalena ins Büro.

Sie knallte Dobler den Ordner und die Kassette auf den Schreibtisch, sagte: »Lies das! Ich muss mal weg. Was anderes sehen!«, und war so schnell verschwunden, wie sie gekommen war.

Dobler starrte ihr verblüfft hinterher.

Annalena raste aus der Stadt hinaus und hatte Glück, dass nirgendwo ein Blitzer stand. Sie merkte, dass sie auf dem Weg war, der zum Dobler-Hof führte (und weiter nach Rothenburg). Zufall oder Unterbewusstsein? Kurz entschlossen bog sie mit quietschenden Reifen rechts nach Walburghausen ab.

Als sie ausstieg, kam ihr Siggi entgegen, Kathis Mann, mit ölverschmierten Händen und Kleidern.

Er reckte beide Fäuste in die Höhe. »Hab ich doch richtig gehört, da kommt jemand. Willkommen auf dem Dobler-Hof! Eine Begrüßung auf Abstand, aber das haben wir ja gelernt. Ich will dich nicht schmutzig machen. Bei dem einen Traktor spinnt die Hydraulik.«

»Und das reparierst du selbst?«, fragte sie.

»Das kommt davon, wenn man als Landmaschinenmechaniker eine Bäuerin heiratet. Bei den vielen Maschinen ist immer irgendetwas kaputt.«

»Die ideale Verbindung.«

»Noch idealer! Ich komme selbst von einem Hof, ich weiß, was zu tun ist.«

»Und du hast euren Hof nicht übernommen?«

Siggi winkte ab. »Die Eltern hatten schon längst aufgehört, und das war die richtige Entscheidung. Der Hof war nicht mehr zu halten, es wären zu viele Investitionen nötig gewesen, die sich nicht rentiert hätten. Das Schicksal der kleinen Bauern. Du brauchst eine gewisse Größe, sonst bist du nicht überlebensfähig. Na ja, und da ich schon immer gerne geschraubt habe, bin ich eben Landmaschinenmechaniker geworden.«

»Und zu guter Letzt doch noch Bauer.«

»Das Schicksal hat es so gewollt.«

»Das Schicksal«, murmelte Annalena. »Man kann es auch selbst in die Hand nehmen.«

Siggi lachte. »Das passt! Ich nehme meine Sachen gern selbst in die Hand. Willst du zu Kathi? Die ist im Büro, die Treppe hoch und dann die zweite Tür rechts.«

»Ich will sie nicht stören.«

»Wenn du sie störst, sagt sie das schon. Sie nimmt kein Blatt vor den Mund.«

Annalena tat, wie geheißen. Die Treppe hoch und die zweite Tür rechts. Zaghaft klopfte sie an.

»Wenn jemand anklopft, kann das nur ein Fremder sein«, ertönte Kathis kräftige Stimme. »Nur herein.«

Als sie sah, wer das Büro betrat, strahlte sie übers ganze Gesicht. »Annalena! Das ist ja eine schöne Überraschung!«

»Ich störe bei der Arbeit?«

»Im Gegenteil, du erlöst mich! Manchmal geht mir dieser Schreibtischkram dermaßen auf den Geist! Als Bäuerin sollte ich im Stall sein oder auf dem Traktor hocken, stattdessen sitze ich die meiste Zeit am Schreibtisch. Formulare ausfüllen, Listen erstellen, Abrechnungen prüfen, rechnen, zwischendurch die neuesten Vorschriften studieren und die alten vergessen, die ich mir mühsam eingeprägt habe. – Was führt dich zu mir? Ärger mit meinem Bruder? Manchmal ist er schon ein fürchterlicher Sturkopf. Ein Dobler eben.«

»Nein, nein«, beschwichtigte Annalena. »Alles in Ordnung.«

»So siehst du aber nicht aus.«

Annalena seufzte. »Unser aktueller Fall nimmt mich mehr mit, als ich gedacht habe. Ich musste einfach mal raus. Was anderes sehen, was anderes hören. Der Zufall hat mich zu euch geführt.«

»Vielleicht war es kein Zufall, sondern Schicksal? Du bist immer willkommen. Zum Quatschen über was auch immer oder einfach nur so.«

»Danke.«

»Reiner Egoismus. Ich bin auch mal froh, wenn es nicht um die Arbeit auf dem Hof geht. Willst du reden über das, was dich bekümmert?«

Annalena winkte ab. Sie mochte Kathi und fühlte sich auf eigenartige Weise zu ihr hingezogen, auch wenn ihr nicht klar war, was sie, die empfindsame Kölnerin, die manches schwerer nahm, als es nach außen verständlich schien, mit dieser bodenständigen, robusten Hohenloher Bäuerin und ihrer direkten Art verband; vielleicht waren es die jähen Temperamentsausbrüche, zu denen beide neigten. Doch bisher hatten sie nur wenig miteinander gesprochen, als beste Freundinnen mochte man sie schwerlich bezeichnen, und sie wollte sie nicht mit ihren Kümmernissen belasten, die sie selbst nicht richtig einordnen konnte.

»Lass mal, Kathi«, sagte sie, »damit muss ich selbst fertigwerden. Lass uns über alles reden, nur nicht darüber.«

»Gut. Dann zu einem interessanteren Thema: Läuft da was zwischen dir und Karli? Er ist von dir schwer beeindruckt.«

»Tatsächlich? Nein, nichts. Keine Liebelei im Büro! Eherner Grundsatz.«

»Manchmal überfällt es einen, ohne dass man es will. Bei mir und Siggi war es genauso.«

»Dann gehe ich kalt duschen. Vielleicht hilft das nicht nur bei Männern.«

»Das klingt, als hättest du einschlägige Erfahrungen. Schlechte Erfahrungen.«

»Kann man so sagen. Aber lass uns dieses Thema bitte nicht vertiefen.«

»Du wirkst so verbittert, wenn du das sagst. Dann mache ich uns erst mal einen Kaffee, und in der Zwischenzeit kriegst du dich wieder ein. Wenn du ein Taschentuch brauchst, hier steht eine Schachtel *Kleenex*.«

Kathi verschwand und kehrte nach kurzer Zeit wieder, zwei dampfende Tassen in der Hand.

»So ein Kaffeeautomat hat auch seinen Vorteil, es geht wenigstens schnell«, sagte sie. »Dazu hat uns mein Göttergatte überredet, der steht auf alles, was rattert und zischt. Schwarz ohne alles, nicht wahr? Weiß ich von Karli.«

Während die beiden Frauen von dem Gebräu schlürften und Annalena dachte, dass der Kaffee besser war als das, was die Sekretärin zustande brachte, aber dass er nicht mitkam mit dem handgebrauten von Dobler, sagte Kathi: »Du fremdelst noch mit deiner neuen Heimat, nicht wahr? Was machst du eigentlich, wenn dich das Büro ausgespuckt hat?«

»Was eine einsame Frau halt so macht. Sie liest ein bisschen, schaut in die Glotze und weint ihrem Köln hinterher und den ganzen Freunden, die sie zurücklassen musste.«

»Es gibt auch noch andere Menschen. Frag Siggi, der war auch fremd, als er zu mir gezogen ist. Warum stürzt du dich nicht das Haller Nachtleben? Du bist jung, du bist ungebunden.«

»Dazu hatte ich bisher noch keine Zeit.«

»Blödsinn! Die Zeit nimmt man sich. Du hast Angst, dass es dir gefallen könnte. Dass du neue Freunde findet. Dass du vielleicht jemanden kennenlernst und hier hängen bleibst.«

Annalena stemmte die Hände in die Hüften, funkelte Kathi an und versuchte, ein böses Gesicht zu machen, was ihr nicht so recht gelang. »Man hat mich schon gewarnt, dass du kein Blatt vor den Mund nimmst.«

Kathi lachte. »Eine meiner hervorstechendsten Eigenschaften. Damit kommt nicht jeder zurecht.«

Annalena war nachdenklich geworden. »Wenn ich das so deutlich gesagt bekomme, muss ich sagen, dass du vielleicht recht hast. Nein, nicht vielleicht, ganz sicher sogar. Ich verstecke mich, weil ich hier nicht sein will.«

»Ich glaube, wir zwei müssen mal gemeinsam um die Häuser ziehen. Ist bei mir sowieso schon lange mal wieder fällig.«

»Hast du denn Zeit bei all den Verpflichtungen, die du hast?«

»Wenn man's will, dann hat man auch die Zeit. Alles andere sind faule Ausreden, merk dir's, Annalena Bock.«

»Und die Kinder?«

»Wie viel Menschen leben hier auf dem Hof? Einen Vorteil muss die Großfamilie ja haben: Es ist immer einer da, dem man was aufs Auge drücken kann. Und abgesehen davon, die Kinder sind gern bei den Großeltern oder Urgroßeltern. Die sind lange nicht so streng wie die Eltern. Also, abgemacht?«

Sie streckte ihr die Hand hin, und Annalena schlug ein.

»Merk dir's«, sagte Kathi, »bei uns hier gilt ein Handschlag wie ein schriftlicher Vertrag, für den ein Anwalt viel Geld verlangt.«

Jetzt verstand Annalena, warum Dobler ihr allzu persönliches Gespräch heute Morgen mit einem Handschlag besiegeln wollte.

»Ich habe ein schlechtes Gewissen«, sagte sie. »Wir sitzen hier, trinken Kaffee, quatschen, und dein Bruder ist im Büro und brütet über den neuesten Erkenntnissen.«

»Ach, der wird alleine fertig! Und euer Mörder läuft euch schon nicht davon. Weißt du, mir hat so eine kurze Auszeit auch mal gutgetan. Nicht nur Kühe, die nach dem Futter schreien.«

Sie schaute auf die Uhr. »Apropos Futter. Gleich gibt es Mittagessen. Du isst natürlich mit.«

Annalena protestierte. »Aber ich kann doch nicht … Und Karlheinz …«

»Du kannst nicht nur, du musst. Niemand verlässt hungrig meinen Hof. Übrigens, bei uns kocht meine Mutter, das ist so die Arbeitsteilung. Und heute gibt es Bounzelich, eine Hohenloher Spezialität, die man nicht mehr häufig antrifft.«

Annalena schaute verständnislos und ein wenig misstrauisch, und Kathi erläuterte: »In Schwaben als Buabespitzle bekannt, anderswo als Schupfnudeln. Gebratene Kartoffelnudeln. Nur werden die Bounzelich oder auch Gänsgwergelich, wie sie nicht ohne Grund auch heißen, in Gänseschmalz gebraten. Dazu gibt es frisches Weißkraut aus dem Garten, das ist doch was für die Vegetarierin, gell? Du siehst, wir ernähren uns nicht bloß von Schweinefleisch.«

Als Annalena zurück ins Büro kam, hatte sie doch ein schlechtes Gewissen. Sie hatte sich ein überaus köstliches Mittagessen schmecken lassen, während ihr Kollege sich mit dem Vesper begnügen musste, das er sich, wie fast jeden Tag, von zu Hause mitgebracht hatte.

Sie schlich nicht ins Zimmer, das war nicht ihre Art, sondern betrat es hoheitsvoll und mit erhobenem Haupt.

Dobler, dessen Schreibtisch mit Papieren übersät war, schaute auf. »Alles okay bei dir?«

Sie war ihm dankbar dafür, dass er auf das kleine Wörtchen »wieder« verzichtet hatte. Dafür sagte sie es: »Wieder, ja. Dieser Aufschrieb aus dem Ordner hat mich aus der Bahn geworfen.«

»Kann ich verstehen.«

»Dich nicht?«

Dobler antwortete mit schiefem Grinsen. »Männer sind dafür berüchtigt, dass sie ihre Gefühle hinunterschlucken.«

»Ich war bei Kathi auf dem Hof.« Warum sollte sie es verschweigen? Er würde es doch erfahren.

»Ich habe dir doch gesagt, dass du bei uns immer willkommen bist. Kathi hat sich bestimmt gefreut. Du hast sie schwer beeindruckt. Sie schwärmt in den höchsten Tönen von dir.«

Sie sah ihn erstaunt an. Wer schwärmte jetzt eigentlich von wem? In ihrem bisherigen Leben war ihr Fanklub, ihrem Empfinden nach, eher überschaubar gewesen, mit ihrer direkten und spontanen Art hatte sie viele verprellt. Sollte das ausgerechnet in diesem provinziellen Hohenlohe anders sein?

»Nun gut, zu den Fakten«, sagte Dobler. »Unsere Alisa Sandrock ist also in Wahrheit Dagmar Sick. Die Wohnung in den Kreuzäckern gehört ihr, ich habe das im Grundbuch überprüft. Das stimmt auch mit dem Klingelschild überein. Darauf findet sich eine ›D. Sick‹, hast du ja sicher auch gesehen.«

Hatte sie nicht, sie hatte gar nicht nachgeschaut, ein unverzeihlicher Fehler. Wieder einmal hatte sie sich von ihren Emotionen überrollen lassen. Gut, dass wenigstens Dobler einen klaren Kopf behielt.

»Sie hat die Wohnung vor ungefähr einem Jahr gekauft und vollständig bezahlt, das erklärt auch die hohe Abhebung von ihrem geheimen Konto. Es muss aber noch mindestens ein weiteres Konto für die laufenden Abgaben geben. Eine erneute Bankabfrage nach Dagmar Sick ist in Gang gesetzt. Die Technik nimmt bereits die Wohnung auseinander. Wir müssen die uns auch anschauen, ich habe damit nur gewartet, bis du wieder auftauchst.«

»Danke«, murmelte Annalena.

»Reiner Egoismus«, entgegnete Dobler. »Dir fällt anderes auf als mir.«

Egoismus? Das hatte Kathi auch gesagt, als sie sie von der Schreibtischfron weggeholt hatte. Die Doblers wussten anscheinend mit ihrem Eigennutz umzugehen, allerdings auf eine andere Art, als dies Dagmar Sick alias Alisa Sandrock getan hatte. Sie sollte sich eine Scheibe abschneiden davon.

»Ich war auch sonst nicht untätig«, fuhr Dobler fort, »und habe eine Menge Leute in Bewegung gesetzt, die uns helfen. Kevin Klotz lasse ich gerade aus Rothenburg holen. Und zeitgleich wird seine Frau gerade von den Kollegen dort befragt.«

Er grinste. »Die Befragung wird sich hinziehen, bis wir den Durchsuchungsbeschluss für sein Haus haben. Nicht, dass die gnädige Frau etwas verschwinden lässt. Außerdem habe ich die Bankdaten und Telefonverbindungen von Kevin Klotz angefordert. Sorry, in diesem Fall musste ich mich selbst an den Staatsanwalt wenden. Ich weiß ja, dass du das machen wolltest, aber ich denke, dass für dich noch genügend bleibt.«

Annalena winkte ab. »Schon klar. Wenngleich ich bezweifle, dass die Durchsuchung irgendetwas bringt. Klotz hatte das ganze Wochenende Zeit, um aufzuräumen. Daran ist Sandler schuld mit seiner Ein-Mann-Aktion.«

»Du hast völlig recht. Aber oftmals wird irgendeine Kleinigkeit übersehen, das sagt uns die Erfahrung. Hoffen wir, dass die Kollegen die finden.«

»Ist Sandler auch involviert?«

»Ja, wenn auch widerwillig. Mir scheint, sein Interesse an dieser Geschichte ist rapide geschwunden, nachdem du, wenn ich das richtig verstanden habe, ihm einen Korb gegeben hast.«

»Männer!«, murmelte Annalena. »Denken nicht weiter, als ihr Schwanz reicht.«

Dobler bemühte sich, ein Grinsen zu unterdrücken, dann prustete er doch los.

»War blöd, entschuldige«, sagte Annalena.

Dobler lachte immer noch. »Hast du das mal weiter gedacht? Das sagt viel über seine … Manneszierde. Er hat nämlich überhaupt nicht gedacht.«

Nun grinste auch Annalena. »Ich werde das garantiert nicht empirisch überprüfen.« Dann wurde sie wieder ernst. »Was er sich da geleistet hat, spottet jeder Beschreibung. Eigentlich müsste man ihn wegen Unfähigkeit sofort entlassen. Aber ich will einen Kollegen ja nicht hinhängen.«

»Sei nicht so streng mit ihm. Er ist auch nur ein Mann.« Und wieder prustete er los.

Annalena verzog das Gesicht. »Genug der Schlüpfrigkeiten. Hätte er uns gleich informiert, wäre der Fall vielleicht schon gelöst. Auf jeden Fall wären wir einen großen Schritt weiter.«

»Immerhin hat uns Sandler zu der Sick-Wohnung geführt.«

Widerstrebend räumte Annalena das ein, relativierte aber gleich, dass sie das heute auch selbst herausgefunden hätten.

»Mit Kevin Klotz hattest du den richtigen Riecher«, sagte Dobler. »Er wusste offenbar von dem Doppelleben der Alisa Sandrock, wie sonst käme er zu der Wohnung der Dagmar Sick, dazu noch mit einem Schlüssel? Er wird uns einiges zu erklären haben. Das Gleiche gilt für Liane Maxwell, aber die ist ja heute auf Geschäftsreise, das hat also noch Zeit bis morgen.«

Dobler holte Luft, und Annalena nutzte die Gelegenheit, um zu beweisen, dass sie (wieder) voll bei der Sache war. »Dann müssen wir natürlich mit den Nachbarn von Dagmar Sick reden …«

»Ist schon am Laufen«, sagte Dobler.

»… und auch noch einmal mit der Nachbarin von Alisa Sandrock, die hat uns anscheinend auch nicht alles gesagt, nach dem, was Nick berichtet. Seiner beziehungsweise ihrer Beschreibung nach ist die Sandrock mindestens einmal von Liane Maxwell besucht worden.«

»Tatsächlich?«, wunderte sich Dobler. »Davon weiß ich noch gar nichts.« Und fügte etwas säuerlich hinzu: »Davon *auch* noch nichts.«

Annalena war zerknirscht. »Habe ich das noch gar nicht gesagt? Ich habe Nick am Samstag in der Stadt getroffen, da hat er mir das erzählt.«

»Und ich habe Nick seitdem nicht mehr gesehen, sonst wüsste ich auch davon, das hätte er nicht für sich behalten. Egal. Das Gespräch mit der Nachbarin können wir uns sparen. Liane Maxwell war in der Wohnung von Alisa Sandrock. Eindeutige Fingerabdrücke.«

»Jetzt darf *ich* sauer sein, weil ich davon nichts weiß.«

»Ich habe am Freitagabend noch die Proben von Liane Maxwell abgegeben, ich bin ja sowieso hier vorbeigefahren. Die Ergebnisse kamen heute Morgen. Als du nicht da warst.«

»Ja, ich weiß«, sagte Annalena reumütig. »Ich bin selbst schuld. Ich hätte nicht einfach abhauen dürfen. Aber ich …«

»Geschenkt«, unterbrach Dobler sie. »Manchmal muss man einfach den Kopf auslüften. Im Moment stürmt gerade so viel Neues auf uns ein. Eigentlich ein gutes Zeichen.«

Annalena nickte. »Zuerst läuft es so unheimlich zäh, dass man kein Land sieht und verzweifeln möchte, und dann geht es Schlag auf Schlag. Was bedeutet, dass wir uns dem Ende nähern.«

Dobler lächelte. »Manchmal denken wir das Gleiche, ohne dass wir das bereden müssen.«

»Trotzdem müssen wir uns überlegen, wie wir uns immer auf dem gleichen Wissensstand halten, damit wir nicht aneinander vorbei ermitteln. Fangen wir gleich damit an. Wie war deine Begegnung mit den Maxwell-Angestellten?«

»Rein vom Äußeren gibt es zwei Kandidaten, die als mögliche Väter des ungeborenen Kindes von Alisa Sandrock alias Dagmar Sick in Betracht kommen. Wenn stimmt, was mein Onkel gesehen hat. Was man bei Nick grundsätzlich mit Vorsicht genießen sollte. Ihm geht gern die Fantasie durch, vor allem, wenn es um Mordermittlungen geht.«

Dobler grinste. »Vielleicht war es auch Wunschdenken. Vielleicht hätte er sich selbst gern in der Rolle des grau melierten älteren Herrn gesehen, der ein Techtelmechtel mit einer jungen und attraktiven Frau hat.«

Annalena konnte wieder aus vollem Herzen lachen. »Wie ich seine Frau kenne, hätte sie das zu verhindern gewusst.«

Dobler grinste noch breiter. »Sie hätte ihn auf Wasser und Brot gesetzt, die schlimmste Strafe für ihn, wo er doch so gern isst. Und er selbst kann nicht einmal Wasser heiß machen, ohne dass es anbrennt.«

Wie auf Kommando war das charakteristische Klopfen zu hören, und sogleich wurde die Tür aufgerissen und Nick stolzierte ins Büro. Erst kam die Wampe, dann der Rest, eingehüllt diesmal in locker sitzende Jeans und ein schwarzes Leinensakko. Elegant, der Herr.

»War gerade in der Nähe«, nuschelte er, »und wollte mal sehen, was eure Ermittlungen so machen. Störe ich?«

Er ließ sich auf den Stuhl vor Doblers Schreibtisch fallen.

»Allerdings«, sagte Dobler, der Kommissar. »Du störst. Bei unseren Ermittlungen. Die laufen.«

»Jetzt sag schon, was gibt es Neues? Habt ihr den grau Melierten schon identifiziert?«

Dobler lehnte sich zurück und machte einen ganz entspannten Eindruck. »Wir sind dabei, ihn einzukreisen. Immerhin haben wir das Täterprofil erweitert. Du hast uns verschwiegen, dass der Verdächtige einen gewaltigen Bauch vor sich her trägt, den er nicht kaschieren kann. Häufig trägt er grüne Kleider wie ein Förster oder Jäger, manchmal aber auch eine beigefarbene Cordkniebundhose, gelegentlich auch Jeans, und man sieht ihn eigentlich nie ohne seinen Border Collie. Übrigens, wo ist eigentlich dein Prinz von Hohenlohe?«

Nick brauchte eine Weile, ehe er kapierte, was da gespielt wurde, dann wandte er sich empört an Annalena. »Annalena, sag ihm, dass er seinen alten Onkel nicht so auf den Arm nehmen darf!«

Dobler grinste. »Wer soll es denn sonst machen? Annalena? Die würde sich verheben.«

»Annalena, sag ihm, dass er seinen alten Onkel so nicht behandeln kann! Man erfährt ja überhaupt nichts mehr!«

Dobler war nun ganz ernst. »Nick, wenn es etwas mitzuteilen gibt, erfährst du es. Und bis dahin lässt du uns einfach unsere Arbeit machen, ohne dass wir die im Einzelnen mit dir diskutieren, verstanden?«

Grummelnd stand Nick auf. »Da will man einmal helfen! Aber bitte, wenn ihr das nicht wollt!«

An der Tür drehte er sich noch einmal um. »Übrigens ist mir zu dem grau Melierten noch etwas eingefallen. Er hatte eine Stupsnase.«

»Was verstehst du unter einer Stupsnase?«, fragte Dobler.

»Na, keinen so Mordszinken eben. Keinen wie du.«

Und dann war er weg.

Annalena hatte sich nur mit Mühe das Lachen verkneifen können. Jetzt prustete sie los. »Ihr seid schon solche Marken, ihr zwei! Ich bewundere deine Geduld. Ich hätte ihn schon längst auf den Mond geschossen.«

Dobler schüttelte den Kopf. »Das wäre nicht weit genug, um ihm zu entkommen. Er hat eine tragende Stimme. Ich kann ihm einfach nicht böse sein. Selten wenigstens.«

»Was ist mit den Stupsnasen bei deinen beiden Kandidaten?«

»Trifft auf beide zu. Keiner von ihnen hat ein auffallendes Riechorgan.«

»Hast du sie eigentlich auf die mögliche Vaterschaft angesprochen?«

Dobler schüttelte den Kopf. »Nein. Ich warte den DNA-Vergleich ab. Warum sollte man sie beunruhigen, wenn an der Sache vielleicht doch nichts dran ist? Ich konfrontiere meine Verdächtigen am liebsten mit Fakten, die nicht wegzudiskutieren sind. Wir bekommen das Ergebnis morgen, haben sie im Labor versprochen. Übrigens noch eine Erkenntnis. Ich habe doch von Liane Maxwell eine Liste aller Projekte eingefordert, an denen Alisa Sandrock beteiligt war. Sie hat auch brav geliefert. Die Liste stimmt fast mit dem überein, was auf dem Konto der Sandrock eingegangen ist. Aber nur fast. Einige Posten bleiben offen.«

»Müssen wir klären. Ich kann's mir schon denken.

Liane Maxwell wird uns klagen, dass auf die Mitarbeiter eben kein Verlass sei.«

»Was wir ihr sofort glauben«, grinste Dobler.

»Eine Durchsuchung von Privathaus und Firma wäre nicht schlecht.«

Dobler schüttelte den Kopf. »Ob wir das hinkriegen? Ich fürchte, noch haben wir zu wenig Anhaltspunkte, die das rechtfertigen würden.«

Annalena seufzte. »Und weiterhin unklar ist, woher die Bareinzahlungen auf dem anderen Konto kommen.«

»Wetten werden noch entgegengenommen.«

»Ich habe schon ein paar Ideen, aber auf keine von denen würde ich im Moment wetten.«

»Man nennt das ›ergebnisoffen‹.«

»Klingt doch viel besser als ›ich habe nicht die geringste Ahnung‹.«

»Ein paar Kollegen telefonieren die Auftraggeber auf der Liste ab«, berichtete Dobler, »und fragen nach, ob es irgendwelche Unregelmäßigkeiten gab und so weiter. Vielleicht finden wir hier einen Ansatz. Weiter. Dein neuer Freund Florian Geyer von der IT meldet Erfolge. Er tut zwar ganz bescheiden, als sei das kein Hexenwerk, in Wahrheit ist er mächtig stolz auf sich.«

»So was!«, murmelte Annalena. »Kaum bin ich mal weg, überstürzen sich hier die Ereignisse.«

Dobler grinste. »Vielleicht sollten wir das als Arbeitsprinzip beibehalten.«

Annalena schaute ihn finster an und war gar nicht erfreut über seine flapsige Bemerkung. »Du meinst, wenn ich mir eine Auszeit nehme, dann störe ich schon nicht bei den Ermittlungen.«

Dobler blieb gelassen. »Nein, das meine ich ganz und gar nicht. Im Gegenteil. Du kennst das doch selbst. An irgendeinem Punkt verbeißt man sich so, dass man den Wald vor lauter Bäumen nicht mehr sieht. Dann tut es gut, wenn sich wenigstens einer den Kopf frei macht.«

»Nett gesagt. Meine Flucht zu deiner Schwester hat mir allerdings keine bahnbrechenden Erkenntnisse zu unserem Fall gebracht.«

»Vielleicht nicht direkt. Aber sie hat dich gelöst und dich auf andere Gedanken gebracht. Und das hat sich auf telepathische Weise auf das ganze Team übertragen.«

»Eine reichlich esoterische Weltsicht.«

»Nenne es, wie du willst.«

»Ich glaube nicht, dass unsere Vorgesetzten diese Sicht teilen.«

»Scheiß drauf«, sagte Dobler rüde. »Das Ergebnis zählt. Und ich decke dich immer, darauf kannst du dich verlassen.«

»Dabei habe ich mit Kathi gar nicht über unseren Fall geredet«, murmelte Annalena.

»Was ich sage.«

Annalena straffte sich. »Was hat Florian denn nun herausgefunden?«

»Er hat die Cloud von Alisa Sandrock geknackt oder sich eingeschlichen oder was auch immer. Genauer gesagt, *eine* Cloud. Diejenige, auf der private Daten abgelegt sind. Es gibt noch eine weitere, die widersetzt sich ihm allerdings noch. Er vermutet, dass dort die Projektdaten gespeichert sind.«

»Dann müsste dazu auch Kevin Klotz Zugang haben.«

»Das ist anzunehmen.«

»Was war nun in der privaten Wolke der Sandrock?«
»Muss im Detail noch ausgewertet werden. Auf eine Sache ist er durch Zufall gestoßen. Eine Mail von Liane Maxwell, und zwar offensichtlich an die private Mailadresse der Sandrock. Am Sonntag. Am Tag vor dem Mord.«

Er legte ihr einen Ausdruck hin, und Annalena las:
Du kanst dich ncht einfach so davonschleichen. Das wrd folgen haben.

Dobler sah Annalena erwartungsvoll an. »Man beachte die Tippfehler. Wenn wir davon ausgehen, dass die Maxwell keine Legasthenikerin ist ...«

»... dann hat sie das in höchster Erregung und auf die Schnelle geschrieben«, ergänzte Annalena. »Interessant.«

»Und noch etwas hat Florian herausgefunden«, fuhr Dobler fort. »Er hat sich noch einmal das Notebook der Sandrock gründlich vorgenommen und hat darauf einen Keylogger entdeckt. Du weißt, was das ist?«

Annalena nickte. »Ein verstecktes Programm, das alle Tastatureingaben aufzeichnet. Damit weißt du, welche Webseiten aufgerufen wurden, welche Passwörter man eingegeben hat und so weiter.«

»Die kluge Kollegin aus der Großstadt! Er sagt, dass dieser Keylogger ausgesprochen raffiniert ist und dass er seine Aufzeichnungen nicht auf dem Gerät gespeichert, sondern an eine Internetadresse gesendet hat.«

»Kevin Klotz.«

»Anzunehmen. Er ist dazu technisch in der Lage, und er hatte Zugang zum Notebook der Sandrock, weil er sich als angeblicher Lebensgefährte in ihrer Wohnung aufhielt.«

Annalena war wie elektrisiert. »Das würde bedeuten, er wusste über die privaten Angelegenheiten der Sandrock Bescheid und auf diese Weise auch von der Zweitwohnung in den … wie heißt das noch mal?«

»Kreuzäcker«, antwortete Dobler automatisch. »Wenn wir das weiterspinnen, dann hat er sich zu dieser Zweitwohnung irgendwie Zugang verschafft und auf dem Computer, den es da bestimmt ebenfalls gab, auch seinen Keylogger installiert.«

»Den Computer, den er bei seiner Aufräumaktion garantiert mitgenommen hat. Damit rückt Klotz auf der Liste unserer Verdächtigen ganz weit nach oben.«

»Auf eine Stufe mit Liane Maxwell und dem Kindsvater«, sagte Dobler.

»Worauf warten wir noch? Auf in die geheime Wohnung der mysteriösen Dagmar Sick.«

Dobler nickte. «Bis wir damit fertig sind, dürfte auch Kevin Klotz hier sein, und dann nehmen wir ihn in die Mangel.«

Liane Maxwell war nicht auf einem Geschäftstermin. Den Termin hatte es nie gegeben. Sie hatte ihn nur erfunden, weil sie keine Lust dazu hatte, mit den anderen auf dem Revier zu erscheinen und sich Fingerabdrücke und einen DNA-Abstrich abnehmen zu lassen.

Sie war sehr darauf bedacht, den Abstand zu ihren Mitarbeitern zu wahren. Vertraulichkeiten duldete sie nicht. Es wäre ihr nie in den Sinn gekommen, gemeinsam mit einem Mitarbeiter am Flipper zu stehen, wie das in ihrer Branche vielfach üblich war. Sie war die Chefin, basta, und das hatte jeder zu respektieren.

Deshalb hatte auch niemand von ihrem Verhältnis mit Alisa Sandrock erfahren dürfen.

Dass die Kripo irgendwann bei ihr auftauchen würde, war zu erwarten gewesen.

Es war ein Fehler gewesen, sich bei der Befragung durch die beiden Kommissare auf die Hinterbeine zu stellen, wie sie es automatisch tat, wenn ihr jemand zu nahe kam. Womöglich hatte sie deren Neugierde geweckt. Aber daran war jetzt nichts mehr zu ändern.

Mit dem Dicken wurde sie fertig, der ließ sich leicht einwickeln. Das war einer von der gemütlichen Sorte, der nur an sein nächstes Leberkäsweckle dachte und ansonsten den Herrgott einen guten Mann sein ließ.

Weit problematischer war diese Dürre. Die war zäh und gefährlich, das spürte sie. Wenn so eine auf Widerstand stieß, dann bohrte sie nur umso hartnäckiger.

Sie hatte das ganze Wochenende Zeit gehabt, um sich eine neue Taktik zu überlegen. Sie musste kooperativer sein. Vorwärtsverteidigung, das Heft selbst in die Hand nehmen. Von sich aus zugeben, was ohnehin nicht zu leugnen war, und ansonsten ablenken. Der Dicke würde sich damit zufriedengeben, und dann war auch die Dürre mattgesetzt, denn schließlich war er der Mann.

Sie war nicht sicher, ob es funktionieren würde. Doch auch für diesen Fall hatte sie sich etwas überlegt. Sie hatte es sich zum Prinzip gemacht, immer eine Alternative in der Hinterhand zu haben, und war damit bisher nicht schlecht gefahren. Besser, man überlegte sich vorher alles gründlich, als spontan überrascht zu werden, denn dann war keine Gelegenheit mehr, alles zu durchdenken.

Auch dafür brauchte sie diesen Tag.

Auf dem Weg zur Wohnung fragte Dobler: »Was hältst du von Dagmar Sick alias Alisa Sandrock?«

»Ein ausgefeimtes Miststück. Skrupellos. So hat sie sich ja selbst auch beschrieben.«

»Ich hätte gern die Fortsetzung ihrer Geschichte gelesen.«

»Die müssen wir wohl selbst schreiben. Hat sie geahnt, dass sie nicht mehr dazu kommen würde? Mit anderen Worten: Hat sie gewusst, dass sie so enden würde?«

»Ich denke, sie hat es zumindest nicht ausgeschlossen«, sagte Dobler. »Ihr war klar, dass das Eis dünn ist, auf dem sie sich bewegt. Oder wenn du es lieber etwas wärmer magst: Sie hat mit dem Feuer gespielt und offensichtlich zu viel gezündelt.«

»Da passt vieles nicht zusammen. Zum Beispiel diese Schwangerschaft. Ein Unfall? Glaube ich nicht. Ihrem Bekenntnis nach hat sie schon immer überaus planvoll und zielgerichtet gehandelt. Sie hat ihre Regel mit der App kontrolliert, und da die Regel sehr regelmäßig war, kann es eigentlich nur darum gegangen sein, die fruchtbaren und unfruchtbaren Tage herauszufinden.«

»Trotz aller Vorsichtsmaßnahmen kann es zu einer ungewollten Schwangerschaft kommen«, gab Dobler zu bedenken.

»Einverstanden«, sagte Annalena und seufzte dabei. »Sie hätte es in einem solchen Fall wegmachen lassen können.«

»Ich gebe Folgendes zu bedenken: Ein Sinneswandel soll vorkommen. In unserem Dorf gab es mal einen Fall. Junge Frau, ungewollt schwanger, sie wollte abtreiben, weil sie sich der Verantwortung nicht gewachsen sah, und dann hat sie es sich plötzlich anders überlegt. Vielleicht hat das Mutter-Gen durchgeschlagen, vielleicht hatte sie moralische Bedenken, ich weiß es nicht. Jedenfalls, sie hat das Kind bekommen und ist seitdem, soweit ich es beurteilen kann, glücklich als alleinerziehende Mutter. Wer der Erzeuger ist, hat sie nie verraten, und vermutlich weiß der es selbst nicht einmal. Allerdings, das muss ich zugeben, hatte sie Unterstützung von der Familie, nachdem die den ersten Schock überwunden hatte.«

»Gemeinsam schaffen wir das.«

»So ungefähr.«

»Der Zusammenhalt der Großfamilie auf dem Dorf.«

»Ich könnte dir auch viele Gegenbeispiele sagen, aber so in etwa stimmt es schon.«

Mittlerweile ging es stadtauswärts nur noch stockend voran.

»Rushhour in Schwäbisch Hall«, seufzte Dobler. »Früher war das nicht so. Das sind die vielen Neubaugebiete. Irgendwann sind die ganzen Leute ja mal unterwegs, und alle stehen im Stau.«

Stau! Dobler hatte offenbar die Rushhour in einer richtigen Stadt noch nicht miterlebt. Wie in Köln beispielsweise. Da ging gar nichts mehr. In Schwäbisch Hall hingegen ruckelte es nur etwas.

»Die Unterstützung der Familie«, nahm Annalena den Faden wieder auf. »Davon kann bei Alisa Sandrock alias Dagmar Sick ja wohl keine Rede sein. Von Familie ist nichts bekannt.«

»Müssen wir herausfinden.«

»Ich gebe zu, das ist ein Schwachpunkt in der Theorie, die ich favorisiere. Ich denke nämlich, dass dies eine gewollte, eine gezielte Schwangerschaft war, und sie hat sich dazu den Samenspender gesucht. Ohne dessen Wissen.«

»Warum?«, fragte Dobler.

»Weil das zu ihrem planvollen Vorgehen passt. Alle Umstände deuten darauf hin.«

»Ich meinte eigentlich, warum ein Kind? Das wiederum passt nicht so recht zu ihrem planvollen Vorgehen. Ein Kind bedeutet viel Verantwortung. Lebenslang.«

»Ich weiß es nicht«, sagte Annalena. »Das möchte ich herausfinden.«

In gespielter Resignation erwiderte Dobler: »Dass ihr Frauen immer alles so genau wissen wollt!«

»Ich gebe zu, das ist ein Bruch in dem Bild von ihr, wie wir es bisher kennen. Genauso wie diese Eigentumswohnung.«

»Vielleicht hat sie sich mit beidem gewissermaßen zurückschleichen wollen in den normalen Alltag.«

»Vielleicht. Sind wir bald da?«

»Sind wir schon. Dort drüben ist es.«

Für das Wohnhaus in den Kreuzäcker hatte der Architekt tief in den Baukasten mit den Standardelementen gegriffen. Quadratisch, praktisch, gut, das kam Annalena in den Sinn, als sie vor dem Haus parkten. Ein rechteckiger Block, acht Etagen hoch, etwas in die Jahre gekommen.

Man kaufte sich hier nicht ein, weil man vor seinen Freunden und Kollegen mit einem besonders luxuriösen Domizil protzen musste, ein krasser Gegensatz zum Haus von Liane Maxwell, sondern weil man stadtnah und vergleichsweise idyllisch wohnen wollte.

In hörbarer Nähe gab es eine gut befahrene Durchgangsstraße. »Die Crailsheimer Straße«, erklärte Dobler später, als sie aus dem Fenster schauten. »Führt auch nach Walburghausen und weiter nach Cröffelbach und Nürnberg.«

»Aha«, machte Annalena nur. Ihr Orientierungsvermögen ließ nach wie vor zu wünschen übrig.

Eine D. Sick wohnte, ausweislich des Klingelschildes, im sechsten Stock. Dobler nahm die Treppe. Der will mich doch nur mürbe machen, dachte Annalena, weil ich wieder Stöckelschuhe trage. Doch diesen Triumph gönnte sie ihm nicht. Sie folgte ihm leichtfüßig und erhobenen Hauptes.

»Wenn du hier wohnst und jeden Tag die Treppe nimmst«, sagte Dobler, nachdem sie oben angekommen waren, »brauchst du eigentlich nicht mehr joggen zu gehen.«

»Ist was mit dir?«, fragte Annalena unschuldig ihren Kollegen, der außer Atem war, und lächelte in sich hinein. Sie selbst schnaufte nicht mehr als nach einem gemütlichen Stadtbummel. Es machte schon etwas aus, wenn man ein paar Pfund mehr auf die Waage brachte. Viel mehr Pfund.

Die Wohnungstür war geschlossen, damit die Kriminaltechniker unbelästigt von allzu Neugierigen arbeiten konnten.

Auf ihr Klingeln hin wurde geöffnet, und der Mann im weißen Ganzkörperanzug nickte Dobler grüßend zu. Auch für Annalena hatte er ein Nicken übrig. Das also war die Neue, sollte ja leicht erregbar sein, wie man gehört hatte.

In der Wohnung herrschte emsige Geschäftigkeit. Die Leute von der Spurensicherung durchkämmten die Zimmer systematisch und mit lange eingeschliffener Routine. Man suchte nach Fingerabdrücken, nach Fitzelchen von irgendwas und überhaupt nach allem. Jeder Stein wurde sprichwörtlich umgedreht, nachdem er von allen Seiten fotografiert worden war, und hernach sorgsam wieder auf seinen Platz gelegt, damit die beiden Kommissare einen möglichst unverfälschten Eindruck bekamen.

Es war nicht das erste Mal, dass Annalena die Arbeit dieser Männer und wenigen Frauen rückhaltlos bewunderte. Sie hätte schon längst die Geduld verloren bei dieser pingeligen Arbeit.

Sie wusste, dass der Erfolg ihrer Ermittlungen wesentlich von diesen Fachleuten abhing. Das Geständnis eines mutmaßlichen Täters krönte alles, gewiss. Ein Geständnis allerdings konnte man widerrufen, Fingerabdrücke oder eine DNA-Spur hingegen hatten ihre eigene, deutliche Sprache.

»Und?«, fragte Dobler einen der Männer, der seinem Gebaren nach hier offensichtlich das Sagen hatte.

»Jede Menge Fingerabdrücke, Stofffetzen, Haare und dergleichen, die wir erst noch zuordnen müssen. Sonst bisher nichts Auffälliges, aber wir sind ja auch noch lange nicht fertig.«

Die beiden Kommissare schauten sich um.

Flur, Küche, Bad und ein separates WC, ein Luxus, den man spätestens dann zu schätzen lernte, wenn man mit jemandem zusammenlebte, wie Annalena aus eigener Erfahrung wusste.

Ein Wohn- und Esszimmer, ein Schlafzimmer, das zugleich einen kleinen Tisch als Arbeitsplatz hatte. Das dritte Zimmer war leer, aber frisch gestrichen, man roch es. Man konnte sich hier gut einen Wickeltisch und ein Kinderbett vorstellen.

Annalena hatte es für einen Moment die Sprache verschlagen. Welch ein Kontrast der beiden Wohnungen!

Die Wohnung der Alisa Sandrock war unpersönlich, kalt, eher der Entwurf eines Heims, dem die entscheidenden Komponenten fehlten. Die Wohnung der Dagmar Sick hingegen war heimelig und gemütlich. Eine Sitzgruppe, die zum Kuscheln einlud, volle Bücherregale, deren Inhalt Annalena erst noch studieren musste, Kunstdrucke aus verschiedenen Schulen an der Wand.

Sie öffnete den Kleiderschrank im Schlafzimmer und wusste plötzlich, was sie in der anderen Wohnung irritiert hatte, ohne dass sie es hatte benennen können: Dort fehlten Kleidungsstücke, mit denen man es sich auf dem Sofa bequem machen konnte.

Die Wohnung der Alisa Sandrock war sozusagen ein Ausstellungsstück. Wer immer sich dort umsah, zwei Kommissare beispielsweise, bekam keinen Einblick in die Person Alisa Sandrock. Sie war nur eine Kunstfigur. Die Wohnung der Dagmar Sick hingegen war anders, völlig anders. Wie ein Gegenentwurf. Wie eine andere Welt.

»Ich werde aus dieser Frau nicht schlau«, sagte Annalena kopfschüttelnd.

Dobler grinste. »Schön, dass es jemand anderem mal genauso geht. Sonst bin ich immer der Trottel, der die Frauen nicht versteht.«

Annalena packte Dobler am Arm.

»Siehst du das?« Sie deutete auf den Tisch im Schlafzimmer.

Dobler zuckte mit den Achseln. »Ein Tisch, nichts weiter.«

Sie nahm ihn an den Schultern und bugsierte ihn an die Stelle, an der sie gestanden hatte. Sie drückte ihn nach unten, und er musste etwas die Knie beugen, damit er genau ihre Position einnehmen konnte.

Er sah nun auch, was ihr aufgefallen war.

Die spätnachmittägliche Sonne fiel in einem bestimmten Winkel auf den Tisch, und man sah einen leichten Staubfilm. Und mittendrin ein staubfreies Rechteck.

»Hier stand einmal ein Notebook«, stellte er fest.

Er befragte die Leute von der Spusi. Nein, sie hatten nichts weggenommen.

Annalena fluchte. »Wollen wir wetten, dass das Notebook Kevin Klotz mitgenommen hat? Und wollen wir weiter wetten, dass es schon längst entsorgt worden ist? Dieser Idiot von Sandler! Warum bloß hat er uns nicht gleich verständigt! Ich könnte ihm den Arsch aufreißen!«

Und sie erging sich in weiteren wüsten Beschimpfungen, denen zufolge dieser Sandler wahlweise geteert und gefedert, in kochendes Wasser getaucht, aufgespießt oder kastriert gehörte. Oder alles zusammen.

Die Leute von der Spusi merkten auf. Da schau an, die Neue. Tat immer so überheblich, als ob sie von einem anderen Stern käme und verachtungsvoll in die Niederungen der hohenlohischen Provinz herabschaute. Dass sie temperamentvoll sein konnte, hatte man schon gehört. Und jetzt fluchte sie auch noch unflätig wie ein Bierkutscher (wenn es den noch gegeben hätte). Oder wie ein Rohrspatz (und was ist ein Rohrspatz?).

In der Achtung zumindest des männlichen Teils war sie gewaltig gestiegen.

Und das machte sich sogleich bemerkbar.

»Annalena, kannst du bitte mal kommen?«, hörte sie eine Stimme rufen. *Sie* sollte kommen, nicht Dobler. Und sie wurde geduzt. Eine doppelte Premiere. Im ersten Moment fiel ihr das gar nicht auf.

Sie ging zu der Stimme im Flur. Der Mann im Ganzkörperkondom zeigte auf die Wand gegenüber der Wohnungstür, wo ein Plakat hing.

»Fällt dir etwas auf?«, wurde sie gefragt.

Annalena war nicht klar, worauf der Kollege hinauswollte. »Ein Druck der Mona Lisa. Die kennt doch jeder.«

»Schau genauer hin.«

Was sah sie? Die Mona Lisa, wie sie jeder kannte, in einem dicken Holzrahmen, der etwas aufwendig wirkte dafür, dass es sich nur um einen Druck handelte. Sonst nichts. Das sagte sie auch, auf die Gefahr hin, dass sich ihr eben erworbener Status in nichts auflöste.

»Sehr gut«, feixte der Spusi-Mann. »Man soll auch nichts sehen.«

Er trat auf das Bild zu und winkte sie zu sich. »Das linke Auge dieser Dame hier ist in Wahrheit eine Kamera, die direkt auf die Wohnungstür gerichtet ist.«

In der Tat, wenn man genau hinschaute, konnte man es erkennen. Aber nur dann. Annalena erkannte, wie raffiniert das gemacht war. Eben weil die Mona Lisa jeder kannte, hatte man nur einen flüchtigen Blick für sie übrig.

»Ich bin beeindruckt, dass du das gesehen hast«, sagte Annalena. »Und zu meiner Schande muss ich gestehen, ich weiß nicht einmal deinen Namen.«

»Papst, Franziskus. Wie der in Rom. Aber alle sagen nur Franz, damit es keine Verwechslungen gibt.« Er lachte meckernd.

»Großes Kompliment, Franz.«

»Ausgelöst wird die Kamera durch einen Bewegungsmelder in den Kommoden neben der Tür«, erläuterte Franz.

Links und rechts neben der Wohnungstür standen diese beiden identischen niedrigen Kommoden, deren Schubladen winterliche Bekleidungsstücke enthielten, Mützen, Schals, Handschuhe. Die Schubladen ließen sich mit Knöpfen öffnen, Naturholz wie die Schubladen selbst, in denen zwei schwarze Punkte eingelassen waren. Die waren in zwei Fällen die Sensoren, ungefähr auf Kniehöhe angebracht.

»Speicherkarte?«

Franziskus Papst, genannt Franz, schüttelte den Kopf. »Das Signal wurde übertragen. Entweder ins Internet, aufs Handy oder auf einen Computer. Aber das muss ich noch genauer untersuchen.«

Annalena schüttelte den Kopf. »Handy nicht. Ich habe es extra angelassen für den Fall, dass jemand anruft. Den Besuch von Kevin Klotz hätten wir mitbekommen. Dann auf den Computer, der fehlt?«

»Möglich.«

Jetzt widersprach Dobler, der, von Annalena unbemerkt, hinzugetreten war und ihre Unterhaltung verfolgt hatte. »Halte ich für unwahrscheinlich. Sicher, sie konnte sich wahrscheinlich draufschalten. Aber warum so umständlich, wenn sie von überallher auf ihre Cloud Zugriff hatte? Und noch eins. Sie hat bestimmt einkalkuliert, dass sich jemand an ihrem Computer zu schaffen macht oder ihn gar mitnimmt, wie das geschehen ist.«

»Gibt es in der Wohnung noch weitere Kameras?«

»Bisher haben wir noch keine gefunden, also wohl nicht. Aber wir werden jetzt natürlich noch mal genauer hinschauen.«

Annalena überlegte. »Das würde bedeuten, sie wollte nur wissen, wer in ihrer Abwesenheit die Wohnung betreten hat, nicht aber, was er getan hat.«

Franz zuckte mit den Schultern. »Für Schlussfolgerungen seid ihr zuständig. Ich liefere nur die Fakten.«

»Das würde auch bedeuten, sie hatte Grund zu der Annahme, jemand könnte sich Zugang zu ihrer Wohnung verschaffen«, sagte Dobler.

»Das bedeutet auch«, spann Annalena den Gedanken fort, »sie war nicht hinter einem Spanner her, der in ihrer Unterwäsche wühlt oder sonst was macht. Sie wusste genau, wofür sich ein Eindringling interessieren könnte.«

»Für ihren Computer«, ergänzte Dobler.

»Den wahrscheinlich Kevin Klotz mitgenommen hat, weil Sandler zu blöd … Habe ich schon gesagt, was ich mit ihm am liebsten machen würde?«

»Laut und deutlich«, sagte Dobler, und Franz Papst grinste.

»Nun gut, dann brauche ich das nicht mehr zu wiederholen. Dann wäre es ja sinnvoll, eine weitere Kamera so zu platzieren, dass sie das Notebook im Blick hat.«

Franz, der Techniker, schüttelte den Kopf. »Unpraktisch. Ein Notebook kann man woanders hinstellen, dann filmt die Kamera nur den leeren Tisch. Ich tippe auf Keylogger.«

»Habe ich schon mal gehört«, murmelte Annalena.

Weil Dobler grübelnd schaute, erläuterte Franz, was beide ja schon wussten: »Ein verstecktes Programm, das heimlich jeden Tastaturanschlag protokolliert. So kann der Chef kontrollieren, ob sein Angestellter nicht Pornoseiten schaut, statt zu arbeiten. Das Protokoll kann man auf dem Computer speichern oder versenden.«

»Diesen Keylogger hat dann wohl Alisa Sandrock selbst eingebaut, nicht Kevin Klotz, wie ich gedacht habe«, überlegte Dobler. »Über die Kamera sieht sie, wer die Wohnung betritt, über den Keylogger erfährt sie, was er auf ihrem Computer gesucht hat.«

»Aber was?«, fragte Annalena.

»Und hatte sie Kevin Klotz im Verdacht?«

»Moment mal!«, sagte Annalena und wählte auf ihrem Smartphone eine Nummer. »Florian? Ich habe gehört, dass du die Cloud unserer Klientin geknackt hast. Phänomenal!«

Sie lauschte, nickte ab und zu mit dem Kopf, wie man es automatisch machte, obwohl es der Gesprächspartner nicht sehen konnte.

»Ich muss dich unterbrechen«, sagte sie nach einer Weile. »Mich interessiert im Moment eines.« Und sie erzählte ihm von der Kamera.

Erneut hörte sie zu, bedankte sich und wandte sich an Dobler.

»Wir können davon ausgehen, dass das System scharfgeschaltet war, sonst hat dieser ganze Aufwand keinen Sinn. Also auch am Tag ihres Todes. Wir wissen, dass danach auf alle Fälle Kevin Klotz die Wohnung betreten hat. In ihrer Cloud sind aber keinerlei Bilder von ihm. Nur von uns und der Mannschaft. Die Kamera war noch eingeschaltet, als unsere Leute die Wohnung betreten haben.«

»Das heißt, Kevin Klotz hat aufgeräumt«, sagte Dobler.
»Und zwar gründlich. Auch in ihrer Cloud.«

Annalena konnte ihre Verbitterung nicht verbergen.
»Oh Sandler, ich könnte dich …«

»Vorsicht!«, mahnte Dobler. »Hier ist ein empfindsamer junger Mann im Raum.«

»Irgendwie muss dieses Überwachungssystem doch aktiviert werden«, überlegte Annalena. »Sonst würde sie sich ja jedes Mal selbst filmen, wenn sie ihre Wohnung betritt.«

»Fernbedienung«, sagte Franz lakonisch, der liebend gern gehört hätte, was Annalena mit diesem Sandler sonst noch anzustellen gedachte, über die bereits lauthals angedrohten Torturen hinaus.

»Wie beim Fernseher?«

»Nur viel einfacher. Und kleiner. Du musst ja nur an- oder ausschalten.«

Annalena und Dobler schauten sich an. Das also war das seltsame kleine Ding am Schlüsselbund von Alisa Sandrock, dessen Bedeutung ihnen rätselhaft war, dem sie jedoch bisher keine Beachtung geschenkt hatten. Sie hatten es für einen etwas abartigen Schlüsselanhänger gehalten.

»Nehmt die Wohnung auseinander, Schraube für Schraube«, befahl Dobler. »Mal sehen, welche Überraschungen noch warten.«

»Sowieso«, erwiderte Franz verstimmt und hätte gern auf den Kommissar angewendet, was Annalena nicht hatte sagen dürfen. Dass man ihn auf das Selbstverständliche hinweisen wollte, ging gegen seine Berufsehre.

Der Mann, der das Sagen hatte, kam auf sie zu. »Fast hätte ich es vergessen. Wir haben den Schließfachschlüssel gefunden, nach dem ihr gefragt habt, aber ihr habt ja mittlerweile das Schließfach geöffnet, wie ich gehört habe.«

»Wo war er?«

»Auf die Rückseite dieser netten Dame an der Wand dort geklebt. Der Rahmen ist ja dick genug, so dass es nicht auffällt.«

»Das heißt«, kombinierte Annalena, »wer danach gesucht hätte, wäre dabei gefilmt worden.«

»Zumindest so lang, bis er das Bild von der Wand genommen hat«, bestätigte der Techniker.

»Und sonst?«

»Wühlen wir uns von einem Stein zum nächsten.«

Annalena wandte sich an einen anderen Kollegen. »Was hat die Befragung der Nachbarn ergeben?«

»Nichts. Diese Dagmar Sick war eine ruhige Mitbewohnerin, zu allen freundlich, aber distanziert. Richtigen Kontakt hat eigentlich niemand gehabt. Wir haben aber noch nicht alle erreicht. Sollen wir heute Abend …?«

»Leider, ja. Der Vollständigkeit halber, auch wenn es nichts bringen wird.«

Der Kollege seufzte. Er hatte so gehofft, dass dieser Kelch an ihm vorüberging. Den Skatabend konnte er sich abschminken.

»Dann nehmen wir uns mal Kevin Klotz vor«, sagte Dobler. »Der müsste schon längst hier sein. Ich habe gesagt, sie sollen ihn irgendwo parken. Der hat uns einiges zu erzählen. Die Warterei wird ihn mürbe gemacht haben.«

Kevin Klotz allerdings wirkte ganz und gar nicht mürbe, als die beiden Kommissare den Vernehmungsraum betraten. Er zeigte nicht die Ungeduld, die man erwarten konnte, und insofern war Doblers Absicht, als er ihn warten ließ, nicht aufgegangen.

Er sah Annalena Bock und Karlheinz Dobler gelassen entgegen.

»Bin ich jetzt verhaftet?«, fragte er.

»Aber nein«, erwiderte Dobler liebenswürdig. »Wir haben Sie lediglich zu einer Befragung zu uns gebeten.«

»Gebeten? Mit einem Streifenwagen?«

»Wir wollten verhindern, dass Sie uns auf dem Weg von Rothenburg nach Schwäbisch Hall abhandenkommen. ›Fluchtgefahr‹ nennt man das in unseren Kreisen.«

»Lächerlich! Warum, zum Teufel, sollte ich mich absetzen? Ich habe nichts getan, und außerdem werde ich demnächst Vater.«

»Immerhin haben Sie viel Bargeld abgehoben. Da liegt der Verdacht doch nahe.«

Wenn Dobler geglaubt hatte, er könnte Klotz mit diesem Wissen überraschen, hatte er sich getäuscht. Zum zweiten Mal waren seine Erwartungen nicht erfüllt worden. Das konnte noch spannend werden.

»War das dieser angebliche Rentner, der sich in der Schalterhalle herumgetrieben hat? Dürftige Vorstellung!«

Annalena konnte sich nur mit Mühe ein Grinsen verkneifen. Dürftige Vorstellung! Sandler und seine Überheblichkeit!

»Na und?«, grummelte Klotz. »Ist das verboten, Bargeld abzuheben?«

»Natürlich nicht«, sagte Dobler. »Aber wenn das jemand macht, den ich mittlerweile zu den Verdächtigen in einem Mordfall zähle, machen wir uns schon unsere Gedanken.«

Kevin Klotz war nicht mürbe, aber er ereiferte sich.

»Verdächtiger! Ihr habt sie ja nicht alle! Und deshalb spioniert ihr mir nach? Und dazu noch so dilettantisch? Ja, ja, der Überwachungsstaat! Die totale Kontrolle. Du kannst nichts machen, nicht einmal Geld abheben, ohne dass das die Polizei mitkriegt. Oft beschworen, hiermit bewiesen.«

»Zur Überwachung tragen Sie mit Ihrer Arbeit ja auch bei.«

»Im Gegenteil! Ich verhindere, dass Daten ausgespäht werden.«

»Ach, so ist das!« Dobler blieb unvermindert freundlich. »Bleiben wir mal bei dem Bargeld. Muss man ja auch haben, wenn man es abhebt.«

»Ich habe gut verdient. Ist das verboten?«

»Die vielgerühmten Fachkräfte, die man händeringend sucht und auch entsprechend bezahlt.«

Kevin Klotz sah ihn überheblich an. »Ich bin nicht bloß eine Fachkraft. Ich bin Spezialist. Natürlich werde ich gut bezahlt.«

»Sehr gut sogar. Wenn ich mir so anschaue, was Ihnen Alisa Sandrock überwiesen hat … Du muss eine alte Oma lang für stricken.«

»Die alte Oma merkt vielleicht, wenn eine Masche fällt, aber sie merkt nicht, wenn jemand einen *Trojaner* in dein Computersystem pflanzt.«

»Aber Sie merken das?«

»Klar.«

»Im Umkehrschluss könnten Sie auch selbst einen *Trojaner* irgendwo einschmuggeln?«

Ein winziges Zögern mit der Antwort. »Könnte ich, ja.«

»Jetzt erklären Sie doch bitte mal einem Laien, der mit diesem ganzen Computerzeugs nichts am Hut hat, was so ein *Trojaner* überhaupt ist«, sagte Dobler und lehnte sich zurück. »Von diesen Pferdchen ist in letzter Zeit ja viel die Rede.«

»Pferdchen?«

»Trojanisches Pferd.«

Klotz sah ihn verständnislos an.

»Der Krieg um Troja. Die Griechen kamen nicht weiter und haben sich eine List ausgedacht. Sie haben den Trojanern ein hölzernes Pferd vor die Stadttore gestellt, und die haben es in die Stadt gebracht. Im Bauch des Pferdes aber versteckten sich griechische Krieger, und zack, das war's dann. Ich kenne mich mit diesem elektronischen Zeugs nicht so gut aus, aber um meine klassische Bildung ist es nicht schlecht bestellt.«

Kevin Klotz dachte eine Weile nach, dann lachte er. »Trojanisches Pferd, das ist gut, habe ich noch nicht gehört, muss ich mir merken. Trifft meine *Trojaner* genau. Was wollen Sie, Kurzfassung oder ausführlich?«

»Wir haben zwar alle Zeit der Welt, aber kurz reicht vorerst.«

Annalena machte ein unbeteiligtes Gesicht und beschäftigte sich mit ihren Fingernägeln, an deren makelloser Maniküre nichts auszusetzen war, während Klotz sich in Positur setzte.

Sie erkannte Doblers Taktik. Wenn man seine Hände ansah, die Pranken eines großen, bulligen Mannes, die er in der Blickrichtung von Kevin Klotz auf dem Tisch ruhen ließ, konnte man leicht zu dem Schluss kommen, dass sie mit einer Mistgabel vertrauter waren als mit einer Tastatur, und zweifelsohne war das auch so. Gleichwohl war er mit »diesem ganzen Computerzeugs« vertrauter, als er glauben machen wollte.

Und Kevin Klotz war der Typ, der selbstgefällig das unwissende Volk mit seinem Fachwissen beeindrucken wollte, einer, der zur Überheblichkeit neigte. Und wer überheblich war, machte leicht einen Fehler.

»Ein *Trojaner*«, begann Klotz zu dozieren, »ist ein getarntes Schadprogramm, getarnt wie dieses trojanische Pferd, von dem Sie geredet haben, haha, das sich unbemerkt im Computer breitmacht und Daten ausspäht.«

»Welche Daten?«

»Was immer Sie wollen. Passwörter, Kundendaten, Projektdaten und dergleichen.«

»Und was macht man, wenn man diese Daten hat?«

»Man kann zum Beispiel ein Konto abräumen. Oder die Geschäftsgeheimnisse an die Konkurrenz verticken. Oder Passwörter verkaufen, dafür gibt es ja einen regen Handel. Oder die Daten auf dem Computer verschlüsseln und erst nach Zahlung eines Lösegeldes wieder freigeben. Und solang kann die Firma nicht mehr arbeiten. Erst kürzlich ging so ein Fall durch die Medien.«

»Tatsächlich? Ist mir entgangen«, log Dobler dreist. »Wissen Sie, auf Dinge, die ich sowieso nicht verstehe, achte ich auch nicht.«

Kevin Klotz aalte sich in der Überlegenheit des Fachmanns. »Meistens erfährt man davon nichts. Die Firmen hängen das nicht an die große Glocke, sondern zahlen. Man möchte ja nicht zugeben, wie angreifbar das eigene System ist. Wer weiß, wen man damit sonst noch anlockt.«

»Raffiniert. Und solche *Trojaner* entwickeln Sie also.«

»Ich identifiziere sie und mache sie unschädlich. Habe ich Ihnen schon gesagt.«

»Stimmt, haben Sie gesagt. Wie muss ich mir das vorstellen? Sie stehen da und halten die rote Fahne hoch, wenn so ein *Trojaner* vorbeikommt?«

Kevin Klotz lachte. »Das ist gut! Rote Fahne!« Er gluckste weiter vor sich hin und wurde dann wieder ernst. »Ein *Trojaner* braucht ein Loch, durch das er schlüpfen kann. ›Sicherheitslücke‹ nennt man das. Dieses Loch finde ich und stopfe es. Die Kurzfassung. Wollen Sie's ausführlicher?«

Dobler winkte ab. »Lassen Sie's. Ich verstehe es doch nicht. Übrigens, was wollten Sie eigentlich mit dem vielen Bargeld?«

»Einkaufen vielleicht?«

»Für 30.000 Euro? In Rothenburg?«

»Wie wäre es mit einem neuen Auto?«

Dobler winkte ab. »Lassen wir das vorerst.«

Solang, dachte er, bis wir in deinem Haus Flugtickets nach irgendwo gefunden haben. Es gab ja genügend Länder auf dieser Welt, die kein Auslieferungsabkommen mit der Bundesrepublik hatten, dafür schnellen Internetzugang. Frau und Kind konnten dann nachkommen, wer wollte sie schon daran hindern?

Ein Summen von Doblers Smartphone kündigte den Eingang einer Textnachricht an. Er warf einen kurzen

Blick darauf und wandte sich wieder an Klotz. »Zurück zum Thema. Sie finden also diese Sicherheitslücken.«

»Klar. Ich bin der Spezialist.«

»Ihre Kunden berichten ja auch von abgewehrten Angriffen.«

»Sehen Sie!«

»Sie berichten aber auch von Angriffen, die erfolgreich waren. Da hat der Spezialist wohl versagt und eine Lücke übersehen. Oder er hat selbst eine Lücke ausgenützt. Eine Lücke, die er zuvor selbst geschaffen hat. Sie entschuldigen uns einen Moment?«

Annalena folgte ihm hinaus.

»Ich habe Sandler gesagt, er soll mich per Textnachricht informieren, wenn es etwas Neues gibt. Das war er eben.«

»Dann war das jetzt aber ein ungünstiger Moment«, sagte Annalena.

»Absicht. Klotz soll ruhig etwas ins Grübeln kommen.«

»War das zuletzt ein Schuss ins Blaue? Wir haben ja diese Möglichkeit besprochen.«

»Nicht ganz. Das Ergebnis unsere Telefonaktion. Es gibt zwei eindeutige Fälle bisher, obwohl die *Limax GmbH*, also Alisa Sandrock, also Kevin Klotz, ein Sicherheitssystem installiert hat, für einen stolzen Preis übrigens. Vielleicht kommen noch mehr, manche zieren sich mit Auskünften, und die Kollegen sind noch nicht durch. Bei den fraglichen beiden Kunden wurden die Daten verschlüsselt und Lösegeld gefordert, der Klassiker. Auf Anraten unseres Spezialisten hier im Zimmer via Sandrock hat die Firma gezahlt, und er hat die

Lücke dann ganz schnell ausfindig gemacht. Zu schnell, findet zumindest einer der Ansprechpartner, Klapotek in Frankfurt, der meint, ein bisschen von der Materie zu verstehen.«

»Können wir ihm das beweisen?«

»Vermutlich nicht. Man muss das realistisch sehen. Gezahlt wurde natürlich in Bitcoins, und der Sinn dieser Kryptowährungen besteht ja unter anderem darin, dass man nicht nachverfolgen kann, wohin das Geld fließt. Unsere einzige Chance ist es, Kevin Klotz so zu verunsichern, dass er sich verplappert.«

»Selbst wenn, nützt uns das etwas? Wir haben einen Mordfall aufzuklären, keine Cyberkriminalität. Dafür sind die Fachleute zuständig.«

»Eben. Prinzip Verunsicherung.«

Dann wählte er Sandlers Nummer. »Dobler hier. Ich habe auf laut gestellt, Annalena hört mit.«

»Hallo, Annalena«, sagte Sandler.

»Tach«, erwiderte Annalena deutlich reserviert.

»Folgendes«, sagte Sandler. »Wir haben jede Menge Dokumente sichergestellt, außerdem einige Computer und externe Speichermedien.«

»Auch Flugtickets?«

»Fehlanzeige. Die Dokumente müssen wir noch auswerten, was einige Zeit dauert, Computer und Speichermedien sind natürlich passwortgeschützt, und die zu knacken, dauert ebenfalls.«

»War zu erwarten«, sagte Dobler.

»Der Knackpunkt ist seine Frau. Sie ist nicht nur nervös, sondern hat richtiggehend Angst. Bisher hat sie von nichts eine Ahnung, sagt sie, aber bisher haben wir auch nur nett geplaudert mit ihr. Ich nehme an, sie hält nicht lange stand, wenn wir sie etwas härter angehen.«

»Sofern ihr nicht ein Anwalt rät, den Mund zu halten.«

»Damit das nicht geschieht, waren wir überaus freundlich zu ihr und haben sie nicht wirklich bedrängt.« Er lachte. »Und außerdem haben wir uns hinter deinem breiten Rücken versteckt. Wir haben ihr gesagt, dass wir selbst nicht wissen, um was es geht, und nur auf Anforderung der Haller Kollegen handeln.«

»Sehr gut. Mein Rücken hält das aus.«

»Wie geht es jetzt weiter?«

»Wir behalten Klotz hier, er weiß es nur noch nicht. Sag bitte auch seiner Frau nichts davon. Ich gehe davon aus, dass er sie informieren wird. Sie soll eine unruhige Nacht haben, morgen befragt ihr sie dann richtig.«

»Sollen wir sie überwachen lassen?«

»Wäre nicht schlecht, wenn ihr das gebacken kriegt.«

»Ich kümmere mich darum.«

»Streifenwagen vor dem Haus genügt. Sie soll ruhig wissen, dass wir sie im Auge behalten.«

Dobler beendete das Gespräch.

»Warum ist Sandler plötzlich so kooperativ?«, wunderte sich Annalena.

»Er weiß, dass er einen Riesenbock geschossen hat«, erwiderte Dobler. »Und das ohne das erwartete Ergebnis, wenn ich dich richtig verstanden habe. Jetzt kann er Einsatz zeigen und sich damit brüsten, dass es ohne seine Mithilfe nicht gegangen wäre.«

»Männer!«, sagte Annalena. »Denken auch nur an ihre Karriere.«

»Entweder daran oder an das andere«, grinste Dobler.

»Jetzt bist du an der Reihe. Kevin Klotz und Alisa Sandrock, das ist doch ein ergiebiges Thema.«

Sie gingen wieder hinein zu Kevin Klotz.

Der war so selbstsicher wie bisher. »Das mit dieser sogenannten Lücke ist leicht zu erklären.«

Diesmal winkte Annalena ab. »Wenn Ihnen das so wichtig ist, können wir gern später darauf zurückkommen. Jetzt zu etwas anderem. Alisa Sandrock. Wir tun uns immer noch schwer, sie einzuschätzen. Wir haben sie ja nicht gekannt, Sie aber schon. Wie würden Sie Alisa Sandrock beschreiben?«

»Hatten wir das nicht schon? Na egal, ich sage es Ihnen gern noch einmal, wenn Sie das schon wieder vergessen haben. Kontrolliert, unnahbar, spröde, aber auch liebenswürdig. Sie konnte sehr gut andere Menschen für sich einnehmen, wenn sie wollte, vor allem Kunden.« Er grinste schief. »Ich bin da nicht so gut drin. Ich vergrätze die Leute nur.«

»Weil Sie sie für Idioten halten?«

»Sind sie ja auch.«

»Dann war Frau Sandrock für die Kontakte mit den Kunden zuständig, Sie für das Programmieren?«

»Arbeitsteilung. Jeder, was er am besten kann.«

»Frau Sandrock konnte nicht programmieren?«

»Konnte sie schon, sonst hätte sie bei den Kunden einen schweren Stand gehabt. Aber ich war besser.« Er sagte dies nicht selbstgefällig, wenn auch mit stolzgeschwellter Brust. Für ihn war das einfach eine Tatsachenfeststellung.

»Was wissen Sie über ihr Privatleben?«

»Nichts.«

»Kaum glaubhaft. Sie haben zusammengelebt.«

Er hob belehrend den Zeigefinger. »Wir haben nach außen das Paar gespielt, aber wir haben nicht zusammengelebt. Das ist ein Unterschied. Wir waren eine Art Bürogemeinschaft oder WG, wenn Ihnen das lieber ist.«

»Ein merkwürdiges Arrangement.«

»Alisa wollte das so.«

»Warum?«

Er zuckte mit den Schultern. »Sie wollte den Anschein von Seriosität erwecken.«

»Warum?«, fragte Annalena erneut.

Und er zuckte erneut mit den Schultern. »Keine Ahnung. Hat mich auch nicht interessiert. Solang ich regelmäßig auf Auswärtsterminen war, wie das offiziell hieß, sprich, solang ich nach Rothenburg zu meiner Frau fahren konnte, wann ich wollte.«

Annalena schwieg und wartete.

»Na ja«, fuhr er fort. »Es war auch ganz praktisch. Wir hatten mehrere große Projekte am Laufen, da ist es gut, wenn man sich direkt abstimmen kann.«

»Auf einmal? Sie haben doch zuvor schon für Frau Sandrock gearbeitet, das ging offenbar auch.«

Kevin Klotz wurde merklich reservierter. »Unsere Arbeitsbeziehung hat sich intensiviert. Es waren viele Projekte. Große Projekte.«

»Ihre Rolle als angeblicher Lebensgefährte begann, als Sie von Frankfurt nach Rothenburg gezogen sind und sich dort Ihr Haus gekauft haben. Bar bezahlt, dieses Haus. Muss man auch können. Sie haben wirklich gut verdient.«

Klotz sah sie abfällig an. »Ich bin Spezialist, das habe ich schon gesagt.«

»Warum eigentlich gerade Rothenburg?«

»Meine Frau stammt aus der Gegend.«

»Sehr praktisch, dieses Rothenburg. Nahe bei Schwäbisch Hall. Da sind Auswärtstermine über Nacht oder übers Wochenende kein Problem.«

Klotz zuckte nur mit den Schultern.

Annalena beugte sich vor und fixierte ihn scharf. »Intensivierte Arbeitsbeziehung. Und trotzdem keine Gespräche über Persönliches?«

»Nein.«

»Reden Sie keinen Schwachsinn. Das kommt mir seltsam vor.«

»Wir in diesem Metier *sind* seltsam.« Auch das klang bei ihm wie eine unumstößliche Feststellung, über die man nicht zu diskutieren brauchte. Aber Annalena glaubte dennoch, auch diesmal so etwas wie Selbstgefälligkeit im Unterton mitzuhören. Als ob er das Image des Außenseiters genussvoll pflegen würde.

»Immerhin haben Sie gewusst, dass Alisa Sandrock lesbisch war.«

»Habe ich irgendwann mal mitgekriegt.«

»Oder war das nur eine Schutzbehauptung, um Ihre Frau nicht zu beunruhigen?«

Er fuhr auf. »Wollen Sie mir etwa unterstellen, dass ich …«

Annalena unterbrach ihn. »Ich will gar nichts unterstellen. Ich frage nur. Alisa Sandrock war schwanger. War das Ihr Kind?«

Kevin Klotz brach in schrilles Lachen aus. »Ganz bestimmt nicht. Meines wäre schon längst geboren.«

Er verstummte abrupt. In dem Moment, als er es ausgesprochen hatte, war ihm klar geworden, dass er einen Fehler begangen hatte.

Annalena sah ihn nur an.

»Herrgott, ja, wir haben ein paarmal miteinander geschlafen. Das hat sich so ergeben. Es hatte nichts zu bedeuten und ist auch schon lang her. Meine Frau braucht trotzdem nichts davon zu erfahren. Aber das ist definitiv nicht mein Kind, den Erzeuger müssen Sie woanders suchen.«

»Sie wussten von der Schwangerschaft?«

»Ich sage jetzt gar nichts mehr«, erwiderte Kevin Klotz. Und fortan blieb er stumm. Saß mit finsterer Miene da und reagierte nicht auf die Fragen, die Annalena auf ihn niederprasseln ließ. Eigentlich waren es keine Fragen, sondern Feststellungen: Sie haben von der Schwangerschaft gewusst. Seit wann? Sie haben von der Beziehung Alisa Sandrocks zu Liane Maxwell gewusst. Seit wann? Sie haben auch gewusst, dass es mit dieser Beziehung vorbei war. Seit wann?

Kevin Klotz sagte weiterhin nichts. Ein Klotz, dem nichts etwas anhaben konnte.

Ein kurzer Blick von Annalena zu Dobler, und der übernahm. Vom *bad cop* Annalena zum *good cop* Dobler. Der saß ganz entspannt in seinen Stuhl gelümmelt und sagte im Plauderton: »Es ist Ihr gutes Recht, nichts zu sagen. Allerdings macht sich etwas mehr Kooperationsbereitschaft gut im Protokoll. Spätestens vor Gericht.«

Erwartungsgemäß kam keine Reaktion.

Im selben Plauderton fuhr Dobler fort: »Auf alle Fälle werden wir Sie über Nacht hierbehalten. Vielleicht fallen Ihnen dann einige Antworten ein.«

Jetzt fuhr Kevin Klotz auf. »Das können Sie doch nicht machen!«

Dobler blieb bei seiner gemütlichen Art. »Klar können wir das. Würden wir es sonst tun?«

»Meine Frau …«, stammelte Klotz. »Ich muss meine Frau verständigen. Sie macht sich sonst Sorgen.«

»Verstehe ich. In ihrem Zustand«, sagte Dobler und schob ihm sein Handy hin. »Wir hören, was Sie sagen, aber wir hören nicht, was Ihre Frau sagt. So läuft das Spiel.«

Klotz wollte protestieren, besann sich eines Besseren und wählte die Nummer.

»Ich bin's … ja, ja, alles gut … Pass auf, diese Arschgeigen von Polizisten hören alles mit, was ich sage … Keine Ahnung, sie machen's halt … Bleib ganz ruhig, Schatz … Sie behalten mich hier … Nein, nein, kein Grund zur Sorge, diese Provinzbullen lassen nur die Muskeln spielen … Sie machen was? Das ist doch … Reg dich nicht auf, alles wird gut … Beruhige dich doch … Pass auf dich auf.«

Er beendete das Gespräch und warf das Handy auf den Tisch, Zornesröte im Gesicht. »Spinnt ihr jetzt? Ihr durchsucht mein Haus?«

»Stimmt«, sagte Dobler, weiterhin gemütlich. »Wir durchsuchen Ihr Haus, und nein, wir spinnen nicht. Wir haben einige interessante Sachen gefunden. Zum Beispiel einige Datenträger. Okay, die sind passwortgeschützt, aber das ist kein Problem, wir haben auch unsere Spezialisten. Und die sind ebenfalls gut. Sehr gut sogar. Nur haben sie sich nicht für die dunkle Seite der Macht entschieden.«

Und dann war es vorbei mit der gemütlichen Plauderei. Dobler erhob sich und sah mit der ganzen Masse seiner zwei Zentner oder mehr auf Klotz herab.

»Jetzt sage ich Ihnen mal, wie das gewesen ist. Sie und Alisa Sandrock haben jahrelang Ihre Kunden ausgenommen, indem Sie die Sicherheitslücken, die Sie entdeckt haben, ausgenützt haben. Teils haben Sie abgefangene Angriffe auf die Firmennetze vorgetäuscht, die es gar nicht gab, um Ihre Kompetenz zu demonstrieren und sich quasi das Grundeinkommen zu sichern, teils haben Sie die Netze tatsächlich lahmgelegt und kassiert. War das die Idee von Alisa Sandrock? Oder von Ihnen? Egal, Sie haben auf alle Fälle mitgemacht. Aus Geldgier und auch, weil Ihre Geschäftspartnerin Sie mit Ihrer Affäre erpresst hat, denn das wäre bei Ihrer Frau gar nicht gut angekommen. Wobei diese Bettakrobatik nicht einfach so passiert ist, wie Sie gemeint haben, Alisa Sandrock hat Sie eiskalt verführt, um etwas gegen Sie in der Hand zu haben. Und dann hat Alisa Sandrock urplötzlich alles gekappt. Die Beziehung zu Liane Maxwell, privat und beruflich, Ihrer wichtigsten Kundin, und damit auch die Geschäftsbeziehung zu Ihnen. Sie standen plötzlich vor dem Nichts. Sie haben die Sandrock abgepasst, Sie wussten ja, wo sie regelmäßig joggt, aber sie ließ sich nicht erweichen, und dann haben Sie zugeschlagen. So war das. Und damit wir uns richtig verstehen: Für Sie geht es nicht mehr nur um Computerkriminalität, für Sie geht es um Mord. Denken Sie mal darüber nach.«

»Euch haben Sie doch ins Gehirn geschissen«, war alles, was Kevin Klotz dazu sagte.

Annalena Bock und Karlheinz Dobler sahen ihm nach, als er abgeführt wurde.

»Willkommen im Klub der Provinzbullen, du Arschgeige«, sagte Dobler.

Annalena lachte. »Ich kann mir schon vorstellen, dass er sich damit schwertut, Kunden von sich zu überzeugen. Das Bürschchen hat nicht gerade ein einnehmendes Wesen.«

»Deshalb war es für ihn auch eine Katastrophe, als Alisa Sandrock ausgestiegen ist.«

»Mutmaßungen, nichts als Mutmaßungen, würde sein Anwalt sagen.«

»Interessanterweise hat er nicht nach seinem Anwalt verlangt.«

»Was schließt du daraus?«, fragte Annalena.

Dobler hob die Schultern. »Keine Ahnung. Vielleicht wissen wir morgen mehr.«

»Noch etwas Interessantes. Wir haben beide das Thema Dagmar Sick nicht zur Sprache gebracht«, sagte Annalena.

»Und ohne Absprache. Intuitiv. Wir sind eben ein gutes Team.«

»Alte Pokerregel. Man sollte immer noch ein Ass im Ärmel haben.«

Dobler sah sie überrascht an. »Du spielst Poker?«

»Und ich betrüge hemmungslos, denk an das Ass. Und jetzt?«

»Haben wir ein Riesenproblem. Wir müssen diskutieren, wie wir weiter verfahren. Einerseits. Andererseits habe ich einen Bärenhunger. Ich bin schließlich nicht in den Genuss eines Mittagessens von Muttern gekommen wie du. Beides müssen wir zur Deckung bringen.«

»Kneipe? Arbeitsessen nennt man das.«

»Zu viele Ohren.«

»Wir könnten uns was kommen lassen.«

»Mir steht der Sinn nach was Richtigem, ich bin verwöhnt. Vorschlag: Wir gehen zu mir, da haben wir unsere Ruhe und was Vernünftiges zum Essen. Ich plündere die Vorratskammer.«

»Wenn du nicht um deinen guten Ruf fürchtest. Allein mit einer Frau.«

»Wenn du nicht um deine Tugend fürchtest. Allein mit einem Mann.«

»Im Kurs für Selbstverteidigung war ich gut, wenn man mir das auch nicht ansieht.«

»Ich will es nicht darauf ankommen lassen.«

»Und was ist mit deinen Kühen?«

Dobler winkte ab. »Die sind froh, wenn ihnen mal jemand anderer das Euter streichelt.«

Als sie hintereinander auf den Dobler-Hof gefahren und ausgestiegen waren, sagte Annalena: »Ich sollte wenigstens Kathi Hallo sagen.«

»Keine gute Idee«, antwortete Dobler. »Die ist jetzt im Stall. Das hält dein Schuhwerk nicht aus.«

Er deutete auf Annalenas Riemchensandalen, ein filigranes Kunstwerk (und ziemlich teuer, wie sie ihm hätte sagen können), das definitiv nicht für einen Kuhstall gedacht war.

»Du solltest ernsthaft über die Anschaffung von Gummistiefeln nachdenken und sie im Kofferraum deponieren«, sagte er. »Wir sind auf dem Land. Die brauchst du hier öfter.«

»In Köln nie«, antwortete Annalena und seufzte. »Das wäre eine Kapitulation.«

Manchmal ging ihm ihre Sehnsucht nach Köln gehörig auf die Nerven, doch er verbiss sich einen Kommentar, um die Stimmung nicht zu verderben. Er nahm sich vor, mit ihr bei Gelegenheit ein ernsthaftes Gespräch zu führen, so ging das nicht weiter.

Aus dem Stall kam ihnen Siggi mit einer Schubkarre voller Mist entgegen.

»Das zweite Mal an diesem Tag, dass ich eine hübsche Frau nicht angemessen begrüßen kann«, lachte er. »Da siehst du mal, wie leicht Bäuerinnen ihre Männer an die Leine legen können.«

»Sag Kathi viele Grüße«, meinte Annalena.

»Werde ich bestellen. Und euch soll ich ausrichten, dass im Kühlschrank noch Gänsgwergelich zum Aufbraten sind. Weißkraut ist aus.«

Dobler war nicht böse deswegen, Weißkraut gehörte zu dem Gemüse, das er eben mitaß, wenn es sein musste.

Er führte sie hinauf zu seiner Wohnung im ersten Stock und verschwand gleich wieder, auf der Suche nach Essbarem. Annalena schaute sich derweil ungeniert um in den gemütlich eingerichteten drei Zimmern.

Das Wohnzimmer wurde von dem riesigen Fernsehschirm beherrscht, im Schlafzimmer ein breites Bett mit ausreichend Platz für zwei, das dritte Zimmer hätte man als Musikzimmer bezeichnen können. Eine akustische Gitarre und eine elektrische standen auf ihren Ständern, daneben war ein Verstärker samt Kopfhörer. Was man nicht alles über seinen Kollegen erfuhr, wenn man ihn zu Hause besuchte.

Sinnend stand sie vor den Gitarren und strich behutsam über die Saiten. Die Gitarren waren gestimmt, soweit sie das beurteilen konnte. Sie hatte Respekt vor jemandem, der mit diesen sechs Saiten zurechtkam, und dachte an die Gitarristen der Bands, die sie in ihrer Jugendzeit angehimmelt hatte, als sie hinter sich Dobler bemerkte. Sie hatte ihn gar nicht kommen hören, so weit weg in ihrer Vergangenheit war sie gewesen.

»Du spielst Gitarre?«, fragte sie.

»Spielen wäre zu viel gesagt«, antwortete er, und als keiner etwas sagte, fühlte er sich zu einer Erklärung genötigt. »Ich klampfe so herum. Früher mal habe ich in einer Band gespielt, bis mir dazu die Zeit fehlte. Der Job, die Arbeit auf dem Hof …«

Der junge Dobler mit seinen Wurstfingern!

»Du musst mir etwas vorspielen.«

»Später vielleicht. Wenn der Fall gelöst ist. Ich habe uns ein Bier mitgebracht«, sagte Dobler. »Kölsch war alle, dafür gibt es ein Mohrenköpfle von der hiesigen Brauerei. Total regional.«

Jetzt verkniff sich Annalena eine Bemerkung. Auch ein Kölsch, hätte sie sagen können, war so was von regional, regionaler ging es nicht mehr.

Auf die Gwergelich verzichtete sie, sie hatte ihre Portion ja schon mittags gehabt, ebenso auf die Büchsenwurst und hielt sich an das Gartengemüse und den Käse. »Heumilchkäse aus Geifertshofen«, erklärte Dobler. »Da ist auch Milch von uns dabei.«

Was es nicht alles gab! Sie aßen und diskutierten und missachteten die alte Regel, dass man sich beim Essen auf das Essen konzentrieren und Berufliches auf die Seite schieben sollte.

Einmal sagte Annalena: »Du machst das richtig gern, nicht wahr, diese Arbeit im Stall und auf dem Acker.«

»Ja«, sagte Dobler schlicht.

»Eben doch ein Bauer.«

»Bauer vielleicht, aber kein Landwirt. Als Landwirt musst du dich mit diesem Unsinn herumschlagen, den sie sich in Brüssel ausdenken. Ich bin nur Befehlsempfänger. Ich mache, was die Chefin mir anweist.«

»Widerspruchslos? Das kann ich mir bei dir nicht vorstellen.«

»Na ja«, schmunzelte Dobler. »Ich sage schon meine Meinung. Und wenn es Kathi zu viel wird, macht sie mich mit dem Argument mundtot, dass ein Hof ein Wirtschaftsbetrieb sei.«

Dann waren sie wieder bei ihrer Leiche, Kevin Klotz und der Frage, wie sie ihn festnageln konnten, und ob er nach wie vor ihr Favorit war.

War er. Doch er hatte Konkurrenz.

KAPITEL 8

Dobler hatte Annalena darüber instruiert, dass man beim Staatsanwalt nicht einfach hereinschneien könne, sondern einen Termin vereinbaren müsse. Eine Formsache, doch darauf lege er eben Wert. Nun ja, jedem seine Marotten.

In der Tat beschied sie die Sekretärin, dass der Herr Staatsanwalt gerade eine Besprechung habe, in zehn Minuten jedoch frei sei. Genau die Zeit, die man für einen gemütlichen Bummel hinüber in die Salinenstraße brauchte. Welch ein Zufall.

Bei der Staatsanwaltschaft machte sie sich mit der Sekretärin bekannt, Gerda Schmoller, einer zur Rundlichkeit neigenden Frau in den 50ern. Der Drache im Vorzimmer. Am Telefon hatte sie harsch und abweisend gewirkt, in der persönlichen Begegnung fand Annalena sie herzlich und gelassen.

»Schön, wenn man sich mal persönlich kennenlernt und nicht bloß eine Stimme am Telefon hört«, sagte Gerda Schmoller, ergriff Annalenas hingestreckte Hand mit ihren beiden Händen und schüttelte diese, als wolle sie sie nie mehr loslassen.

»Man macht sich leicht falsche Vorstellungen«, sagte Annalena.

»Manche dürfen gerne bleiben. Sie sind so eine Art Selbstschutz. Der Drache im Vorzimmer.«

»Ich mag Drachen«, sagte Annalena. »Sie sind so unangepasst und so verletzlich. Ein Sinnbild für das Chaos, als dessen Urheber man sie gern sieht. Fehlt nur noch der Ritter, der die arme Jungfrau befreit.«

»Er wartet drinnen auf Sie«, sagte Gerda Schmoller und zwinkerte ihr zu. »Aber Vorsicht, mancher Ritter ist nicht so edel, wie man auf den ersten Blick meint.«

Der Ritter trug die standesgemäße Rüstung aus Anzug und Krawatte und sprang hinter seinem Schreibtisch hervor, als sie das Zimmer betrat.

Annalena fühlte sich underdressed in ihrem leichten Sommerkleid. Wenigstens hatte sie elegante Riemchensandalen an den Füßen, andere als gestern, allerdings genauso teuer. Aber dafür hatten die Männer sowieso keinen Blick.

»Endlich!«, sagte Doktor Hannes Kippling und kam mit ausgestreckten Armen auf sie zu. Mit der rechten Hand ergriff er ihre Rechte, die linke Hand legte er auf ihren Unterarm. »Man sollte die alte Sitte des Vorstellungsgesprächs wieder einführen. Unverzeihlich, dass man mir eine so hübsche Frau bisher vorenthalten hat.«

So einer also, sagte sich Annalena und dachte an die zarte Warnung des Drachens im Vorzimmer.

»Kommissare kommen und gehen«, sagte sie.

»Staatsanwälte auch«, lachte der Staatsanwalt. »Ich war eben dabei, mir einen Grüntee aufzubrühen. Darf ich Sie einladen?«

»Ich will Ihre Zeit nicht über Gebühr beanspruchen.«

Doktor Hannes Kippling wischte das weg. »Was ist das schon, Zeit! Ein Konstrukt, um uns zu knechten. Zeit gibt es nicht. Vielmehr, es kommt darauf an, was wir daraus machen.«

Ein Philosoph auf dem Stuhl des Staatsanwalts? Annalena hatte einiges über ihn gehört, das allerdings noch nicht.

Doktor Hannes Kippling galt als konservativ bis in die Knochen, weshalb es nicht allzu schwer war, von ihm die nötigen Maßnahmen genehmigt zu bekommen, wenn sie nur gut begründet waren. Ein harter Hund. Null Toleranz. Gebt dem Verbrechen keine Chance. Das hatte er irgendwo aufgeschnappt, und das gefiel ihm. Er legte Wert auf Formalitäten, wie etwa die Terminvereinbarung, und wünschte, mit seinem Doktortitel angesprochen zu werden. Den hatten bislang die Jäger von *VroniPlag* noch nicht als Plagiat entlarvt, dazu war er zu unbedeutend.

Seine Bedeutung allerdings sollte sich ändern, wenn es nach ihm ging. Es hieß, er habe seine Karriere fest im Blick und ordne dem alle seine Entscheidungen unter. Man kolportierte, er sei kreuzunglücklich, dass man ihn in die Wüste nach Schwäbisch Hall geschickt habe, wo kein Cum-Ex-Skandal am Wegesrand laure, keine Dieselaffäre, nichts, womit man als strahlender Held die Schlagzeilen beherrschen konnte. Nicht mal ein verruchter Serienmörder. Nur eine erschlagene Frau im Einkornwald.

Annalena hatte ihn sich, obwohl die Telefonstimme dagegen sprach, als missmutigen älteren Herrn vorgestellt, der mit seinem Schicksal haderte.

Dagegen sah sie einen sympathischen Mann ungefähr in ihrem Alter, auf Mitte 30 schätzte sie ihn, sportlich durchtrainiert und in einem Anzug, der vermutlich Maßarbeit war.

Aus dem Grüntee machte er ein Ritual.

»Das Wasser muss sprudelnd aufkochen und dann auf 70 bis 80 Grad abkühlen«, erklärte er. »Anderthalb Minuten ziehen lassen, keinesfalls länger als zwei Minuten, sonst wird er bitter. Und natürlich kommt es auf den Tee an. Kein Billigprodukt vom Discounter.«

Er wies hinüber zu einer Sitzgruppe aus schwarzem Leder und servierte das Getränk. In einem Glas, nicht in einer Tasse. Man muss die Farbe sehen, erklärte er.

»Ein wundervoller Tee für eine wundervolle Frau«, sagte er. »Stark, anregend und tiefgründig im Charakter. Wie Sie.«

Annalenas Geschmack war der Tee nicht, so wenig wie das Gesülze des Herrn Staatsanwalts. Normalerweise wäre sie ihm jetzt über den Mund gefahren, doch in manchen Momenten wusste sie sich durchaus zu zügeln. Er war der Staatsanwalt, der Herr des Verfahrens, und sie wollte etwas von ihm. Und manchmal tat es auch gut, umschmeichelt zu werden, mochte es auch noch so dick aufgetragen sein.

»Sie sind also auch nicht freiwillig hier«, sagte er.

Er wusste es also. Natürlich hatte er ihre Personalakte gesehen. Allerdings stand dort nicht der wahre Grund.

»Vorübergehend«, antwortete sie.

Er gluckste. »Da haben wir schon mal etwas gemeinsam, und weitere Gemeinsamkeiten werden wir finden, da bin ich sicher.«

Er nippte an seinem Tee. »Als ich hierhergeschickt wurde, habe ich das Schicksal verflucht. Abgeschoben in die Provinz. Dann habe ich begriffen, dass man sich auch hier bewähren kann. Gerade hier. Wie Dürrenmatt das mal gesagt hat: ›Kunst da tun, wo niemand sie vermutet.‹ So oder so ähnlich.«

Er sprang auf und ging hinüber zu seinem Teegeschirr. »Das Besondere am grünen Tee ist«, erklärte er, »dass man ihn mehrmals aufbrühen kann. Ja, muss. Erst dann zeigt er, was wirklich in ihm steckt. Sehen Sie das als Analogie zu unser beider Situation hier in der Provinz.«

Er goss den Tee erneut ab, gab zwei Teelöffel Zucker hinzu und einige Minzeblätter, die er von einem Topf auf der Fensterbank abrupfte.

»Leider sieht das meine Freundin nicht so«, sagte er, während er hantierte. »Sie weigert sich partout hierherzuziehen, also muss ich am Wochenende nach Stuttgart pendeln. Ist ja nicht weit. Aber immer öfter zu weit, wenn Sie verstehen, was ich meine. Die Intervalle werden größer. Zu viel Arbeit. Arbeit ist doch immer eine gute Entschuldigung, nicht wahr?«

Der Tee war stark und süß, wie zu erwarten. Und er schmeckte.

»Nun«, sagte er, »ich will Sie nicht mit meinen privaten Problemen belästigen. Jeder hat so seine Schwierigkeiten, mit denen er fertigwerden muss. Was kann ich für Sie tun?«

Annalena erläuterte ihm ruhig und sachlich, was sie bisher unternommen hatten, fasste ihre Erkenntnisse zusammen und die Schlüsse, die sie daraus zogen. Er hörte geduldig zu.

»Superb!«, sagte er. »Diese Geschichte könnte größere Kreise ziehen.«

War da tatsächlich ein Glitzern in seinen Augen? Witterte er einen Fall, der über die Provinz hinaus Aufsehen erregte und ihn im strahlenden Licht erscheinen ließ? Der Staatsanwalt, der hart durchgriff und damit Erfolg hatte.

»Cyberkriminalität«, sagte er träumerisch. »Kommt gleich nach Terrorismus. Und manchmal verbindet sich beides.«

»Es gibt keinerlei Anhaltspunkte dafür«, widersprach Annalena.

»Sie sehen die Zusammenhänge nicht. Internationale Finanzströme, Geldwäsche und dergleichen. Wenn der Verdacht besteht, auch nur ansatzweise, bekommen Sie alles, was Sie wollen. Meinetwegen auch eine SEK-Truppe.«

Annalena hatte verstanden. »Wir ermitteln natürlich in alle Richtungen.«

»In alle Richtungen. Das ist gut. Das ist sogar sehr gut.« Er sprang auf und hatte Dynamik im Blick. »Nun, dann sind wir uns ja einig. Ich kümmere mich darum.«

Auch Annalena erhob sich, und Doktor Hannes Kippling deutete tatsächlich einen Handkuss an. »Meine liebe Frau Bock, es war sehr anregend, mit Ihnen zu plaudern, auch über das Berufliche hinaus. Darf ich Sie zu einem Abendessen einladen? Wir zwei einsamen Herzen haben uns sicherlich viel zu erzählen.«

Annalena war verdattert und überrascht gleichermaßen und wusste nicht recht, wie sie darauf reagieren sollte. Auf jeden Fall nicht so, wie es ihr spontan in den Sinn kam.

»Klar«, stotterte sie. »Aber vorher muss ich noch einen Mord klären.«

»Natürlich, natürlich«, sagte der Staatsanwalt und geleitete sie zur Tür.

Im Vorzimmer grinste sie der Drache spöttisch an. »Was macht der edle Ritter?«

»Er hat sein Visier hochgeklappt.«

Gerda Schmoller lachte. »Ich weiß, was Sie meinen. Wie sagt man? Hunde, die bellen, beißen nicht.«

»Sofern sie ihre Leckerli kriegen.«

»Wir zwei sollten mal einen Kaffee zusammen trinken, wenn Sie wieder Zeit haben.«

»Sehr gerne, abgemacht«, sagte Annalena, und diesmal aus vollem Herzen.

Eigenartig. Hier in Hohenlohe wurde sie mit Einladungen geradezu überschüttet, sie hatte längst den Überblick verloren.

Wie üblich stürmte Annalena ins Büro. »Du hast mir nicht gesagt, dass der Staatsanwalt hemmungslos flirtet.«

»Bei mir macht er das nicht«, antwortete Dobler unschuldig. Und auch ein wenig beunruhigt. Er kannte Annalenas spitze Zunge mittlerweile. Mit dem Staatsanwalt sollte man es sich nicht verderben, das erschwerte das Leben nur.

»Keine Bange«, sagte Annalena, die ahnte, woran er gedacht hatte. »Ich habe mitgespielt.«

Das beunruhigte ihn nicht minder. Er hatte von Kipplings ungelenken Versuchen gehört, die Frauen für sich einzunehmen. Annalena würde doch nicht auf so jemanden hereinfallen?

Wenn sie auch diesen Gedanken erraten hatte, ging sie nicht darauf ein. Sie sagte nur: »Wir können loslegen.«

»Ich werde alles in die Wege leiten«, antwortete Dobler und hängte sich ans Telefon.

Derweil starrte Annalena ins Leere. Sicher, sie hatten bekommen, was sie brauchten, und dennoch musste sie sich überlegen, wie sie künftig mit dem Staatsanwalt umgehen sollte.

Es war nicht das erste Mal, dass sie dümmlich angemacht worden war, und es würde auch nicht das letzte Mal sein. Damit musste sie sich als Frau abfinden, allen Debatten zum Trotz. Im Privatleben hatte sie damit kein Problem, sie wusste sich zu wehren und hatte schon so manchen Möchtegern-Verehrer, der nur auf eine schnelle Nummer aus war, dumm stehenlassen.

Einmal hatte sie einem Kerl, der partout nichts kapieren wollte, ihren Ausweis unter die Nase gehalten und nach seinen Personalien gefragt, woraufhin der Typ fluchtartig das Weite gesucht hatte. Später hatte sie durch Zufall erfahren, dass eben er wegen Vergewaltigung verknackt worden war. Ein Mädchen hatte sich gewehrt, aber keinen Kurs in Selbstverteidigung absolviert wie sie.

Bei Kippling, Doktor Hannes Kippling, lag die Sache anders. Sie brauchte sein berufliches Wohlwollen und hatte nicht die Absicht, sich das durch Entgegenkommen zu erkaufen. Diesem Problem musste sie sich ein andermal stellen, jetzt galt es, den Vorhang aufzuziehen für das Finale.

Ungeduldig wartete sie.

Von kurzen, knackigen Anweisungen hatte Dobler anscheinend noch nichts gehört, es musste immer auch ein kleiner Plausch sein.

Endlich war er fertig.

»Das Labor hat sein Versprechen gehalten. Der DNA-Abgleich liegt vor.« Er zeigte ihn ihr.

»Da schau an«, sagte Annalena.
»Ich habe beide grau melierte Herren einbestellt.«
»Beide?«
»Bauchgefühl. Und die Maxwell dazu.«
»Das ergibt schon eher Sinn«, sagte sie. »Was gibt es Neues aus Rothenburg?«
»Die Kollegen haben sich Zugang verschaffen können zu allen Computern, die sie bei Kevin Klotz mitgenommen haben. Offenbar waren sie nur nachlässig geschützt, was eigentlich verwunderlich ist bei einem Menschen, der in der Sicherheitsbranche arbeitet. Es scheint keiner dabei zu sein, der Alisa Sandrock alias Dagmar Sick zuzuordnen ist.«
»Das wäre auch zu schön gewesen. Wahrscheinlich liegt er schon in der Mülltonne, nachdem ihn Kevin Klotz mit dem Vorschlaghammer bearbeitet hat. Haben die Kollegen mal nachgeschaut?«
»In der Mülltonne von Kevin Klotz? So dumm ist er nicht.«
»Ist er«, sagte Annalena mit Überzeugung. »Wie wäre es mit einem kleinen Plausch mit ihm? Nur so, um ihn zu verunsichern.«

»Gut geschlafen?«, fragte Dobler, freundlich wie am Tag zuvor, als Kevin Klotz hereingeführt wurde.
»Blendend«, antwortete der. Sein Aussehen sagte etwas anderes. »Ich möchte meinen Anwalt sprechen.«
»Ihr gutes Recht. Haben Sie denn einen? Wenn nicht, wird vom Gericht einer bestellt. Allerdings habe ich mir sagen lassen, dass man dort ziemlich überlastet ist, es kann also dauern.«

»Das ist Schikane!«, fuhr Klotz auf.

»Aber, aber, wer wird denn ein so böses Wort verwenden?«

»Ich möchte mit meiner Frau sprechen.«

»Natürlich.« Dobler schob ihm sein Handy zu. Klotz wählte, wartete, doch es meldete sich niemand. Er wirkte verunsichert.

»Keiner da?«, fragte Dobler. »Wer weiß, wo sie ist. Vielleicht einkaufen? Wir werden es später nochmals versuchen. Bis dahin können Sie in unserem gemütlichen Zimmer weiterschlafen.«

Sie sahen ihm nach, wie er abgeführt wurde.

»Du hast gewusst, dass sie nicht erreichbar ist«, stellte Annalena fest.

»Sie ist in Rothenburg auf dem Kommissariat und wartet auf ihre Befragung. Ihr Handy ist derweil zur kriminaltechnischen Untersuchung.«

»Das ist etwas fragwürdig, was du da machst.«

»Soll ich dir mal sagen, was ich denke? Kevin Klotz mag zwar ein begnadeter Programmierer sein, aber er ist ein schwacher Mensch. Wenig lebenstauglich, könnte man es nennen. Er vergräbt sich in seine Welt. Ich glaube, Cyberkriminalität ist für ihn ein technisches, kein moralisches Problem. Und mit Alisa Sandrock hatte er jemanden gefunden, der gleich tickt, der ihm aber in einer Hinsicht überlegen war. Er braucht starke Frauen, die ihm sagen, was er tun muss, und die seine Ideen in die Welt bringen. Alisa Sandrock. Die Ehefrau. Sie geben ihm Halt. Wenn er den nicht mehr hat, ist er völlig verunsichert und weiß nicht mehr, was er tun soll. Er überspielt das durch Arroganz, aber das wird er nicht lange durchhalten.«

»Bei der Befragung seiner Frau wäre ich gern dabei«, murmelte Annalena.
»Ich auch. Aber auf uns warten zwei grau melierte Herren.«

Christopher Bensch, Verkaufsleiter bei der *Limax GmbH*, trug Anzug mit Hemd ohne Krawatte, was wohl seine übliche Arbeitskleidung war, und lächelte die beiden Kommissare gewinnend an. Er wirkte tiefenentspannt.
»Wie kann ich Ihnen weiterhelfen?«, fragte er.
Annalena macht den Anfang.
»Sie hatten viel mit Alisa Sandrock zu tun. Welchen Eindruck hatten Sie von ihr?«
Bensch überlegte nicht lange. »Attraktiv, gute Figur, was unbestreitbar von Vorteil ist, gerade Kunden gegenüber. Und das sind in der IT-Branche ja vor allem Männer. Verzeihen Sie, Frau Bock, das zielt natürlich auf ein Rollenverhalten, das eigentlich überwunden sein sollte, aber es ist nun einmal so. Und wenn man etwas verkaufen will, wäre es blöd, das zu missachten.«
Annalena verzog keine Miene. »Darf ich Ihnen einen Kaffee anbieten, auch wenn er von einem Mann gemacht und gebracht wird?«
Er lachte. »Sie würden mir die Augen auskratzen, wenn ich ihn aus diesem Grund ablehnen würde. Gerne, ja.«
Und Dobler, der Bär, machte sich an die Arbeit. Annalena machte weiter.
»Abgesehen von den äußeren Vorzügen, wie beurteilen Sie Alisa Sandrock?«
Auch jetzt kam seine Antwort sofort. »Sie war fachlich kompetent und verstand es, komplizierte Sachver-

halte so darzulegen, dass sie auch jemand verstand, der nicht tief drin ist im Thema. Danke für den Kaffee, Herr Dobler, ausgezeichnet! Sie hatte ein gewinnendes Wesen, konnte andere für sich einnehmen und verstand es, ihre Gesprächspartner unaufdringlich von dem zu überzeugen, was die zunächst gar nicht wollten.«

»Ein beeindruckendes Arbeitszeugnis. Und es klingt nach einer Frau ohne Fehl und Tadel.«

Nun wählte Bensch seine Worte vorsichtiger. »Nun, abseits der Kundengespräche, als Mensch sozusagen, wirkte sie sehr spröde und zurückhaltend. Nicht so der Kumpeltyp, mit dem man um die Häuser zieht, wenn Sie verstehen, was ich meine.«

Er trank einen weiteren Schluck von seinem Kaffee und blickte sinnend in die Ferne. »Sie war sehr zielstrebig und wusste genau, was sie wollte und was nicht. Persönliches von sich hat sie nicht preisgegeben.«

»Wie eine uneinnehmbare Festung.«

»So könnte man es sagen.«

Dobler mischte sich ein. »Umso reizvoller, diese Festung zu knacken, nicht wahr? Wie lange ging Ihre Affäre mit Alisa Sandrock?«

Bensch sah ihn empört an. »Affäre, ich bitte Sie! Und dazu noch mit dem Liebchen der Chefin?«

»Sie wussten davon?«

»Jeder wusste es, obwohl die beiden sehr bemüht waren, das zu verschleiern. Vor allem die Chefin. Sollte niemand wissen, dass sie vom anderen Ufer ist. Als ob das heutzutage irgendeine Rolle spielen würde. Aber wenn sie es erfahren hätte, wäre sie gnadenlos gewesen.«

»Sie sind verheiratet? Kinder?«

»Verheiratet seit 23 Jahren mit derselben Frau, zwei Kinder, ein Hund. Ganz bürgerlich.« Er lachte.

»Wie war das nun mit der Affäre?«

»Ich sage es Ihnen gern noch mal und immer wieder: Es gab keine Affäre.«

»Herr Bensch, wir wissen viel, aber Ihre Chefin und Ihre Frau wissen nichts. Noch nicht. Jedenfalls nicht von uns. Und nach dem aktuellen Stand kann das auch so bleiben. Vorausgesetzt, Sie zeigen sich etwas mitteilsamer.«

Christopher Bensch war zusehends nervöser geworden. »Ich wiederhole: Es gab keine Affäre.«

»Sie war eine attraktive junge Frau, Sie sind ein attraktiver Mann im besten Alter, ist das denn so undenkbar?«

Bensch presste die Lippen aufeinander und sagte nichts.

Dobler blieb gelassen, nur seine Stimme hob sich etwas. »Interessant ist Ihre Wortwahl. Sie sagen dauernd, dass es keine Affäre gab, Sie haben nie gesagt, dass Sie nichts mit ihr hatten. Hören Sie, Ihre privaten Abenteuer interessieren uns nicht, wir haben einen Mord aufzuklären. Allerdings könnte ich allmählich auf den Gedanken kommen, dass das eine mit dem anderen zu tun hat.«

Bensch kapitulierte. »Ich habe Sie nicht angelogen. Oder würden Sie einen One-Night-Stand als Affäre bezeichnen?«

»Erzählen Sie«, erwiderte Dobler knapp.

»Wir hatten einen Termin bei einem Kunden, es ist spät geworden, wir haben übernachtet, wir haben in der Bar noch etwas getrunken, tja, und dann sind wir uns eben nähergekommen.«

»Sie sind sich nähergekommen, aha. Sie ihr? Oder sie Ihnen?«

Bensch sah Dobler erstaunt an, überlegte und nickte dann. »Die Frage habe ich mir so noch gar nicht gestellt. Oder wollte sie mir nicht stellen. Wenn ich so drüber nachdenke, ging die Initiative eher von ihr aus.«

»Die spröde, unnahbare Alisa Sandrock?«

Er lächelte gequält. »Typisches männliches Ego, nicht wahr? Der Mann denkt, sein Charme war erfolgreich, er hat – wie haben Sie das gesagt? Er hat die Festung erobert. Meine Frau würde das nicht als Entschuldigung gelten lassen, beides nicht, ich habe ja mitgemacht. Sie muss doch nichts …«

Dobler schüttelte den Kopf. »Dazu besteht keine Notwendigkeit, das habe ich Ihnen erklärt. Übrigens«, er beugte sich zu ihm vor und zwinkerte ihm verschwörerisch zu, »wie war es denn?«

Bensch zwinkerte zurück. »Sie hatte keinen Grund, sich zu beklagen.« Er lachte.

»Danke, Sie können gehen«, sagte Dobler abrupt.

Annalena mischte sich ein. »Eine Frage noch. Wann war das ungefähr?«

»Das kann ich Ihnen sogar genau sagen. Am 15. Juni. An dem Tag hatte nämlich mein Sohn Geburtstag. Aber der Termin beim Kunden ließ sich nicht vermeiden, bei dem brannte die Hütte.«

»Inwiefern?«

»Sein gesamtes Netzwerk war verschlüsselt worden und sollte erst gegen Lösegeld wieder freigegeben werden. Natürlich gab er uns die Schuld, weil wir das Netz aufgebaut und eigentlich gegen Angriffe abgeschirmt hatten.«

»War es so?«

»Alisa, also Frau Sandrock, hat ihm sehr geduldig auseinandergesetzt, warum so etwas trotzdem vorkommen kann. Ich kann es im Detail aber nicht wiederholen, das war zu technisch.«

»Wie sind Sie verblieben?«

»Frau Sandrock hat ihn nach langen Diskussionen überzeugen können. Auch davon, dass es besser ist, wenn er zahlt. Derweil hat sie das Loch geschlossen und das Netz neu aufgesetzt.«

»Unentgeltlich?«

»Zu einem Freundschaftspreis.«

»Welche Firma war das?«

Bensch wand sich. »Das ist ein Geschäftsgeheimnis. Das darf ich eigentlich nicht sagen.«

»Sie dürfen vielleicht nicht, aber Sie müssen. Kommen Sie, das ist leicht herauszufinden. Sie ersparen uns Arbeit, und das wissen wir zu würdigen.«

Bensch seufzte. »Na gut. Ich will da in nichts hineingezogen werden. *Kabotek* in Frankfurt.«

»Nicht *Hennick* in Mannheim?«

»Das war einige Wochen zuvor, ein ähnlicher Fall. Woher wissen Sie davon?«

»Wir machen unsere Hausaufgaben«, sagte Annalena.

Und damit war Christopher Bensch endgültig entlassen.

»So ein Macho!«, zischte Annalena, als sie wieder allein waren. »Denkt, er macht eine Frau glücklich, nur weil er ihr die Ehre antut, sie zu besteigen.«

»Alisa Sandrock war bestimmt nicht sein einziges Abenteuer. Er hält sich für unwiderstehlich. Aber das muss uns nicht kümmern.«

»Ein Lob deinem Bauchgefühl«, sagte Annalena.

»Wenn man schon einen dicken Bauch hat, soll man gelegentlich auf ihn hören, wenn er grummelt. Und er grummelt schon wieder. Allmählich habe ich eine genauere Vorstellung davon, wie das Pärchen Sandrock und Klotz operiert hat.«

Annalena nickte. »Sie haben die Lücken aufgespürt, die sie eigentlich schließen sollten, oder selbst eingebaut, ich weiß es nicht, darüber ihre eigene Attacke gefahren und zu einem Freundschaftspreis das Problem dann behoben. Wobei das Lösegeld garantiert höher war als der Freundschaftspreis. Eigentlich genial einfach, wenn es funktioniert. Und offenbar hat es funktioniert.«

»Vielleicht bis auf ein Mal«, seufzte Dobler. »Nehmen wir uns den Kindsvater vor.«

Gert Ahlgrimm, Buchhalter bei der *Limax GmbH*, war rein äußerlich ein Kontrast zu Christopher Bensch, dem Verkäufer. Ein unauffälliger, dicklicher Mann. Nett, freundlich, rundum sympathisch, aber farblos. Gemeinsam war den beiden Männern nur das grau melierte Haar. Der und Alisa Sandrock? Annalena wunderte sich.

Dobler machte es kurz.

»Herr Ahlgrimm, Alisa Sandrock war schwanger, als sie starb, und der DNA-Abgleich hat ergeben, dass Sie der Kindsvater sind.«

»Oh«, machte Ahlgrimm.

»Sie wussten nichts davon?«

»Nein. Sie hat nichts dergleichen gesagt.«

»Weiß Ihre Frau von dieser Affäre?«

»Nein.«

»Wie kam es dazu?«

»Ich hatte gelegentlich mit Frau Sandrock zu tun, nicht oft, nur hin und wieder, wenn es bei ihren Abrechnungen etwas zu klären gab. Eines Tages hat sie gemeint, wir könnten das Gespräch doch in einer gemütlicheren Umgebung fortsetzen, wir sind in ein Hotel gegangen, haben an der Bar etwas getrunken, und dann ist es geschehen.«

»Wo? Welches Hotel?«

Er sagte es. Ein Hotel hier in Schwäbisch Hall. Sie hatte dort ein Zimmer.

»Ein Zimmer im Hotel? Obwohl sie in Schwäbisch Hall gewohnt hat? Hat Sie das nicht gewundert?«

»Im Nachhinein schon. Sie hat es wohl so geplant. Damals habe ich mir keine Gedanken gemacht. Genauer gesagt, ich wollte es nicht wahrhaben.«

Er sagte das ganz emotionslos und fügte hinzu: »Ein schwacher Moment. Ein unverzeihlicher Fehler. Wahrscheinlich habe ich mich geschmeichelt gefühlt.«

»Ist Frau Sandrock jemals auf diese Geschichte zurückgekommen?«

»Nein. Nie. Es war, als hätte es diese Sache nie gegeben. Vielleicht war es ihr genauso unangenehm wie mir. Muss meine Frau davon erfahren?«

Dobler lehnte sich in seinem Stuhl zurück, klopfte mit seinem Kuli auf den Tisch und sah Ahlgrimm lange Zeit wortlos an. Dann sagte er: »Ich kann es nicht versprechen. Für mich gehören Sie zum Kreis der Verdächtigen. Ein Seitensprung mit Folgen, das ist durchaus ein Grund, jemanden zu erschlagen. Eben damit Ihre Frau nichts davon erfährt.«

Ahlgrimm wurde heftig. »Aber ich war das nicht! So etwas könnte ich nie tun! Das müssen Sie mir glauben.«

»Nun gut. Ich habe keine weiteren Fragen an Sie. Danke für Ihre Auskünfte.«

Aber Annalena brachte dieselbe Frage vor, die sie an Christopher Bensch gerichtet hatte: »Wann war das?«

»Am 16. Juni. Ich fürchte, ich werde dieses Datum nie mehr vergessen. Ich habe es bisher verdrängt, jetzt ist alles wieder da.«

Abgang Gert Ahlgrimm.

»Ich nehme an«, fragte Dobler, »du hast nicht ohne Grund nach dem Datum der beiden Techtelmechtel gefragt?«

»Einen Moment«, antwortete Annalena und wischte auf einem Smartphone herum. »Bingo! Manchmal ist das Grummeln in *meinem* Bauch was anderes als Hunger. Laut der Menstruations-App von Alisa Sandrock waren genau das die empfängnisbereiten Tage.«

»Das heißt, sie hat sich gezielt schwängern lassen. Und es war ihr egal, von wem das Kind war. Aber weshalb gerade diese zwei? Alisa Sandrock war ja nicht gerade eine Schreckschraube, einen passenden Mann, jünger, interessanter, hätte sie doch an jeder Ecke finden können.«

»In jeder Kneipe, in jeder Bar. Glaub mir, ich spreche aus Erfahrung«, sagte Annalena. »Vielleicht hat sie ja auch, wir wissen das nicht.«

»Oh doch, das wissen wir«, widersprach Dobler. »Erinnerst du dich? Dem Frauenarzt gegenüber hat sie sich beim Empfängnistermin auf den fünfzehnten oder sechzehnten Juni festgelegt.«

»Also doch nur die zwei. Aber warum gerade die? Christopher Bensch ist ein Hallodri und ein Blender, Gert Ahlgrimm ist ein Mann ohne Eigenschaften. Wenn ich mich schon schwängern lassen will, suche ich mir doch jemand Besseren aus.«

»Wir können nur spekulieren«, sagte Dobler. »Angenommen, Alisa Sandrock wollte als Dagmar Sick hierbleiben, wofür der Kauf dieser Eigentumswohnung spricht. Irgendwann wäre sie vielleicht einem der Erzeuger übern Weg gelaufen, mit sichtbar dickem Bauch oder einem Kind an der Hand.«

Annalena nickte. »Und keiner von diesen beiden hätte irgendwelche Ansprüche angemeldet, was ja durchaus möglich gewesen wäre. Denn das hätte deren Ehe gefährdet und sie mit ziemlicher Sicherheit den Job gekostet. Liane Maxwell hätte sich das nicht bieten lassen.«

»Und als kleiner Nebeneffekt hätte sie zwei Männer an der Hand gehabt, die sich im Falle eines Falles erpressen ließen. Musste ja keine Erpressung sein, es reichte ja, wenn man eine Gefälligkeit einforderte.«

»Du denkst aber schlecht von einer schwangeren Frau.«

»Von dieser schon«, meinte Dobler. »Ich denke, sie hat nichts gemacht ohne genauen Plan. Und nichts ohne Hintertür.«

»Apropos Hintertür«, sagte Annalena. »Das erinnert mich an etwas.«

»Mit dem Thema Cyberkriminalität sollen sich die Kollegen befassen, die mehr davon verstehen. Wir müssen nur einen Mord aufklären.«

»Vielleicht«, sinnierte Annalena, »hat sie ja tatsächlich eine Gefälligkeit eingefordert, wie du das genannt hast, und einer von den beiden hat zugeschlagen, um das Problem ein für alle Mal aus der Welt zu schaffen.«

»Denkbar. Alibi haben sie beide keines. Bensch war mit dem Hund spazieren, Ahlgrimm allein im Büro. Deshalb habe ich sie auch keineswegs von der Liste gestrichen. Sie sind nur weiter nach hinten gerutscht.«

»Ich verstehe diese Frau immer weniger«, sagte Annalena kopfschüttelnd. »Erst verwandelt sich Dagmar Sick in Alisa Sandrock, dann wird Alisa Sandrock wieder zu Dagmar Sick. Und lässt sich ganz bewusst schwängern. Warum bloß?«

»Welch ein Zufall, dass sich gerade mit den zweien die Gelegenheit ergab, ausgerechnet an den empfängnisbereiten Tagen.«

Annalena schüttelte den Kopf. »Kein Zufall. An dem einen Tag war sie mit Christopher Bensch bei diesem Kunden, *Kabotek*, weil es dort Probleme gab, am nächsten hatte sie wegen der Abrechnung mit Gert Ahlgrimm zu tun. Die Attacke auf *Kabotek* ließ sich steuern. Sie hat sie ganz gezielt zu diesem Zeitpunkt gefahren, oder vermutlich von Kevin Klotz fahren lassen, weil dieser Termin für ihr Vorhaben günstig war. Aber nochmals gefragt: warum überhaupt?«

»Wir sind die Weltmeister im Spekulieren«, sagte Dobler. »Sie wollte ihre kriminellen Aktivitäten, die wir mittlerweile als gegeben ansehen können, hinter sich lassen. Sie ahnte, dass sie über kurz oder lang auffliegen würden. Sie wollte ihr Leben radikal ändern, Geld genug gescheffelt hatte sie ja wohl, wo auch immer das ist. Das war ihr letzter Coup, und der wäre beinahe schiefgegangen. Sie wollte bürgerlich werden. Und sie hat das von langer Hand vorausgeplant, wahrscheinlich, weil sie gewusst hat, dass es eines Tages vorbei sein würde. Erst die Eigentumswohnung, und die bekommt man ja auch nicht von heute auf morgen, dann das Kind dazu. Passt doch.«

»Aber warum hier? Warum ist Dagmar Sick nicht irgendwo anders aufgetaucht, wo niemand sie kennt? Sie hätte Alisa Sandrock einfach verschwinden lassen können.«

»Du fragst Sachen! Wir müssen nicht alles verstehen. Können es gar nicht. Wollen es vielleicht auch nicht. Dabei wirst du ja verrückt! Da lobe ich mir meine Kühe. Die stellen keine Fragen, die melden sich, wenn das Euter voll ist.«

Lisa Manzinger, die Sekretärin, kam herein und knallte, freundlich wie immer, also mit verkniffenem Mund, einen Stapel Papier auf Annalenas Schreibtisch. Immerhin, auf ihren, nicht auf den von Dobler. Wir machen Fortschritte, dachte Annalena.

Bankauskünfte von Kevin Klotz, seiner Frau und Liane Maxwell. Die Telefondaten von allen dreien. Der Staatsanwalt hatte Wort gehalten. Und er musste Druck gemacht haben, so schnell kamen sie normalerweise nicht an die Daten.

Annalena verteilte sie, und es war purer Zufall, dass die Telefonauskünfte bei ihr hängen blieben. So kam sie auf eine interessante Spur.

»Kevin Klotz hat am Sonntag mit Liane Maxwell telefoniert. Auf dem Handy. Vierundzwanzig Minuten lang.«

»Aha«, machte Dobler. »Dabei kannten sie sich doch angeblich nicht. Hat die Maxwell behauptet. Ihrer Version nach wusste sie gar nichts von ihm.«

»Stimmt vielleicht sogar. Auch Kevin Klotz hat das gesagt. Ich nehme an, er ist in den Unterlagen von Alisa

Sandrock alias Dagmar Sick auf sie gestoßen und hat sie deshalb angerufen.«

Schon wieder kam Lisa Manzinger in ihr Büro. Die Arme, was musste sie sich heute bemühen!

»Da draußen sitzt immer noch eine Liane Maxwell«, sagte sie, »und ist ziemlich sauer. Sie fragt, wie lange sie noch warten muss und von der Arbeit abgehalten wird, und hat etwas von Konsequenzen gesagt.«

»Soll warten, bis sie dran ist«, sagte Dobler gelassen. »Beschwerden in dreifacher Ausfertigung und handschriftlich.«

In Lisa Manzingers Augen war ein Leuchten. »Darf ich das so ausrichten?«

Dobler lachte. »War eigentlich ein Witz, wenn der auch nicht gut war. Aber warum nicht? Hat sie noch was, über das sie sich aufregen kann.«

Lisa Manzinger zog ab. Ihr Schritt war beschwingt.

»Aber, aber«, schmunzelte Annalena. »Du wirst doch nicht etwas gegen unsere gestrenge Liane Maxwell haben?«

»Ich habe etwas gegen Menschen, die sich so ungeheuer wichtig vorkommen. Meistens muss ich sie erdulden, manchmal sitze ich auch am längeren Hebel. Und das koste ich aus. Abgesehen davon ist jetzt wirklich erst Kevin Klotz an der Reihe.«

Kevin Klotz hatte den Vernehmungsraum noch nicht richtig betreten, als er erneut verlangte, mit seiner Frau telefonieren zu dürfen.

»Klar«, sagte Dobler. »Allerdings wird sie gerade von den Kollegen in Rothenburg vernommen, da können wir jetzt nicht stören. Sobald es geht, bekomme ich Bescheid.«

Kevin Klotz sah schlecht aus. Er wirkte nervös, sein Blick flackerte. Er war reif. Dennoch wussten die beiden Kommissare, dass sie kein leichtes Spiel haben würden.

Annalena begann.

»Einige Fakten zunächst. Sie haben Ihre Kunden geplündert, indem Sie über Sicherheitslücken, die Sie gefunden beziehungsweise selbst eingebaut haben, Daten verschlüsselt und erst gegen Lösegeld wieder freigegeben haben. *Kabotek* in Frankfurt, um nur ein Beispiel zu nennen. Die Kollegen sind gerade dabei, den Quellcode auf Ihren externen Speichern zu analysieren. Ich soll Ihnen übrigens ein Kompliment ausrichten. Sehr elegant gemacht.«

Das mit dem Kompliment war geflunkert, doch es verfehlte seine Wirkung nicht. Trotz all seiner Unruhe konnte Kevin Klotz ein befriedigtes Lächeln nicht ganz unterdrücken. Der Künstler wollte bewundert werden.

»Ein sicheres Geschäftsmodell«, fuhr Annalena fort, »und äußerst lukrativ. Sicher, es ist nicht ganz einfach, Bitcoins in normales Geld zu tauschen, ohne dass jemand davon erfährt, zum Beispiel das Finanzamt, aber Sie haben einen Weg gefunden. Wäre ja auch gelacht, wer sonst, wenn nicht Sie. Ich bewundere Sie.«

Kevin Klotz bemerkte nicht, dass Annalena ihm nur Honig ums Maul schmierte, und lächelte weiter still vor sich hin.

»Eine schöne Einnahmequelle. Kein Problem, damit zum Beispiel ein Häuschen in Rothenburg zu finanzieren. Wer hat sich das ausgedacht? Sie selbst? Alisa Sandrock? Egal, das ist eine Baustelle, mit der sich unsere Spezialisten beschäftigen werden, interessiert uns nur am Rande.

Uns geht es um einen Mord, und das ist ein ganz anderes Kaliber.«

Sie beugte sich vor und fixierte ihn.

»Ihnen ist schon klar, dass auf Mord lebenslänglich steht? Und lebenslänglich bedeutet im Durchschnitt achtzehn Jahre und neun Monate Knast, manchmal auch, was das Wort sagt: ein Leben lang. Sehr lustig, wenn man so lange in einer Zelle eingesperrt ist, abgeschnitten von allem, und sein Kind bekommt man nur zu den Besuchszeiten zu sehen. Und nur, falls Sie das immer noch nicht kapiert haben: Sie stehen bei uns ganz oben auf der Liste.«

»Aber ich …«, begehrte Klotz auf.

»Jetzt rede ich!«, schnitt ihm Annalena das Wort ab. »Noch ein paar Fakten, damit Sie wissen, wovon wir reden. Sie haben auf dem Notebook von Alisa Sandrock einen Keylogger installiert und sind auf diese Weise an ihre persönlichen Daten gekommen. Interessant, was man da so alles erfährt, nicht wahr?«

Sie stand auf und ging im Zimmer auf und ab und zwang Klotz, ihr mit dem Kopf zu folgen.

»Man erfährt zum Beispiel, dass Alisa Sandrock mit Liane Maxwell privat liiert war. Oder wussten Sie das schon? Deshalb also waren Sie beide so dick im Geschäft. Man erfährt aber auch, dass es mit dieser Beziehung vorbei war, und mit der privaten Beziehung war auch die geschäftliche zu Ende. Keine Aufträge mehr, die das dicke Geld brachten. Da kann einen schon die Verzweiflung packen und auch die Wut, das verstehe ich.«

»Aber so war es …«

»Ich rede immer noch!«, herrschte ihn Annalena mit harter Stimme an. »Sie wussten, wann und wo Alisa Sandrock joggen ging, schließlich haben Sie als ihr angeblicher Partner ja mit ihr zusammengelebt. Es war ein Leichtes, ihr aufzulauern, und dann … Tja, genügend Äste liegen im Wald ja herum. Exitus Alisa Sandrock.«

»Ich war das nicht!«, schrie Kevin Klotz.

Dobler hatte derweil unterm Tisch, für Klotz nicht sichtbar, auf seinem Handy gespielt und, wie sie das verabredet hatten, Annalena eine SMS geschickt, in der nichts stand und die nur einen einzigen Zweck hatte: Ihr Smartphone, das vor ihr lag, summte.

Sie griff danach und sagte: »Wie ich sehe, ist Ihre Frau jetzt ansprechbar.«

Sie schob ihm ihr Smartphone zu.

»Wann bekomme ich mein eigenes Handy wieder?«, meckerte er.

»Wenn wir mit Ihnen fertig sind«, antwortete Annalena. »Wir können es auch lassen.«

Sie streckte die Hand nach ihrem Smartphone aus, doch Klotz griff schnell danach und wählte.

Dobler schaltete sich ein. »Das gleiche Procedere wie gestern. Ich höre, was Sie sagen, aber ich höre nicht, was Ihre Frau sagt.«

Wenn Kevin Klotz nicht ganz blöd war, musste er wissen, dass seiner Frau in Rothenburg ungefähr das Gleiche gesagt wurde. Man musste nur beide Gesprächsseiten zusammenfügen und wusste alles, was das Paar miteinander geredet hatte.

Klotz war nicht blöd. Das Gespräch beschränkte sich auf den Austausch der üblichen Floskeln. Hauptsächlich war er damit beschäftigt, seine Frau zu beruhigen. Sie war, das konnten selbst die beiden Kommissare in Schwäbisch Hall hören, einem hysterischen Anfall nahe und beschwor ihn, das teilte Sandler kurze Zeit später per SMS mit, an ihr Kind zu denken, ihr ginge es wegen all der Aufregung erbärmlich schlecht, und endlich reinen Tisch zu machen. Ansonsten, so Sandler ebenfalls, habe sie die ganze Zeit nichts Relevantes zur Sache gesagt.

Das genügte. Kevin Klotz packte aus.

Aufatmen bei den Haller Kommissaren. Endlich ging es voran. Zugleich plagte sie das schlechte Gewissen. Es war grenzwertig, eine hochschwangere Frau so unter Druck zu setzen, ein findiger Anwalt hätte ihnen einen Strick daraus drehen können. Sandler indes rieb sich die Hände. Sein Beitrag zur Aufklärung würde gewürdigt werden, dessen war er sich gewiss.

Die Idee, die Kunden über eine selbstgeschaffene Sicherheitslücke auszunehmen, war von Alisa Sandrock gekommen. Natürlich, dachte Annalena, ich hätte das auch gesagt, die Sandrock konnte sich nicht mehr wehren.

Trotzdem folgte sie ihm in diesem Punkt. Es passte zu dem Bild der Skrupellosigkeit, das sie von Alisa Sandrock bislang kannten. Positiv ausgedrückt, hätte man es auch »zielorientiert« nennen können. Sie sah eine Chance und nutzte sie. Annalena hielt Kevin Klotz wiederum dafür nicht fähig, ihm mangelte es an Fantasie. Er mochte sich als Künstler an den Tasten sehen, in Wahrheit jedoch war er allenfalls ein kleines Genie in der Ausführung. Ein guter Handwerker.

Was nicht dazu passte, war ihr zweites Leben als Dagmar Sick. Die Rückkehr zu ihrer alten Identität, wenn auch unter anderen Vorzeichen. Wenn man ihren autobiografischen Aufzeichnungen folgte, war die vormalige Dagmar Sick ein schlimmer Finger gewesen.

Später dann, als sie die ganze Sache noch einmal Revue passieren ließen, sagte Dobler: »Wir müssen uns die Akten kommen lassen, um das zu klären.«

»Welche denn?«, konterte Annalena. »Sie hat es sehr geschickt vermieden, konkrete Hinweise zu geben. Sie hat alles im Vagen gelassen.«

»Glaubst du ihr?«

»In dieser Hinsicht schon«, sagte Annalena. »Sie hat ja selbst geschrieben, dass ihren Bericht nur jemand zu lesen bekommt, wenn sie tot oder aufgeflogen ist. Ich nehme an, dass einige ihrer Kumpels, wie sie immer sagt, noch in der Szene aktiv sind. Sie wollte sie schützen. Aber das ist nicht unsere Baustelle.«

Jedenfalls, davon konnte man ausgehen, hatte Dagmar Sick ein Vorleben, das sie zum damaligen Zeitpunkt, vorsichtig ausgedrückt, in Konflikt mit den Ermittlungsbehörden hätte bringen können. Sie war keine, die man sich kleinbürgerlich in einer Eigentumswohnung mit Kind vorstellen konnte. Das war noch zu klären. Vielleicht würde es sich auch nie klären lassen.

Die Idee, die Kunden zu melken, kam also von ihr, ausgeführt hatte sie Kevin Klotz. Sie selbst wäre dazu nicht in der Lage gewesen, dazu reichten ihre Fähigkeiten als Programmiererin nicht aus. Als Klotz das erzählte, schwang in seiner Stimme eine Mischung aus Verachtung, Selbstgefälligkeit und Stolz mit.

Das Pärchen agierte äußerst geschickt. Sie waren nicht auf die ganz große Kohle aus. Sie beschränkten sich auf ihre angestammte Klientel, auf kleinere und mittlere Unternehmen, und auf Lösegeldsummen, die zwar schmerzten, aber zu stemmen waren. Alles andere hätte zu große Aufmerksamkeit erregt.

So wurden die Erpressungen unauffällig geregelt. Wie es die Sicherheitsexpertin Alisa Sandrock im Auftrag der *Limax GmbH* empfahl. Niemandem war daran gelegen, die Sache an die große Glocke zu hängen, man wollte sich nicht der Häme der anderen und eventuellen Nachahmern aussetzen. Es war wie eine ansteckende Krankheit, die man nicht gern publik machte und lieber stillschweigend auskurierte.

Auch diese Taktik war die Idee von Alisa Sandrock gewesen, nicht unbedingt mit Zustimmung von Kevin Klotz, wie deutlich herauszuhören war. Er hätte gern in größerem Stil abkassiert, aber er beugte sich den Argumenten seiner Geschäftspartnerin. Ihm war klar geworden war, dass sie auf Gedeih und Verderb aufeinander angewiesen waren, dass der eine nichts war ohne den anderen.

Wie viel Kevin Klotz tatsächlich mit dieser Cyberkriminalität verdient hatte und wo das Geld war, wollte er nicht preisgeben, und die Kommissare insistierten nicht. Mit diesem Komplex sollten sich andere befassen.

Jedenfalls, Alisa Sandrock hielt ihn bei der Stange, notfalls mit dem dezenten Hinweis auf die paar gemeinsamen Stunden miteinander im Bett, die Frau Klotz bestimmt nicht erfreuen würden, wenn sie davon erführe.

Und dann war plötzlich alles aus, Alisa Sandrock kappte die Verbindung zu Liane Maxwell. Von jetzt auf gleich, wie es Klotz erschien.

»Wie haben Sie davon erfahren?«, fragte Annalena.

Klotz schnaubte. »Alisa hat es mir gesagt. Ab jetzt keine weiteren Aufträge mehr, aus und vorbei. Ich war von den Socken.«

»Ohne Vorwarnung?«

»Knall auf Fall. Ich habe nichts bemerkt.«

Das glaubte ihm Annalena sofort.

»Wann war das?«

Er zuckte mit den Schultern. »Weiß ich nicht mehr genau. Vor ein paar Wochen.«

Auch das nahm ihm Annalena ab. Er war jemand, der sich in seine technischen Probleme vergrub und nichts von dem mitbekam, was um ihn herum vorging. Die soziale Kompetenz des Kevin Klotz war nicht sehr ausgeprägt. Wahrscheinlich wäre er genauso überrascht gewesen, wenn ihm seine Frau nach einem langen inneren Prozess die Scheidung verkündet hätte. So plötzlich?

»Und dann haben Sie auf ihrem Computer diesen Keylogger installiert.«

»Klar. Ich musste doch wissen, was da vor sich ging. So von jetzt auf gleich, das kann man doch nicht machen! Und als Begründung bloß, dass wir dabei seien, aufzufliegen. So ein Blödsinn! Die Sache war bombensicher, die konnte niemand zu uns zurückverfolgen.«

Das vielleicht nicht, dachte Annalena, aber vielleicht hatte Alisa Sandrock gespürt, dass die Kunden sich doch ausgetauscht hatten, es gab ja Referenzen, und misstrauisch wurden, weil ausgerechnet die Netze angegriffen wurden, die Alisa Sandrock eigentlich abgeschirmt haben sollte.

Der alte Spruch, der irgendwie doch seine Berechtigung hatte: Man sollte aufhören, wenn es am schönsten ist. Keine schlafenden Hunde wecken. Der Sinn dafür ging Kevin Klotz ab, er sah nur verpasste Gelegenheiten.

Von dem Moment an, so sah es Annalena, war auch Liane Maxwell entbehrlich geworden. Sie traute Alisa Sandrock durchaus zu, dass auch diese Beziehung nur auf einer reinen Nutzen-Abwägung bestand. Und wenn der Nutzen entfiel, dann war auch die Beziehung überflüssig.

War vielleicht auch das Eigenheim samt Kind nur eine vorgeschobene Begründung für das Aus? Tränenreicher Abschied: Ja, ich habe mich einmal hinreißen und mich dann auch noch schwängern lassen, ich kann ja verstehen, wenn dich das kränkt, es ist wohl am besten, wenn wir uns trennen.

Aber weshalb dann die Rückkehr zu ihrer alten Identität als Dagmar Sick?

Das Stichwort.

Annalena gab Dobler das heimliche Zeichen, dass er weitermachen sollte, sie war zu sehr in ihren Gedanken versponnen.

»Seit wann wussten Sie von der zweiten Existenz der Alisa Sandrock?«, fragte Dobler also.

Klotz versteifte sich. »Ich weiß nicht, wovon Sie reden.«

»Lassen Sie doch diese Spielchen«, sagte Dobler. »Sie waren vergangenen Freitag in der Wohnung, die Alisa Sandrock als Dagmar Sick gekauft hat, und haben sie leergeräumt. Sie wollten wissen, ob es belastendes Material gab, das auf Sie hinweisen könnte.«

»Ich weiß nicht, wie Sie auf einen solchen Schmarrn kommen.«

»Herr Klotz, Sie wurden beobachtet, und zwar von einem absolut verlässlichen Zeugen. Und außerdem haben Sie übersehen, Sie Genie, dass in der Wohnung eine raffinierte Überwachungsanlage versteckt war, die jedes unbefugte Betreten aufgezeichnet hat.«

Klotz presste die Lippen zusammen, als ob er verhindern wollte, dass ihm auch nur ein Wort entschlüpfte.

»Sollen wir Ihre Frau danach befragen?«, fragte Dobler zuckersüß. »Die hochnotpeinliche Befragung, die Sie bestimmt schon im Kriminalmuseum in Rothenburg gesehen haben, ist zwar abgeschafft, aber wir haben auch unsere Methoden.«

Und Kevin Klotz knickte abermals ein. Wenn es noch eines Beweises bedurft hätte, hatten sie seinen wunden Punkt erwischt.

Es war ja so einfach und genau so, wie es sich Annalena Bock und Karlheinz Dobler zusammengereimt hatten. Über seinen Keylogger, der alle Tasteneingaben getreulich mitschrieb, hatte er von der anderen Existenz erfahren, sich einen Zweitschlüssel anfertigen lassen und die Wohnung geräubert, um mögliche Beweise verschwinden zu lassen, die zu ihm führen könnten.

Er nahm das Notebook mit und alle externen Datenträger, sonst war nichts von Belang in der Wohnung, unterzog sie zu Hause einer genauen Prüfung, kopierte, was ihm wichtig erschien, zerstörte sodann alle Mitbringsel (wozu er nur einen Schraubendreher und einen Hammer brauchte) und entsorgte die Reste in der Mülltonne.

»In der eigenen?«, fragte Dobler.

»Ich bin doch nicht blöd«, antwortete Klotz. »Natürlich in anderen.«

Annalena schüttelte den Kopf. Klotz missverstand sie und trumpfte auf: »Ich kann Ihnen sagen, wo das war.«

Sie nahmen es zur Kenntnis, vielleicht würde sich noch etwas finden lassen. Sie hatten keine Ahnung, wann in Rothenburg die Müllabfuhr unterwegs war.

Annalena hatte wegen etwas ganz anderem den Kopf geschüttelt. Wenn Sandler seine private Überwachungsaktion, so unsinnig sie auch erscheinen mochte, fortgesetzt hätte, anstatt sie zu beflirten, wenn er ihnen rechtzeitig Bescheid gesagt hätte, dann hätten sie zumindest die Reste vom elektronischen Müll aus der Wohnung von Dagmar Sick sicherstellen können.

Wie Kevin Klotz erzählte, nahm er sich daraufhin noch einmal die private Cloud von Alisa Sandrock vor, auf die er ja schon zuvor dank seines Keyloggers Zugriff hatte, und bereinigte auch diese, soweit es ihm nötig erschien. Das mit der Überwachungskamera hatte er bei der Analyse der Daten ebenfalls herausgefunden und die Aufzeichnung gelöscht.

Möglicherweise hatte er damit auch Material vernichtet, das ihn entlasten könnte. Wer war sonst noch in der Wohnung der Dagmar Sick gewesen? Niemand, erklärte er. Korrektur: Es gab keine Aufzeichnungen. Er hatte nur sich selbst in Aktion gesehen. Er wusste nicht, was Alisa Sandrock selbst gelöscht hatte.

Um noch einmal darauf zurückzukommen: Beweise wofür? Es war ja nicht so, dass die Ermordung Alisa Sandrocks gefilmt worden wäre.

»Ihr Bullen konstruiert doch aus allem einen Zusammenhang«, giftete Klotz.

»Alles haben Sie nicht gelöscht«, sagte Dobler und präsentierte die E-Mail, die Liane Maxwell an Alisa Sandrock geschrieben hatte:

Du kanst dich ncht einfach so davonschleichen. Das wrd folgen haben.

Klotz zuckte mit den Schultern. »Unwichtig für mich.«

»Sie wussten also von Liane Maxwell. Sie wussten, dass über sie die Projekte von Frau Sandrock liefen. Sie wussten von der privaten Verbindung zwischen Alisa Sandrock und Liane Maxwell.«

»Habe ich aus Alisas Unterlagen erfahren.«

»Sie haben am Sonntag mit Liane Maxwell telefoniert. Ziemlich lange.«

»Meine Rede: Der Überwachungsstaat zeigt seine hässliche Fratze.«

»Worum ging es in diesem Gespräch?«

»Ich habe nach neuen Aufträgen gefragt. Ist doch nur logisch, oder?«

Dobler ließ es dabei bewenden. Mal sehen, was die Maxwell dazu zu sagen hatte.

Stattdessen sagte er: »Ich habe Sie das schon einmal gefragt und frage es erneut: Wo waren Sie zu dem Zeitpunkt, als Alisa Sandrock getötet worden ist?«

»Und ich habe es schon einmal gesagt und wiederhole mich gerne: Ich war zu Hause. Meine Frau kann das bezeugen.«

»Eine Ehefrau ist nicht gerade ein überzeugendes Alibi.«

»Ich saß die ganze Zeit vor meinen Computern. Ihre Spezialisten«, und er spie das Wort geradezu verachtungsvoll aus, »werden das ja wohl bestätigen können.«

»Warum haben Sie das nicht gleich gesagt?«

»Weil ich dazu mehr hätte sagen müssen, was ich nicht wollte. Noch einmal: Ich habe mit Alisas Tod nichts zu tun.«

So halb glaubte ihm Annalena das. Aber nur halb. Dadurch, dass er die E-Mail von Liane Maxwell belassen hatte, hatte er diese ins Spiel gebracht. Eine Drohung, wie anders sollte man diese Nachricht verstehen und seine lässige Reaktion? Klotz war raffinierter, als Annalena gedacht hatte.

Und halb nur, weil Kevin Klotz jemand war, dessen Moralvorstellungen, nun, sagen wir mal, eigenen Gesetzen folgten. Er war einerseits schreckhaft und leicht zu beeinflussen, auf der anderen Seite völlig emotionslos, ja skrupellos, wenn es um seine eigenen Interessen ging. Genauso skrupellos wie Alisa Sandrock. Deshalb waren sie das ideale Team gewesen.

Müde sagte Dobler: »Wir werden das überprüfen. Bis dahin bleiben Sie bei uns.«

Klotz wurde abgeführt.

Es war ihnen klar, dass die Überprüfung die Aussage von Kevin Klotz bestätigen würde. Als Beweis freilich war das nicht viel wert. Es würde nur besagen, dass zum fraglichen Zeitpunkt an dem Computer gearbeitet worden war, gab aber keinen Aufschluss darüber, wer das war. Es könnte genauso gut seine Frau gewesen sein, während er selbst nach Schwäbisch Hall in den Einkornwald gefahren war.

Noch war Kevin Klotz nicht aus dem Schneider.

Sie gingen hinüber in ihr Büro, wo sie Lisa Manzinger bereits erwartete. »Draußen wartet immer noch Liane Maxwell, und sie ist …«

Dobler schnitt ihr das Wort ab. »Sie ist als Nächste an der Reihe. Nur noch etwas Geduld. Sagen Sie ihr das.«

Lisa Manzinger zog ab, verstimmt, dass sie das ausrichten musste. Warum konnten die Kommissare das nicht selbst machen und sich mit dem Unmut von Liane Maxwell auseinandersetzen, den diese Nachricht zweifelsohne auslöste? Nicht dass er ihr etwas ausmachte, sie würde der feinen Dame schon über den Mund fahren. Es ging ums Prinzip.

»Do ahl Dissbüjel«, murmelte Annalena, als Lisa Manzinger abgerauscht war.

Dobler hob fragend die Augenbrauen.

»Unübersetzbar«, erklärte Annalena. »Jemand, der für Verstimmung sorgt und anderen die Laune vermiest.«

Dobler grinste. »Wie wäre es als Übersetzung einfach mit ›Lisa Manzinger‹?«

Annalena deutete auf die große Papiertüte, die auf Doblers Schreibtisch prangte. Die Aufschrift kannte sie.

»Was ist das denn?«, fragte sie.

»Ich habe vorhin schon Brezeln geordert.«

»Gelobt sei deine Voraussicht.«

»Ich habe Hunger wie ein Bär, und wenn ich hungrig bin, kann ich nicht mehr denken. Die Brezeln sind jetzt nicht mehr ofenfrisch, aber heute muss es so gehen.«

Wortlos schlangen sie die nicht mehr ofenfrischen Brezeln hinunter, und sie schlangen wirklich. Es war reine Nahrungsaufnahme und hatte nichts mit Genuss zu tun, zu etwas anderem waren sie im Moment nicht fähig.

Befragungen, Verhöre waren zwar ihr täglich Brot, dennoch waren sie anstrengend, zumal wenn man einen Verdächtigen dahin bringen wollte, dass er sich verplapperte, was sie vielleicht ein Stück weiterbrachte, oder gar ein Geständnis ablegte.

Als die Tüte leer war, hängten sie sich ans Telefon. Dobler übernahm Rothenburg. Eine Begegnung mit Sandler, und sei es nur über einen Kupferdraht, wollte er gegenwärtig Annalena nicht zumuten. Sie erkundigte sich bei den Teams, die die Geschäftsräume und das Privathaus von Liane Maxwell durchstöberten, nach ersten Ergebnissen.

»Wir sind einem Denkfehler erlegen«, sagte Annalena schließlich. »Kevin Klotz kann nicht der Täter sein. Sonst wäre er gleich nach der Tat in die Sick-Wohnung gefahren und hätte nach Material geschaut, das ihn belastet.«

»Stimmt«, räumte Dobler ein. »Vielleicht hat er ja gar nicht nach etwas gesucht, das ihn belastet, sondern nach Hinweisen auf den wahren Täter.«

»Da bleibt dann nur eine übrig.«

»Schauen wir mal.«

Auch Liane Maxwell wurde in den Verhörraum geführt, das wirkte ernster als ein Gespräch im Büro. Die Chefin der *Limax GmbH*, Auftraggeberin von Alisa Sandrock, als sie noch die war, und mithin auch von Kevin Klotz, zeigte sich wenig beeindruckt.

»Eine Unverschämtheit, mich so lange warten zu lassen! Ich werde mich beschweren! Ich habe schließlich eine Firma zu leiten.«

Ihr Unmut war ein Überfall, eine kalte Dusche, die wiederum die beiden Kommissare an sich abprallen ließen. Sie waren derlei gewohnt. Es war ein Ritual, von dem beide Seiten wussten, dass es niemanden beeindruckte. Es musste halt gesagt sein, fürs Protokoll.

»Ihre Firma wird auch mal ohne Sie auskommen«, sagte Dobler gemütlich. »Oder wie war das gestern, als Sie den ganzen Tag aushäusig auf Termin waren?« Und hinterher: »Angeblich.«

Liane Maxwell verzichtete klugerweise auf eine Antwort. Angeblich? War sie etwa überwacht worden und hatte nichts davon bemerkt?

Üblicherweise pflegte ein Verdächtiger in diesem Stadium aufzutrumpfen, dass man ihm das erst einmal beweisen müsse, in der Gewissheit, dass man es nicht zweifelsfrei beweisen konnte, und lieferte damit den Ermittlern einen Hinweis darauf, dass sie auf der richtigen Spur waren.

Mit ihrem Schweigen hatte sie Annalena Bock und Karlheinz Dobler den Wind aus den Segeln genommen.

Es würde nicht einfach werden, Liane Maxwell davon zu überzeugen, dass es für sie keine Ausflucht mehr gab. Aber das hatten sie von Anfang an gewusst.

Sie trug heute, was sie immer trug: ein streng geschnittenes Business-Kostüm ohne jeglichen Firlefanz und einen kalten Gesichtsausdruck. Das übliche Outfit, um Seriosität zu vermitteln: Wir sind nicht eine dieser Klitschen voller ausgeflippter Computer-Nerds, wir sind ein verlässlicher Geschäftspartner. Womöglich war ihr Blick durch die schwarzgeränderte Brille hindurch noch etwas kälter, abweisender, verächtlicher als sonst.

Sie war auf der Hut.

»Nur, damit Sie Bescheid wissen«, begann Dobler, »gegenwärtig werden Ihre Geschäfts- und Privaträume durchsucht. Hier ist der entsprechende Beschluss. Sie waren ja nicht anzutreffen.«

Sie ignorierte das Papier, das ihr Dobler hinschob. Sie wusste das natürlich längst, ihr war das Handy nicht abgenommen worden. »Und wonach suchen Sie?«

»Nach Hinweisen, die uns helfen, den Mord an Alisa Sandrock aufzuklären.«

»Bei mir? Viel Spaß dabei.«

»Haben wir. Wir haben bei Ihnen zum Beispiel Schuhe gefunden, die man gemeinhin im Gelände trägt. Robuste Schuhe, für jedes Wetter geeignet.«

»Ich gehe hin und wieder spazieren.«

»Auch im Wald?«

»Auch das.«

»Die Schuhe, von denen ich rede, waren sauber geputzt.«

»Eine Marotte von mir, ich gebe es zu. Ich mache sie immer gleich sauber.«

»Nicht sauber genug für unsere Kriminaltechnik. Die findet feinste Partikel, die man mit bloßem Auge gar nicht wahrnimmt. Wussten Sie, dass ein Waldboden nie gleich ist? Schon einen Meter weiter ist die Zusammensetzung ganz anders. Und was findet die Spurensicherung wohl an Ihren Schuhen?«

Zum ersten Mal wirkte Liane Maxwell verunsichert, doch sie hatte sich schnell wieder im Griff. »Ich streife oft durch den Wald.«

»Oft?«

»Hin und wieder.«

»Zum Beispiel am Montag vergangener Woche?«

»Ich war zu Hause, das habe ich Ihnen schon gesagt.«

»Was niemand bezeugen kann.«

»Ich lebe alleine.«

»Seit Alisa Sandrock Sie verlassen hat?«

»Sie hat mich nicht verlassen. Wir haben unsere Beziehung im gegenseitigen Einvernehmen beendet.«

»Da habe ich anderes gehört. Sie haben Alisa Sandrock in ihrer Wohnung aufgesucht, und es gab eine heftige Auseinandersetzung.«

»Dem Einvernehmen geht oft eine Auseinandersetzung voraus.«

»Uns haben Sie gesagt, Sie seien nie in Alisa Sandrocks Wohnung gewesen. Der neugierigen Nachbarn wegen.«

»Dann habe ich in der Hinsicht eben ein klein wenig geschwindelt. Herrgott, ich hatte keine Lust, mit der Polizei über meine Beziehungsprobleme zu reden.«

Das Stichwort für Annalena. Für Beziehungsprobleme waren die Frauen zuständig, nie die Männer. Was aber, wenn die Beziehung aus zwei Frauen bestand?

»Sie haben nicht nur in dieser Hinsicht ein klein wenig geschwindelt«, sagte sie. »Ihre Beziehung ging keineswegs einvernehmlich auseinander. Alisa Sandrock hat Sie schlichtweg abserviert. Und Sie waren sauer.«

Sie schob ihr die ausgedruckte E-Mail hin: *Du kanst dich ncht einfach so davonschleichen. Das wrd folgen haben.*

»Ziemlich eindeutig, nicht wahr?«

»Interpretationssache«, wiegelte Liane Maxwell ab. »Man sagt oder schreibt so manches, wenn man wütend ist.«

»Die Folgen für Alisa Sandrock waren tödlich.«

»Man kann es auch anders lesen. Wenn sich herumgesprochen hätte, dass ich die Geschäftsbeziehung mit Alisa wegen Unzuverlässigkeit beendet habe, hätte sie in dieser Branche keinen Fuß mehr auf den Boden bekommen.«

»Ich verstehe das anders. Noch einmal: Alisa Sandrock hat Sie abserviert, ich bleibe bei dieser Wortwahl. Ganz kalt abserviert. Und nicht etwa, weil die Liebe zu Ende war, so etwas kann ja vorkommen, sondern weil es diese Liebe von deren Seite nie gegeben hat. Sie hat Sie ausgenutzt, und dann hatte sie keine Verwendung mehr für Sie. Sie hatten Ihre Schuldigkeit getan.«

»Sie müssen es ja wissen«, antwortete Liane Maxwell patzig.

»Wir wissen so einiges. Zum Beispiel, dass Kevin Klotz am Sonntag lange mit Ihnen telefoniert hat. Was wollte er?«

Liane Maxwell gab sich unwissend. »Kevin Klotz?«

Annalena sagte nichts darauf, sondern wartete.

»Sie können ja ihn fragen«, sagte Liane Maxwell nach einer Weile.

Annalena wartete weiter und schaute sie nur an.

»Also gut«, seufzte Liane Maxwell schließlich. »Kevin Klotz hat sich als Mitarbeiter von Alisa Sandrock vorgestellt und gefragt, ob er weiterhin mit Aufträgen rechnen könne, jetzt, nachdem Alisa …«

»Was haben Sie geantwortet?«

»Dass ich mir das überlegen werde.«

»Und weiter?«

»Nichts weiter.«

»Und dafür haben Sie 24 Minuten gebraucht? War das Gespräch nicht vielmehr mit einer kleinen Forderung verbunden? Ich will Geld sehen, sonst erzähle ich den Kunden, wie die *Limax GmbH*, die ja der offizielle Auftragnehmer war, sie mit Hackerattacken erpresst hat?«

Liane Maxwell sah Annalena hochmütig an, und da wusste die plötzlich, dass das nicht wirklich Hochmut war, sondern Selbstschutz, um ihre Gefühle zu verbergen. Und sie erkannte, dass Liane Maxwell kurz davor stand, einzubrechen. Der Panzer hatte Risse bekommen.

»Warum fragen Sie, wenn Sie es schon wissen?«, fragte sie.

»Wir wissen vieles, was wir gern noch einmal aus Ihrem Mund hören möchten. Wie war das mit den Machenschaften von Alisa Sandrock und Kevin Klotz? War das vielleicht sogar Ihre Idee?«

»Nein.«

Noch gab sie nicht auf, doch sie wankte wie ein angeschlagener Boxer, der sich mühsam auf den Beinen hielt und sich seine Niederlage nicht eingestehen wollte.

»Aber Sie wussten Bescheid?«

»Von einem bestimmten Zeitpunkt an hatte ich einen Verdacht. Die Attacken betrafen immer nur die Projekte, die Alisa betreut hatte.«

»Und wie war das nun am Montag, als Alisa Sandrock ermordet wurde?«

»Ich war zu Hause, ich sagte das schon.«

»Aber nicht die ganze Zeit. Sie wurden gesehen, als Sie weggefahren sind.«

Liane Maxwell lächelte, aber nicht freundlich. »Die Nachbarin, nicht wahr? Die hat doch eigentlich zu dieser Zeit ihre Yoga-Stunde. Eine besondere Art von Yoga. Sie hat ein Verhältnis mit dem Lehrer, wovon ihr Mann allerdings nichts weiß.«

»An dem Tag war sie unpässlich.«

»Pech. Vielleicht war ich einkaufen.«

»Vielleicht waren Sie auch im Einkornwald. Haben Alisa Sandrock abgepasst. Wollten mit ihr reden, was nicht das Ergebnis brachte, das Sie sich erwartet hatten. Und dann haben Sie zugeschlagen.«

Wieder dieser Hochmut im Gesicht, als sie Annalena anblickte. »Das müssen Sie erst einmal beweisen.«

»Sie sind der Typ Mensch, der nie ohne Handy das

Haus verlässt. Ist ja auch klar, Sie müssen immer erreichbar sein, falls irgendwo die Bude brennt, die bösen Buben halten sich nun mal nicht an die gewöhnlichen Arbeitszeiten. Wenn Sie unterwegs sind, loggt sich Ihr Handy in die nächstgelegene Funkzelle ein, und anhand dieser Daten lässt sich ein Bewegungsprofil erstellen. Wohin führt das wohl?«

Liane Maxwell sah Annalena lange an, ohne etwas zu sagen. In diesem Moment erkannte Annalena, dass Liane Maxwell längst aufgegeben hatte. Ihre Ausflüchte, ihr Leugnen waren nur der letzte Versuch, das Unabwendbare wider besseres Wissen doch noch abwenden zu können. Jetzt war sie bereit für die Alternative.

»Erzählen Sie«, sagte Annalena knapp und registrierte aus den Augenwinkeln, dass Dobler ihr beifällig zunickte.

Es war in der Tat so, erzählte Liane Maxwell, dass es irgendwann Hinweise darauf gab, dass Alisa Sandrock ihre Geschäftsbeziehung möglicherweise für ihre kriminellen Machenschaften nutzte.

Zu der Zeit waren die beiden längst ein Paar. Es hatte sich so ergeben, und Liane Maxwell schwebte im siebten Himmel. Endlich hatte sie jemanden gefunden, der mit ihr auf einer Wellenlänge lag, der sie ertrug, denn ihr war klar, dass sie eine komplizierte Person war, ein Mensch mit vielen Ecken und Kanten. Jemand, der sich auch auf das Versteckspiel einließ, denn sie scheute sich davor, ihre Beziehung öffentlich zu machen.

Und trotzdem hatte jeder davon gewusst, dachte Annalena, aber damit wollte sie Liane Maxwell im Moment nicht konfrontieren.

Die Liebe hatte sie blind gemacht, in jeder Hinsicht. Nein, sie wollte die Anzeichen nicht sehen, die auf Alisa Sandrocks einträgliche Nebentätigkeit hinwiesen. Sie wollte es nicht glauben. Sie redete sich alles schön. Und sie wollte nicht glauben, dass auch ihre private Beziehung allein diesem Zweck diente. Kalt hatte Alisa Sandrock den Liebestaumel von Liane Maxwell ausgenutzt, mehr noch, sie war diese Beziehung allein aus diesem Grund eingegangen.

Das hatte sie ihr ins Gesicht gesagt, als sie sie endlich zur Rede stellte, dort oben im Einkornwald.

In den Wochen davor hatte sich Alisa allmählich zurückgezogen und war zu keiner Aussprache bereit. Liane Maxwell hatte das nicht allzu ernst genommen. Das kam vor in einer Beziehung, dass man einfach mal Abstand brauchte.

Mit der Zeit wurde sie dann doch unruhig. Sie suchte Alisa Sandrock auf, ihr einziger und dummerweise von der Nachbarin verfolgter Besuch bei ihr daheim, Alisa Sandrock hatte sich das strikt verbeten. Die Begegnung endete in einem lautstarken Desaster. Alisa weigerte sich, irgendetwas zu erklären.

Liane war bekannt, wo Alisa am liebsten joggte. In diesem Zusammenhang fragte sie sich, was sie eigentlich sonst über ihre Gefährtin wusste, und die Antwort, die sie sich selbst gab, war ein Schock: eigentlich nichts. Und das, obwohl sie lange Zeit zusammen waren.

»Ich war gekränkt«, sagte Liane Maxwell. »Haben Sie eine Ahnung, was eine Kränkung mit einem Menschen machen kann?«

Ja, Annalena wusste das sehr wohl. Doch nicht jede Kränkung musste in einem Mord münden. Manchmal war es besser, wenn man die Abschiebung in das Hohenloher Exil grollend hinnahm.

Liane Maxwell passte Alisa Sandrock ab, forderte eine Erklärung und bekam die ganze Wahrheit zu hören. Auch, dass Alisa Sandrock schwanger war. Schwanger? Wenn man nicht an eine unbefleckte Empfängnis glauben wollte, bedeutete das ... Sie war entsetzt, verletzt, gedemütigt, sie fühlte sich ausgenutzt. Was sie für Zuneigung, für Liebe gehalten hatte, war nur Mittel zum Zweck gewesen.

Und dann griff sie in ihrer Wut und Verzweiflung zu einem Ast.

Stille im Verhörraum.

Liane Maxwell straffte sich. »Ich hatte gestern tatsächlich einen Geschäftstermin. Ich war bei meinem Anwalt und habe meine Nachfolge geregelt. Für den Fall, dass ich nicht mehr in der Lage bin, meine Geschäfte zu leiten, soll Christopher Bensch, unser Verkaufsleiter, die Geschäftsführung übernehmen, die Firma geht zu gleichen Teilen an meine Mitarbeiter. Ob es ihnen gelingt, das Vertrauen der Kunden zurückzugewinnen, weiß ich nicht, es liegt an ihnen.«

Sie lächelte schief. »Vom Gefängnis aus kann ich schlecht eine Firma leiten, ich bin ja kein Mafia-Boss. Ich muss mich meiner Verantwortung stellen. Ich habe etwas Schreckliches getan, etwas Unverzeihliches, und ich muss die Konsequenzen tragen. Auch wenn sie das, was geschehen ist, nicht rückgängig machen.«

Annalena musste sich erst räuspern, bevor sie ihre Frage stellte. »Seit wann wussten Sie über das Doppelleben Bescheid?«

»Welches Doppelleben?«, fragte Liane Maxwell zurück.

»Dagmar Sick.«

»Wer ist Dagmar Sick? Der Name sagt mir nichts.«

Annalena und Dobler blickten sich an. Wie Liane Maxwell das sagte, klang es aufrichtig. Echt. Zum ersten Mal.

Es war an Dobler, sie aufzuklären, wie ihm ein stummer Blick von Annalena bedeutete. »Die Frau, die Sie als Alisa Sandrock kannten, hieß eigentlich Dagmar Sick. Sie hat sich diese andere Identität verschafft und sich ganz gezielt diese Existenz und diesen, sagen wir mal, Tätigkeitsbereich aufgebaut, den wir jetzt alle kennen. Dann hat sie ihre eigentliche Identität als Dagmar Sick wieder reaktiviert. Sie hat sich eine Wohnung gekauft, sie hat sich bewusst schwängern lassen. Möglicherweise wollte sie Alisa Sandrock mit all ihren Machenschaften hinter sich lassen. Das ist unsere Vermutung.«

Liane Maxwell war sichtlich erschüttert. »Dagmar Sick. Ich wusste nichts davon. Das hätte womöglich alles geändert«, murmelte sie.

Als sie abgeführt worden war, sahen sich Annalena und Dobler an.

»Wir haben den Fall geklärt«, sagte Dobler, und auch seine Stimme klang rau. »Unseren ersten gemeinsamen Fall. Der Rest ist Routine. Kleinarbeit. Futter für das Gericht.«

Und Annalena war erleichtert, aber auch verstört. Verständnis, vielleicht sogar Mitleid waren Sache des Gerichts, nicht der Ermittler. Ihr Job war es allein, unbarmherzig Fakten zusammenzutragen, die in einem Prozess Bestand hatten, unbeeindruckt davon, dass sie vielleicht einer gequälten Seele gegenübersaßen.

»Jetzt könnte ich einen Most vertragen«, verkündete sie. »Viel Most. Ein ganzes Fass voll.«

Dobler verstand das. Manchmal war einem einfach danach. Er wusste allerdings auch, dass das keine Lösung war. Der Katzenjammer kam nur später.

»Umasunschd is der Doad, und där koschd s Leewe«, brummt er.

Annalena verzichtete auf eine Übersetzung. So genau wollte sie es gar nicht wissen.

Das Obersontheimer Streifenwagenduo Reinhold Pichler und Richard Reinhold, in Kollegenkreisen als ›Reinhold & Reinhold‹ oder ›Plisch & Plum‹ bekannt, hatte wieder einmal Mittagspause, und die hatten sie sich nach einem anstrengenden Vormittag redlich verdient.

Viermal Falschparken, davon zweimal im absoluten Halteverbot. Einmal mussten sie einen Streit schlichten, weil sich auf dem Parkplatz eines Supermarktes ein Einkaufswagen selbstständig gemacht und ein Auto gestreift hatte. Pichler erklärte den kaum sichtbaren Kratzer kurzerhand für alt, doch der Fahrer bestand auf einer Schadensaufnahme. Mann, Mann, Mann, da war vielleicht was los! Fotos machen, Personalien aufnehmen, Berichte schreiben und dieses ganze Gedöns.

Pichler war ziemlich angepisst.

Dann hatten sie noch jemanden erwischt, der die Geschwindigkeitsbegrenzung etwas großzügig ausgelegt hatte. Ein Beweisfoto hatten sie nicht, doch da der Fahrer den Sachverhalt widerspruchslos akzeptierte, als sie ihn anhielten, hatte das schon seine Richtigkeit. Und wieder viel Papierkram.

Wie stets folgte die Pause einem Ritual, das Pichler festgelegt hatte und das er zäh verteidigte: Essen kaufen und dann hinauf in den Einkornwald zu einem abgelegenen Forstweg, weil er beim Essen nicht beobachtet werden wollte. In Wahrheit lechzte er nach seinem Mittagsschlaf, und selbst ihm war klar, dass ein schnarchender Polizeibeamter sich in der Öffentlichkeit nicht so gut machte.

Ihr kleines Mittagsmahl hatten sie schon erstanden, drei Leberkäsweckle für Pichler (zu viel Aufregung schlug ihm auf den Magen), zwei Schnitzelburger für Reinhold (nach so einem arbeitsintensiven Vormittag durfte man sich schon was gönnen).

»Achte darauf, dass wir auf unserer Gemarkung bleiben«, befahl Pichler seinem Kollegen. »Nicht dass wir wieder diesen Sesselfurzern aus Hall ins Gehege kommen.«

Brav bog Reinhold in den erstbesten Waldweg ab. Nicht ideal, aber besser als eine Konfrontation mit diesen beiden Kommissaren, dem Dicken und der Dürren, Dobler und – wie hieß noch gleich dem seine Tussi?

»Beck oder so ähnlich«, sagte Reinhold.

»Egal. Diese Verhungerte eben.«

Sie mampften ihr Vesper, dann quälte sich Pichler aus dem Wagen und stapfte in den Wald, auf der Suche nach einer geeigneten Stelle. Reinhold folgte ihm.

»Was willst du denn hier?«, fragte Pichler böse. »Du bist doch kein Spanner, oder?«

»Ich muss auch mal«, verteidigte sich Reinhold.

»Dann suchst du dir aber gefälligst deinen eigenen Baum!«

Als sie erledigt hatten, was zu erledigen war, trafen sie sich wieder am Streifenwagen. Reinhold hielt einen unterarmdicken Ast in der Hand.

»Schau mal, was ich gefunden habe«, sagte er. »Dieses Dunkle da, das ist doch bestimmt Blut. Ob das der Ast ist, mit dem neulich diese junge Frau ...«

»Quatsch!«, unterbrach ihn Reinhold. »Das ist doch meilenweit vom Tatort entfernt.«

»So weit auch wieder nicht.«

»Selbst wenn, jetzt sind deine Fingerabdrücke drauf.«

Reinhold ließ den Ast fallen wie ein heißes Stück Eisen.

»Erinnerst du dich, was das für ein Theater war?«, fuhr Pichler fort. »Kannst du dir ausmalen, was das wieder für Schreibarbeiten bedeutet? Der Tatort nicht mehr in unserem Revier, die Tatwaffe aber schon? Also wirklich, darauf kann ich verzichten. Nee, nee, lass das Ding liegen, das geht uns nichts an.«

Dann wuchtete er sich auf seinen Sitz, legte den Kopf nach hinten und schnarchte los.

NACHWORT

Dies ist ein Roman. Jegliche Ähnlichkeit mit tatsächlichen Personen oder Ereignissen ist rein zufällig und nicht beabsichtigt

Einen Polizeiposten Obersontheim gibt es nicht, demzufolge können auch Plisch & Plum nur Erfindungen des Autors sein.

Auch den Ort Walburghausen wird man auf einer Karte vergeblich suchen, er ist ebenso der Fantasie des Autors entsprungen. Ortskenner meinen vielleicht, ihn geografisch verorten zu können. Es sei jedoch davor gewarnt, in umliegenden Orten nach Ähnlichkeiten irgendwelcher Art zu suchen, es wäre vergeblich. Das ist ja das Privileg des Schriftstellers, dass er Orte und Personen nach seinen Bedürfnissen und denen seiner Geschichte formen kann.

Alle anderen Orte und Örtlichkeiten gibt es mehr oder minder so. Sogar Schwäbisch Hall, wie man hört.

Bei allen, die mir mit Auskünften geholfen haben, möchte ich mich pauschal bedanken.

Rudi Kost
Dillinger tritt ab
Kriminalroman
277 Seiten
12 x 20 cm, Broschur
ISBN 978-3-8392-0020-9
€ 12,00 [D], € 12,40 [A]

Eigentlich hat sich Versicherungsvertreter Dillinger aus Schwäbisch Hall geschworen, sich nie mehr mit Mord und Totschlag zu befassen. Doch dann kommt eine Bekannte aus Jugendtagen mit einer merkwürdigen Geschichte zu ihm. Ihr Mann Frieder Schindel ist von einem Gerüst gestürzt – aber ist das denkbar bei einem Bauunternehmer? Widerwillig beginnt Dillinger, herumzufragen und kommt einem raffiniert eingefädelten Komplott auf die Spur, das ausgerechnet ihm die Hauptrolle zugedacht hat.

GMEINER SPANNUNG

WWW.GMEINER-VERLAG.DE
Wir machen's spannend